Ruggero Pesce

La banda dei padani sfigati

Come non organizzare un rapimento

MNAMON

Capitolo I

– Bestie! Sono come delle bestie feroci! Vanno abbattuti uno per uno come cani idrofobi! – esclamò il geometra Gariboldi distogliendo lo sguardo dallo schermo TV su cui scorrevano le orribili immagini di un prigioniero dell'ISIS chiuso in una gabbia di ferro e bruciato vivo.

– No! Sono peggio delle bestie. Le bestie, quando uccidono, lo fanno per fame o per difendere la prole, uccidono per istinto insomma, quei bastardi invece lo fanno scientemente con la scusa della religione, o per fare pulizia etnica, guardate... – precisò la signora Viganò che seguiva la trasmissione seduta al tavolino.

Sullo schermo si vedeva una lunga fila di prigionieri in tute di color arancione, scortata da miliziani armati vestiti di nero, che procedeva sulla battigia di una spiaggia; nella scena successiva veniva inquadrato il sangue di una mattanza appena avvenuta che arrossava il bagnasciuga e la risacca, essendo state opportunamente censurate le immagini dell'esecuzione dei prigionieri. Poi il quadro era ancora cambiato e sullo schermo si vedevano molte decine di uomini, che il commentatore della trasmissione spiegava essere civili yazidi, vestiti con magliette sporche e con tuniche lacere, che venivano fatti allineare da altri miliziani a colpi di bastone di fronte ad una fossa ed ammazzati uno per uno con un colpo di pistola alla nuca.

– Poveretti! È terribile quello che gli fanno, e quei tapini non provano neanche a ribellarsi, sembrano tante pecore condotte al macello. – commentò fremente di sdegno Mirko Agazzone, poi chiese a voce alta: – Chi sono gli Yazidi? Non li ho mai sentiti nominare.

– Mah! A me sembrano tanti terroni, anche se non ho mai conosciuto terroni così docili come quelli. – cercò di spiegare il ragionier Alasia visto che nessun altro pareva essere in grado di fornire una risposta alla domanda.

Poi il servizio sulle *news* dal Medio Oriente terminò e ne iniziò un altro sui lavori del Parlamento italiano. Il capannello di una dozzina di persone che aveva seguito con non poca emozione le esecuzioni sommarie e le crudeltà inflitte ad una popolazione inerme si sciolse ed ognuno tornò a ciò che stava facendo prima che le orribili immagini giungessero ad attrarre la sua attenzione, ma alcuni continuarono a commentare le immagini che li avevano tanto colpiti.

Erano in un bar di Confienza, paese della Bassa all'estremità occidentale della provincia di Pavia: un salone con un banco-bar disposto ad L, cinque tavolini, due divanetti contrapposti con in mezzo un tavolino basso, TV a parete, salottino con una lunga panca disposta attorno a tre tavoli, tre macchinette mangiasoldi, ampia sala biliardo e poi, negli angoli morti, frigorifero per le bibite, espositore per i salatini, congelatore a pozzo per i ghiaccioli e le torte surgelate. Al piano superiore c'era una vasta sala da pranzo con una dozzina di coperti, che però, in occasione delle partite di Champion's League, si trasformava in birreria con maxischermo della TV. All'esterno, sotto una tenda ombreggiante, quattro tavoli occupavano un lungo tratto di marciapiedi e rendevano la vita più vivibile ai pochi clienti fumatori.

La gestione del bar era familiare: i titolari erano Mario Rossino, 45 anni, ben piantato e coi capelli brizzolati, la moglie Pierangela, sulla quarantina, mora ed ancora molto piacente, e li coadiuvava il figlio Gianni, di 20 anni, e le cameriere Monica, 19 anni, capelli castani lunghi e ricci, ed Eva, 25 anni, bionda e coi capelli a caschetto; entrambe le cameriere avevano tette da sballo, culo imperiale e la coscienza molto leggera, ma erano brave e svelte nello svolgere per bene il loro lavoro.

Mirko si allontanò dal salone con la TV e tornò ad un tavolo del salottino attorno a cui sedevano gli amici Giovanni, Enrico e Michele, ognuno dei quali aveva davanti a sé un boccale di birra ed era concentrato a smanettare sul proprio smartphone o sul tablet di ultima generazione.

– Monica, bella ciornietta, porta un boccale di birra anche a me. – ordinò Mirko quando riuscì ad intercettare lo sguardo della cameriera che si aggirava fra i tavoli, quindi, rivolto agli amici, disse: – Ragazzi, che casino sta succedendo in Medio Oriente! Quegli islamici di merda stanno massacrando migliaia di poveri cristi solo perché non sono musulmani come loro, rapiscono le loro donne per farne delle schiave, stuprano delle ragazzine appena sbocciate e fanno tutto questo in nome di Allah... cose da pazzi!

Arrivò Monica col boccale di birra che posò sul tavolo, si allungò su di esso per ripulire il posacenere pieno di bucce di pistacchi, concedendo così ai ragazzi la spettacolare visione delle sue tette, complice la camicetta sbottonata ad arte, e facendo risalire di

10 centimetri la minigonna che indossava. Michele fu lesto ad approfittare della posizione assunta dalla ragazza per palpeggiarle una chiappa. Monica cacciò un urletto e dopo alcuni secondi di troppo si erse dal tavolo e guardò con ironico compatimento il giovinastro mentre gli diceva:

– Ti sei giocato un'occasione, Michele, invece di puntare dritto al centro hai cincischiato a saggiare la periferia – e se ne andò fra gli sghignazzi degli altri ed un Michele rimasto di sale.

– Vedi, se invece di essere qui nella Bassa tu fossi a Mosul a combattere coi talebani, o come cazzo si chiamano, la Monica pagherebbe cara la sua sfrontatezza con una decina di scudisciate. – osservò Enrico pur continuando a smanettare sul tablet – Poi te la assegnerebbero come schiava e la potresti trombare *ad libitum*.

– Senza contare le *fellatio* e le sodomizzazioni. – aggiunse Giovanni, l'unico dei quattro che se l'era già fatta alcuni mesi prima, in un caldo giorno di luglio al ritorno dalla piscina "La Fallosa"; ma senza distogliere gli occhi dai messaggini che si stava scambiando con chissà chi.

– Beh, a parte poter disporre di Monica, io andrei a fare il talebano solo per poter guidare i loro *pick-up* della Toyota. Che figata ragazzi! Hanno anche una mitragliatrice pesante sul cassone. – si propose Michele interrompendo per pochi istanti l'invio di SMS dal suo cellulare un po' datato.

– Cosa pensi di fartene di una mitragliatrice? Soprattutto dovendola tenere nel cassone. – obbiettò Mirko
– Capisco se ne volessi una da nascondere nel frontale di un SUV camuffata da fanalino, come la Aston

Martin di James Bond, ma sul cassone non ti servirebbe a niente.

– Cosa vuoi che ne sappia Michele dei film del primo James Bond. – disse Giovanni indulgente – Ha solo 20 anni; il primo James Bond era già morto e sepolto prima che lui nascesse.

– A proposito di *pick-up,* Giovanni, tuo padre non doveva regalarti un *pick-up* per il tuo ventiseiesimo compleanno? – chiese provocatoriamente Enrico smettendo di picchiettare furiosamente sul tablet.

– Doveva comprarmelo sì... ma poi ha cambiato idea. Mi ha detto che i soldi del *pick-up* li ha dati al padre di quella sciacquetta che avevo messo incinta, a condizione che non mi denunciasse di violenza sessuale nei confronti di una minore. Aveva solo 17 anni la troietta e l'aveva già data a mezza Robbio, poi ha adocchiato me e s'è fatta ingravidare per potermi ricattare. – raccontò Giovanni.

– Così impari ad usare il goldone! – lo redarguì Enrico – Oppure potresti arrolarti anche tu fra i talebani e scopare a ruota libera con chi vuoi e se un genitore trovasse da ridire, che sia il tuo o quello di lei, potresti accusarlo di apostasia e scrollartelo di dosso con facilità.

– Scusa, tanto per sapere, se dovessi accusare qualcuno di apostasia, a quale ortodossia dovrei fare riferimento e dire di praticare? – chiese Giovanni.

– A quella che recita: "Dio castiga/chi non lecca la figa". – pontificò Enrico.

I quattro amici scoppiarono in una risata sguaiata, eccessiva per una battuta così datata, che attirò l'attenzione di Eva; costei si avvicinò e sedette al loro tavolo appiccicandosi a Mirko, per il quale aveva un debole. Mirko le passò un braccio sulle spalle e la baciò sulle labbra, per far capire agli amici che era roba sua e di non provare a fare i cascamorti con lei.

– Cosa avevate da ridere tanto? lo raccontate anche a me? – chiese Eva quando finì di sbaciucchiare il ragazzo.

– Cose rigorosamente riservate ad un uditorio maschile ed adulto. – rispose solennemente Mirko, poi aggiunse: – Per cui, Michele, dimentica di aver sentito quanto ha detto Enrico.

– Ma io sono adulto da un bel pezzo. – rispose Michele con sufficienza chiudendo il cellulare, ma paventando come poteva evolvere lo scambio di battute – Ho 20 anni già compiuti.

– Sì, ma sei poco maschile ed un po' culattone. – sentenziò Mirko scoppiando a ridere e trascinando Enrico e Giovanni nella risata.

Rimasto basito per uno sfottò che non riteneva di meritare, Michele cercò un argomento che gli permettesse di recuperare qualche punto e, visto che era presente Eva, sempre più appiccicata a Mirko, attaccò frontalmente l'amico dicendo:

– Non sapevo che vi foste messi insieme voi due, è da tanto che l'avete deciso? Perché vedo spesso Mirko accompagnarsi con certe sventole... magari ora me ne presenterà qualcuna.

Eva si staccò dal ragazzo cui era abbarbicata e lo guardò con occhio severo, Mirko sostenne il suo sguardo, le sorrise ed accarezzandole il collo rispose:

– Sì, non nego che c'è della reciproca simpatia fra noi, ma da qui a fare coppia fissa ne passa... diciamo che siamo una coppia aperta. Quanto alle sventole con cui mi hai visto, dovevano essere delle colleghe autiste della TNT, con cui proprio non ti consiglio di provarci, perché un pivellino come te se lo sbranerebbero in un sol boccone.

Una nuova risata generale sommerse Michele, che ci rimase male perché questa volta anche Eva aveva riso; a salvarlo furono l'intervento del Rossino, che richiamò Eva ai suoi doveri lavorativi, e del professor Greco, il padre di Michele, che uscì dalla sala del biliardo dopo aver giocato una partita alla goriziana. Costui avvisò il figlio, qualora avesse voluto fermarsi ancora con gli amici, di farsi dare un passaggio in auto per tornare a casa a Granozzo, perché la Giulietta con cui erano venuti a Confienza l'avrebbe usata lui.

Poi il professore, riconosciuti in Giovanni ed in Enrico i figli di agricoltori che conosceva bene, chiese come stavano i loro genitori. Gli interpellati risposero con malagrazia, senza interrompere di smanettare sui loro adorati aggeggi, tanto che il professore non poté evitare di osservare ironicamente:

– Certo è che se il buon Dio avesse saputo come Adamo e la sua progenie avrebbero utilizzato il dono dell'intelligenza e del pollice opponibile, oggi non sareste in un bar a bere birra ed a smanettare sui cellulari, bensì sul ramo di un albero a dondolarvi e ad emettere grida stridule.

I due capirono l'antifona e si sforzarono di essere educati e di prestare una maggior attenzione al professore, che continuò:

– Giovanni, so che aiuti tuo padre in azienda, ti piace fare il risicoltore?

– Sì, professor Greco. Tranne poche settimane in cui c'è da ammazzarsi di lavoro, per il resto dell'anno non c'è praticamente niente da fare e posso dedicarmi a suonare la mia batteria; ma non a casa, farei troppo rumore, bensì in un cascinotto disabitato che mio padre ha comprato per coltivare i terreni che ci sono attorno. – mentì Giovanni, cui anche quelle poche settimane all'anno parevano troppe e sfiancanti e che invece avrebbe preferito formare una *band* e suonare nei mille locali della Bassa, per diletto sì, ma anche per guadagnare più dei quattro soldi che gli dava il padre dopo aver dovuto tacitare con 50.000 Euro il padre della ragazza minorenne che aveva ingravidato.

– E tu Enrichetto, a che punto sei arrivato con l'università? Ormai dovresti essere agli sgoccioli.

– Sono a buon punto, professore, mi mancano ancora tre esami e la tesi, poi mi laureerò in Farmacia. – mentì Enrico, perché di esami ne aveva sostenuti ben pochi e, al fine di farsi regalare dal padre una BMW X3, aveva preso a taroccare il libretto assegnandosi ottimi voti per esami mai sostenuti. Ora, a due anni da quando aveva cominciato ad elargirsi dei 28 e ad un solo anno, o al massimo due, dalla resa dei conti finale in cui il misfatto commesso si sarebbe palesato in tutta la sua gravità, Enrico si sentiva bruciare la terra sotto i piedi e cercava disperatamente una via d'uscita dal *cul de sac* in cui si era infilato, ma senza far trapelare nulla delle sue preoccupazioni, neppure con gli amici.

– Bene ragazzi, salutatemi i vostri genitori. – ed il professore si avviò verso l'uscita del bar, ma venne arpionato dal figlio che gli chiese un po' di denaro.

Il professore cavò dal portafogli 30 Euro e, alle rimostranze del figlio per l'esiguità della somma, lo apostrofò ricordandogli che era un anno che ballava nel manico fingendo di cercarsi un lavoro.

– Ma non c'è lavoro, soprattutto per un giovane. – si difese Michele – Non la vedi la televisione? Quasi il 50% dei giovani non lo trova, tanto che molti hanno anche smesso di cercarsene uno.

– Il che vuol dire che oltre il 50% l'ha trovato. Certo che se uno nemmeno lo cerca...

– Ho spedito centinaia di *curricula* ed ho ricevuto solo risposte dilatorie. Ho bisogno di un'auto per muovermi per cercarlo: il *call center* che avrebbe potuto farmi lavorare per poche ore al giorno era a casa del diavolo e non c'erano servizi pubblici per raggiungerlo. Se potessi disporre, non dico tanto, ma almeno di una Aygo...

– Non se ne parla! Eventualmente ti potrei comprare un'auto quando guadagnerai il denaro per mantenerla e non solo per la benzina, ma anche per il resto: bollo, assicurazione, gomme, ecc., non prima. D'altra parte con tua sorella mi sono comportato così e le farei un torto se con te dovessi agire diversamente.

– ciò detto il professore uscì dal bar, non lasciando al figlio la possibilità di ribattere che Patrizia, la sorella maggiore, era sì riuscita a farsi assumere da uno spedizioniere, ma solo perché gliela aveva data.

Michele tornò con aria mesta al tavolo degli amici proprio mentre ordinavano dei toast ed un altro giro di birre e, quando gli chiesero se ne volesse anche lui, rispose a malincuore di sì, pensando che così se ne sarebbe andato un quinto della somma appena ricevuta.

– 30 schifosi Euro per passare il sabato sera! – si lamentò Michele – Almeno uno di voi poi potrà darmi uno strappo fino a casa?

– Te lo darò io – si offrì Enrico – ma molto tardi, perché prima voglio andare al Globo per rimorchiare qualche bellona e, se la serata dovesse promettere di finire in gloria, non rinuncerò ad un'amena trombata per portarti a casa presto. Eventualmente ti riporterà a casa Mirko.

– Io non posso. Anch'io voglio andare al Globo con Eva quando finirà il turno serale, ma non ci posso andare con la mia Punto perché lì davanti ci sono sempre i carabinieri per pettinare chi ha bevuto ed a me hanno ritirato la patente ieri. Prova a chiedere a Monica. –

– Com'è successo che ti hanno tolto la patente? Avevi bevuto troppo? Dove ti hanno cuccato? – chiese Giovanni.

– Mi hanno beccato i carabinieri di Cameriano: 150 Euro di multa per eccesso di velocità, tasso alcolico di 1,2 e un pacchetto di canne in auto, totale almeno un anno senza patente, più tutto il tempo che dovrò perdere per riottenerla, più il fatto che, prima che si accorgano che sono rimasto senza patente e che di conseguenza lo facciano loro, oggi mi sono licenziato dalla TNT.

– Vuoi dire che, fra tutti e quattro, l'unica auto che abbiamo a disposizione è la mia BMW? Andiamo proprio bene! – costatò Enrico, poi chiamò Monica, che arrivò subito, e le chiese:

– Cosa fai stasera Monica? Vieni anche tu al Globo con noi? Sì? Allora puoi caricare Michele e poi riportarlo a casa? Io porterò Mirko perché è senza patente.

– Va bene, anche se avrei preferito scarrozzare George Clooney. – rispose la ragazza facendo una carezza a Michele, quindi, rivolta a lui, aggiunse: – Poi, se mostrerai di essere un perfetto cavaliere, per esempio sollevandomi da ogni spesa che dovrò sostenere, magari ti lascerò proseguire col palpeggiamento di prima.

Michele la ringraziò, ma si guardò bene dal dirle che, con quel che aveva in tasca, era più facile che alla fine sarebbe stata lei ad offrirgli qualcosa, oltre a quello che si era dichiarata disposta ad offrirgli in natura.

I quattro amici, cui si era aggiunta Monica che aveva terminato il proprio turno, cenarono con dei toast preparati da Eva con abbondanza di ingredienti ed intanto, fra un boccone e l'altro, si commiserarono raccontandosi i guai che li affliggevano.

– Senza patente sono morto: non riuscirò a trovare uno straccio di lavoro, almeno non uno che possa minimamente piacermi. – si lamentò Mirko – Oggi ho visitato alcune ditte del circondario, fra meccanici e carrozzieri, ma non intendevano assumere nessuno, vuoi perché avevano i propri figli da far lavorare, vuoi perché in tempi di crisi l'auto non la fa più riparare nessuno e aspettano che si sfasci completamente o che debba fare la revisione periodica. Più in là del circondario non sono andato a cercare perché non mi sono fidato a guidare senza patente e spero che la prossima settimana Eva mi possa scarrozzare almeno fino a Robbio od a Vercelli per cercarne uno.

– Io di fare l'agricoltore per tutta la vita non ho nessuna voglia. – proclamò Giovanni – Non per altro, ma non mi piace la prospettiva di seguire le direttive di mio padre per altri vent'anni. Il tempo di dedicarmi alla batteria l'avrei anche e, se riuscissi a costituire una *band,* non sarebbero le 7 - 8 settimane di lavoro agricolo intenso ad impedirmi di partecipare alle *tournée*. Il problema è che il mio vecchio si rifiuta di anticipare i soldi per acquistare un grosso furgone per l'impianto di amplificazione, per le luci, per il palco, ecc. e prendere tutte quelle cose a noleggio costerebbe uno sproposito, tanto che se lo possono permettere solo le *band* già affermate; ma come faccio ad affermarmi se prima non posso neppure cominciare perché ho un padre tirchio.

– Tirchio il tuo? Hai visto cosa mi ha dato il mio per passare il sabato sera? Hai sentito di cosa mi ha rimproverato? di non trovarmi un lavoro! C'è mezza Italia senza lavoro e lui dice che non mi do da fare. E come dovrei cercarmelo un lavoro? girando per fabbriche e capannoni come un marocchino? E quand'anche mi assumessero, che so, a Vercelli, come ci dovrei andare? in bicicletta?

Enrico volle dirottare altrove il discorso perché lui, fra tutti, era quello che stava peggio. È vero che per un anno o due non avrebbe avuto problemi, che avrebbe continuato a percepire una paghetta di tutto rispetto dal padre, a patto di fargli vedere ogni tanto qualche bel voto sul libretto, è vero che possedeva una BMW con la quale caricare frotte di ragazze e fare bella figura con gli amici, ma poi l'edificio di menzogne che si era costruito sarebbe crollato come un castello di carte.

Non pensava di dover patire troppo per le inevitabili grane giudiziarie che l'avrebbero colpito, di certo non sarebbe finito in prigione, ma temeva che i genitori sarebbero morti di crepacuore quando avessero conosciuto la verità e, una volta che il fatto si fosse risaputo in paese, pitali di merda si sarebbero rovesciati sul suo capo, sicuramente uno per ogni volta che si era vantato del suo status di universitario di successo. Enrico non voleva diventare lo zimbello del paese ed aveva deciso di fuggire prima che ciò potesse accadere; per fuggire però doveva procurarsi del denaro, di molto denaro, e ciò lo accomunava agli altri amici sfigati, quindi propose:

– Ragazzi, proviamo a ragionare su come fare per tirar su un po' di denaro insieme. Con le vostre lagne mi avete convinto che ne avete un gran bisogno: per sopravvivere oggi e per affrontare il futuro con fondi sufficienti, come nel caso di Mirko e di Michele, o per potersi esprimere al meglio delle proprie capacità, come nel caso di Giovanni. Anch'io sono in crisi, nonostante il mio apparente benessere, e sono molto insoddisfatto della vita che sto conducendo; non voglio angustiarvi con lo spiegare il perché, però anch'io ho bisogno di denaro, molto più di quanto mi passa il babbo. Non che ne abbia bisogno urgentemente, ma entro un anno vorrei disporre di quanto mi servirà per dare un calcio in culo a tutti qui in paese e sparire all'estero.

La dichiarazione fatta da Enrico cadde fra gli amici con l'effetto di una bomba.

– Ma... e la farmacia che dovevi rilevare? – chiese Mirko.

– Vorrà dire che la rileverà qualcun altro. Non voglio passare la vita a staccare fustelle e a vendere supposte.

– Perché hai passato tanto tempo a studiare Farmacia se poi non vuoi fare ciò per cui hai studiato? – chiese Giovanni.

– È proprio quello che mi sono chiesto quando ho

deciso di cambiar vita, ma non ho trovato nessuna risposta.

– Hai pensato ai tuoi? Gli spezzerai il cuore. Hanno riposto molte aspettative su di te. Ti hanno comprato una BMW X3, dico una BMW, non una Panda, ti riempiono di soldi e tu progetti di andartene... tu sei matto. – disse Michele, che più degli altri invidiava all'amico la BMW e la disponibilità di denaro.

– È vero e mi spiace assai, ma non è colpa mia se non hanno diversificato il rischio di avere un figlio ingrato mettendo in cantiere un altro paio di figli, in modo da poter riporre le aspettative anche su di loro.

– Siamo tutti amici, perché non ci dici cosa c'è che non va nella tua vita? Potremmo aiutarti. Hai forse qualche malattia micidiale e ti rimangono solo pochi anni di vita? – chiese Monica.

La domanda sorprese Enrico, che non aveva ancora pensato ad inventarsi un motivo che gli amici potessero accettare per aver preso una così grave decisione, ma al contempo gli suggerì quale poteva essere quel motivo, tanto che disse:

– Beh ragazzi, sono restio a parlarne perché non voglio che mi compatiate, ma ho una malattia terribile ed incurabile alle ossa che mi porterà ineluttabilmente alla morte in tre o quattro anni, forse anche più se mi curassi, ma sarebbe un procrastinare la morte al costo di enormi sofferenze che non ho nessuna intenzione di patire. Nessuno qui in paese lo sa né dovrà saperlo, tanto meno i miei. Adesso per favore cambiamo argomento, fate finta che non vi abbia detto niente e trattatemi come mi avete sempre trattato, senza condiscendenza.

Poi, fingendo una commozione che era lungi dal provare, si alzò ed andò in bagno, lasciando gli amici muti a meditare sulla tragedia che aveva colpito uno di loro. Ruppe il silenzio Giovanni:

– Amici, Enrico ha ragione: se capitasse anche a me quello che è capitato a lui, cioè scoprire che la mia vita finirà entro pochi anni, anch'io prenderei le sue stesse decisioni e farei di tutto per procurarmi il denaro necessario per poter vivere alla grande il poco tempo che mi resta. –

– Il fatto è che non esiste un modo lecito per tirar su parecchio denaro in poco tempo, se non vogliamo considerare il Superenalotto... – disse Michele, ma Monica lo interruppe:

– Non dire cagate! Sperare di arricchire giocando al Lotto è da coglioni e lo stesso vale per i Gratta e vinci. Lo so bene perché qui al bar io li vendo: per ogni 100 Euro giocati, ti va bene se ne vinci 20 o 30.

Enrico tornò al tavolo e si sedette fra gli amici, chiese chi volesse un altro toast ed un'altra birra, che si propose di offrire, ed Eva venne a prendere le ordinazioni.

Alla TV intanto passavano le immagini della distruzione in Iraq di antichissimi monumenti ed opere d'arte effettuata da miliziani dell'ISIS. Ad assistere allo scempio erano rimasti solo il geometra Gariboldi e la signora Viganò, entrambi concordi nell'esecrare quanto vedevano sullo schermo. Poi, per approfittare di quella comunanza di sentimenti, il geometra invitò la Viganò a cena in un ristorante di Robbio e costei accettò prontamente, indossò il soprabito, galantemente aiutata dal Gariboldi, quindi uscirono insieme tenendosi a braccetto. Nel bar rimasero solo i quattro amici e Monica attorno al tavolo nel salottino, Gianni ed Eva presidiavano il bancone, ed un anziano avvinazzato s'era addormentato con la testa appoggiata ad un tavolino del salone.

Eva portò agli amici i toast, i panini e le birre, poi, essendo l'ora morta, si sedette con loro appiccicandosi a Mirko come una zecca e costui la mise brevemente al corrente di quanto aveva deciso Enrico.

– Il modo per far soldi in fretta l'avrei anche trovato – disse Enrico fra un boccone e l'altro – ma è rischioso, perché illegale, e richiede l'aiuto di alcune persone su cui poter contare. Se volete ve ne parlo, ma chi poi volesse tirarsi indietro dovrà giurare di mantenere segreto quanto avrà udito.

Capitolo II

Gli amici si agitarono sulla panca pur continuando a sbocconcellare i toast, qualcuno bevve un sorso di birra per prendere tempo, Eva e Monica furono tentate di andarsene paventando il fatto che, se fossero rimaste, avrebbero forse corso il rischio di finire nei guai, come aveva lealmente avvisato Enrico, però la curiosità ebbe il sopravvento sui timori e rimasero a sentire, pur ripromettendosi, qualora il piano di Enrico fosse stato troppo rischioso, di tirarsi indietro ma di non rivelare a nessuno quanto appreso.

– Sentiamo cos'hai da proporre. – disse Mirko, che fra tutti era quello che aveva meno da perdere.

– È chiaro che per mettere le mani su una grossa somma qualche rischio lo dovremo pur correre, l'importante è che il piano sia a prova di bomba. – ammise Michele, che già si vedeva in un autosalone per ordinare una *spider*.

– Noi ascoltiamo solo perché siamo curiose. – disse Eva parlando anche per Monica – Ma se il piano non dovesse piacerci non parteciperemo a nulla di troppo illegale, però vi garantiamo che non diremo nulla a nessuno.

– Prima di sentire qualsiasi proposta illegale voglio sapere se ne varrà la pena, perché un conto è delinquere per quattro spiccioli, ed un conto è delinquere per una somma che ti cambierà la vita. – pretese Giovanni.

– Quanto a questo non dovete preoccuparvi. Pensavo ad un colpo che possa fruttare mezzo milione di Euro, da dividere proporzionalmente all'apporto fornito da ciascuno di voi. Sicuramente la vostra quota non vi permetterà di vivere di rendita per il resto della vita, ma sarà più che sufficiente per impostarla su nuove basi che vi consentiranno di perseguire al meglio ciò che volete realizzare. Se non ci sono altre dichiarazioni preliminari, passo ad illustrarvi il piano.

Fra i miei compagni d'università c'è il figlio di un grosso imprenditore edile, ha 23 anni, è iscritto a chimica ma ha dato pochissimi esami perché frequenta i corsi solo per conoscere nuove ragazze, che riesce a conquistare con facilità perché è di bell'aspetto e di piacevole compagnia. È pieno di soldi da far schifo, pensate che viaggia in Porsche Cayenne, esibisce dei Rolex d'oro e sia d'estate che d'inverno va in vacanza nei posti più esclusivi ed esotici. Ho pensato di rapirlo e di tenerlo segregato da qualche parte e chiedere al padre un riscatto di mezzo milione di Euro. Il piano è tutto qua. Osservazioni?

– Sai qual'è la pena prevista per un sequestro di persona, sempre che la vittima non ci rimetta le penne? Da venti a trent'anni di galera! Allora perché accontentarsi di mezzo milione e non chiedere di più? Almeno il gioco varrà la candela. – osservò Giovanni.

– Nessuno dovrà rimetterci le penne! Il rapito, per tutta la durata della sua prigionia, verrà trattato bene, con cibi, bevande e le medicine di cui dovesse aver bisogno. Non voglio chiedere di più perché la polizia non deve venire a sapere del rapimento e quindi non potrà sequestrare i beni della famiglia per evitare che possa pagare il riscatto, mentre una somma più contenuta, magari già nella disponibilità dell'imprenditore, è facile che possa essere pagata senza che nessuno venga a saperlo, almeno in un primo tempo. E poi mezzo milione di Euro non sono bruscolini; con la propria parte ognuno di voi potrà disporre di una somma importante che gli permetterà di fare ciò che vuole.

– Che tipo è il ragazzo da rapire? Come si chiama? Chi si occuperà materialmente di rapirlo? Perché se fosse un marcantonio... – chiese Michele lasciando in sospeso la frase.

– È tutt'altro che un marcantonio. Edoardo Orombelli è una mezzasega di bassa statura che non pratica nessuno sport, tranne la caccia alle ragazze, che non va in palestra, che fuma cannabis, anche se con moderazione. Penso che durante il periodo di segregazione riuscirà a smettere, per cui alla fine dovrà anche ringraziarci.

Per rapirlo pensavo di incontrarlo in facoltà e di attirarlo all'esterno per presentargli una strafica porca come poche, poi Eva e/o Monica lo adescheranno con la promessa di un pomeriggio di sesso sfrenato e lo indurranno a salire con loro su un'auto noleggiata, qui ci saranno Michele e/o Mirko che gli premeranno sulla faccia un fazzoletto intriso di cloroformio per fargli perdere i sensi, quindi lo porteremo nel cascinotto disabitato che Giovanni usa per suonare la batteria, in una stanza attrezzata in modo opportuno con pannelli fonoassorbenti, tenda da campeggio, catenacci, inferriate e quant'altro.

– Io non ci sto, è troppo rischioso. – disse Monica alzandosi ed apprestandosi ad uscire, ma prima di andarsene si rivolse ad Eva e le chiese: – Tu che fai, rimani?

– Sì, rimango. – rispose Eva – Guadagnare una barcata di soldi solo per adescare un bamboccio mi sfagiola proprio e mi consentirà di aprire un bar tutto mio. Poi magari ti assumerò come cameriera.

– Non dovrai solo adescare il bamboccio, dovrai anche fargli da vivandiera, ovviamente non da sola, ma accompagnata da almeno due di noi per la tua sicurezza. – precisò Enrico.

– E se Edoardo volesse usare la sua Cayenne, magari per far colpo sulla porcona che vuoi presentargli? – chiese Michele.

– Giusto! Per evitare che possa succedere occorrerà infilare preventivamente due patate nel tubo di scappamento della sua auto.

– Quando saprà del rapimento la polizia esaminerà tutte le registrazioni delle videocamere in un raggio di 300 metri dalla facoltà dove è stato visto Edoardo per l'ultima volta. – obbiettò Mirko – Individuerà sicuramente su che auto è salito e con chi, poi, esaminando altre registrazioni, alla fine scoprirà dove si è diretta l'auto. Magari ad un certo punto, non essendoci più videocamere, perderà le tracce dell'auto e sicuramente non arriverà subito al cascinotto, ma avrà ristretto enormemente il raggio delle ricerche. Poi basterà incrociare l'elenco delle persone che hanno noleggiato quel tipo di auto coi residenti nell'area ristretta e ci troverà di sicuro.

– Naturalmente dovremo noleggiare un'auto ben prima del rapimento e poi ne sostituiremo le targhe.

– Ma Edoardo, quando verrà liberato, dirà che fra i rapitori c'eri anche tu. – obbiettò Giovanni – A meno che tu voglia farlo tacere per sempre.

– No. La polizia non mi riterrà essere uno dei rapitori in quanto farò in modo che creda che abbiate rapito anche me. Intendo chiedere un riscatto anche ai miei genitori, 2 o 300 mila Euro che pagheranno senza problemi; poi, appena avremo diviso i soldi, salterò in auto e scapperò in culo ai lupi.

– Non ci sono posti tanto in culo ai lupi da non farti trovare. Ad ogni passaggio di frontiera la tua BMW lascerà una scia grossa come quella di un transatlantico, le videocamere ti seguiranno ovunque. Tanto per sapere, dove pensi di nasconderti? – chiese Michele.

– Spiacente ragazzi, ma quelli sono fatti miei. Starò nascosto per un paio d'anni e poi tirerò le cuoia.

– Quindi la mia funzione sarà solo quella di fornire una stanza nel cascinotto, è così? – chiese Giovanni.

– Non solo la stanza, dovrai anche sistemarla in modo che Edoardo non possa scappare e che non si possano sentire all'esterno le sue richieste d'aiuto; ti farai aiutare da Mirko e da Michele, ma dovrai fare un lavoro a regola d'arte. Poi, con me o con Mirko, dovrai sorvegliare il prigioniero quando Eva gli porterà da mangiare.

– Nei sequestri è risaputo che il momento più critico è quello in cui i rapitori si recano a prendere il denaro. Cosa hai pensato in merito? – chiese Mirko.

– È l'unica parte del piano cui non ho ancora pensato e ogni suggerimento da parte vostra sarà il benvenuto, abbiamo un mese per pensarci perché vorrei muovermi ai primi di novembre. Cosa ne dite?

– A me piace assai, a condizione di trovare il modo di farci pagare il riscatto senza correre rischi. – disse Mirko.

– Anche a me piace e mi fido di voi per trovare il modo migliore per incassare il denaro, perché io non saprei da dove cominciare; ma vi avverto che non intendo vuotare il pitale del prigioniero, ché mi verrebbe da vomitare. – disse Eva.

– Io ci sto, ma vorrei sapere come pensavi di dividerci il riscatto. – disse Michele.

– Se riusciremo a far scucire alla famiglia di Edoardo mezzo milione, pensavo di dare 70.000 Euro ciascuno ad Eva, a Michele ed a Mirko, 90.000 Euro a Giovanni e 200.000 Euro a me. Dovessimo ottenere di meno ridurremo le quote in proporzione.

– Mi sembra giusto. – concordò Giovanni – Allora ci sto anch'io, ma prima di partire dobbiamo avere le idee ben chiare su come fare ad incassare il denaro.

– Bene! Allora siamo tutti d'accordo. Da questo momento acqua in bocca con tutti, nulla deve trapelare di ciò che stiamo facendo. – concluse Enrico alzandosi dal tavolo.

– E Monica? – chiese Giovanni vedendo che la ragazza si avvicinava.

– Monica starà zitta. – assicurò Eva prendendo a braccetto l'amica – Adesso andiamo tutti a divertirci.

– Tranquilli ragazzi! – confermò Monica – Io vi servo fuori, perché qualcuno che vi porti le arance quando sarete in galera ci dovrà pur essere.

Uscirono dal bar proprio quando cominciavano ad arrivare i clienti del dopo cena, anche il vecchio avvinazzato si era svegliato ed aveva subito ordinato un bicchiere di Bonarda, che Gianni gli aveva servito con dei tramezzini per mettergli qualcosa di solido nello stomaco. La TV, col volume al minimo, riferiva delle schermaglie politiche avvenute nella giornata; nessuno dei nuovi venuti chiese di alzare il volume, non mostrando il minimo interesse per la politica.

Enrico disse che era troppo presto per recarsi al Globo e che avrebbe festeggiato il nuovo sodalizio criminale offrendo una pizza a tutti.

– La offri anche a me la pizza, anche se non faccio parte del sodalizio? – chiese Monica.

– Certo! Voglio che qualcuno mi porti le arance quando sarò in galera, per cui ti nomino "mascotte" della banda dei "padani sfigati".

Enrico fece salire Mirko ed Eva sulla X3, Giovanni salì da solo sulla R4 aziendale, sporca di terra e di fango sia all'interno che all'esterno, Monica caricò Michele sulla sua Mini.

– Ti senti più adulto adesso che hai deciso di delinquere? – chiese provocatoriamente Monica a Michele.

– Mi sentirò pienamente adulto quando avrò i soldi per realizzare qualcosa di mio. – rispose acido il ragazzo.

– Per esempio? Sei un geometra, potresti aprire uno studio. Magari con l'aiuto di tuo padre...

– Non parlarmi di mio padre! – la interruppe Michele – Se mi sono imbarcato in questa avventura è per poter avere i mezzi per sganciarmi da lui. Ad uno studio da geometra proprio non ci penso: dovrei superare un esame per iscrivermi all'Ordine ed è tutta una mafia per privilegiare chi ne fa parte e per tener fuori chi vorrebbe entrarci. E poi sai a cosa può aspirare al massimo un geometra? a progettare cappelle cimiteriali. No! Prima voglio sentirmi tintinnare i soldi in tasca e poi penserò a cosa fare. Tu perché ti sei tirata indietro? hai avuto paura delle possibili conseguenze?

– Anche. Un conto è spacciare un po' d'erba o distribuire sigarette di contrabbando ed un conto è rapire un ragazzo. Ci pensi che ha la tua età, che corre dietro alle ciorniette come fai tu...

– Solo che lui viaggia su una Cayenne e quando guarda l'ora la vede su un Rolex – la interruppe il ragazzo – io invece la vedo su uno Swatch e viaggio in bicicletta. Non tutti sono una bella fica come sei tu. Tu troverai sempre qualche riccastro disposto a coprirti d'oro pur di annusartela.

– Va bene, io ci ho provato a farti desistere, comunque grazie per considerarmi una "bella fica". Siamo arrivati; non bere troppo sennò non riuscirai a fare il cascamorto con me.

Gli altri amici erano già arrivati e si erano sistemati in un tavolo da otto, così che quando Michele e Monica presero posto ne rimasero due liberi. Stavano ordinando le pizze e le birre quando entrarono due bellone non proprio di primo pelo, la mora Renata Rizzo e la bionda Sonia Perrone, due *escort* sulla trentina o poco meno, con tette *king size,* culo possente e faccia da porca; entrambe conoscevano Enrico e Giovanni e siccome c'era posto si aggregarono anch'esse alla tavolata. Il problema di accoppiarsi per la serata si era dunque risolto da solo, ma, stando così le cose, se gli amici avessero voluto parlare del rapimento, con l'arrivo delle due fascinose bellezze dovettero accantonare l'argomento.

In poco tempo la tavolata si riempì d'allegria, di strepiti e di facezie. Michele non smise un momento di batterla a Monica, che si rassegnò ad accettare le sue *avance* anche perché non aveva alternative, Mirko ed Eva non persero occasione per sbaciucchiarsi, Giovanni e Sonia si diedero molto da fare sopra e sotto il tavolo, Enrico e Renata in poco tempo si misero a pomiciare sfacciatamente; tuttavia, nonostante tante smancerie e distrazioni, gli amici divorarono in fretta le ottime pizze per non farle raffreddare. Renata e Sonia vollero anche un'impepata di cozze, Mirko ed Eva ordinarono dei calamaretti fritti, Monica e Michele si divisero una mozzarella "in carrozza", Giovanni ed Enrico si divertirono a sottrarre le cozze dai piatti delle due bellone. Furono ordinati altri boccali di birra, tanto che alle undici l'atmosfera si era così surriscaldata che la voglia di andare a ballare era passata, per far posto all'idea più intrigante di portare all'incasso l'opera di seduzione svolta nelle ultime ore e di concludere in gloria la serata con un'amena trombata.

Giovanni fece salire sulla R4 Sonia, che ebbe molto da ridire sulla pulizia dell'auto; Enrico caricò Renata a fianco a sé per poterla palpeggiare meglio, mentre sul sedile posteriore della X3 Eva e Mirko si diedero molto da fare per non far appassire le vogliacce alimentate nelle ultime ore; Monica, con la scusa di dover guidare, riuscì a rintuzzare ogni tentativo di Michele di intrufolare una mano nelle sue mutandine.

Arrivarono a Palestro, ove Sonia e Renata si dividevano un appartamento al secondo piano di una palazzina; Giovanni ed Enrico salirono con le bellone e conclusero la serata con una teoria di selvagge ingroppate su un morbido letto, Mirko ed Eva presero possesso dell'abitacolo della X3 e con numeri da veri contorsionisti riuscirono ad infilare un amplesso dietro l'altro fino ad addormentarsi seminudi ed esausti. Monica, quando vide come si erano sistemati gli altri, si rassegnò a lasciar fare a Michele che la brancicò in lungo ed in largo, ma sapendo quanto fosse scomodo scopare in una Mini, gli propose di tornare a Confienza e di concludere la serata nel suo miniappartamento.

– Non montarti troppo la testa col metterti a pensare che possa insediarti da me in pianta stabile. – gli disse prima di farlo salire – È che non voglio scassare i sedili della Mini sollecitandoli con troppe contorsioni e se dovessi dartela, ma non è ancor detto che te la dia, bada che se poi andrai in giro a dirlo a tutti ed a vantarti, ti farò fare una figura di merda colossale.

Michele giurò che non si sarebbe mai permesso di fare una cosa del genere perché si considerava un gentiluomo, poi le confessò che si era invaghito di lei fin dal primo momento che l'aveva vista al bar e che se non si era finora dichiarato era per tema di un suo rifiuto, infine assicurò che non l'avrebbe forzata a dargliela in alcun modo, anzi, che l'avrebbe rispettata se era quello ciò che voleva; ma venne interrotto dalla ragazza che gli disse:

– Adesso non esagerare, gentiluomo, vediamo di non perdere tempo e di non far passare il momento magico. – quindi si svestì e si stese nuda sul letto, sollecitando Michele, che era rimasto incantato ad osservarne le fattezze, a fare altrettanto.

I due ragazzi diedero la stura ad una teoria di scopate selvagge, con digressioni volte a ringalluzzire la libido di un Michele palesemente meno esperto di Monica nel condurre la tenzone amorosa, tuttavia costei non se ne dolse, fiera della funzione di "maestra" di arti erotiche che aveva assunto. Solo a tarda notte si addormentarono uno fra le braccia dell'altra.

Erano le 7 quando Enrico e Giovanni, reduci da una nottata di sesso sfrenato, per non pagar dazio uscirono di soppiatto dall'appartamento delle due *escort*, lasciandole nude a dormire come ghiri. Enrico, dopo aver fatto ricomporre i due amanti che avevano usato l'abitacolo della sua X3 come se fosse un'alcova, li portò a casa, Eva nell'appartamentino che aveva a Confienza, Mirko in quello della madre a Robbio. Giovanni tornò in cascina, sita fra Robbio e Confienza, e qui ebbe un'accesa discussione col padre, già in piedi ed all'opera fin dal primo mattino, che lo accusava di essere un puttaniere (vero) di trascurare i lavoretti che la cascina richiedeva in continuazione (vero) di non aiutarlo abbastanza a portare avanti un'azienda che sarebbe stata sua (vero) di passare la notte fuori casa e conseguentemente di dormire fino a tardi il giorno successivo (vero) di vivere alla giornata facendo il meno possibile (vero) e di non pensare al suo futuro (falso). Lo scontro verbale si concluse con un nulla di fatto, con Giovanni che se ne andò a dormire sbattendo la porta della sua camera e Giuseppe che continuò a trafficare con la mietitrebbia brontolando contro il figlio imbelle.

Enrico arrivò alle 7.30 nella sua cascina, ubicata fra Robbio e Rosasco, anch'egli incontrò il padre, trovandolo alle prese col motore di una coclea, e si offrì di aiutarlo, ma il padre non volle e gli disse di andare pure a riposare, ché uno studente dal curriculum brillante come quello esibito dal figlio aveva ogni diritto di divertirsi al sabato sera... e sì, anche quello di infilarsi nel letto di qualche ragazza compiacente.

Enrico salì nella sua camera vergognandosi un po' di sé stesso, ma sempre più deciso a porre termine a quella farsa prima che la bomba gli scoppiasse in faccia.

Sonia e Renata, quando si svegliarono all'una passata, invece del pranzo si prepararono una ricca colazione con cioccolata, biscotti, spremuta d'arancia e crostata di frutta, ed intanto che la sbocconcellavano si scambiarono succose informazioni sui rispettivi amanti della notte precedente.

– Enrico è sicuramente un buon partito. – raccontò Renata – Sta per laurearsi in farmacia ed è in predicato per rilevare la farmacia comunale di Robbio; col padre che si ritrova, amico d'infanzia del Sindaco, è certo che riuscirà ad aggiudicarsela. Poi erediterà l'azienda paterna, 200 ettari fra riso e mais, per metà in proprietà, qualcosa come 5 milioni di Euro. Insomma, io intendo appendere il cappello al chiodo, anzi al suo uccello, e non far più un beato cazzo di niente per il resto della vita. Pensa che ieri sera ha pagato per tutti: si vede proprio che i soldi gli escono anche dal buco del culo. Però non riesco a capire perché questa mattina se la sia squagliata all'inglese senza lasciarmi niente per la folle notte d'amore.

– Beh, a dirla proprio tutta, non è che ti sia data molto da fare fino ad ora, intendo dire fare qualcosa di lavorativo, perché quanto a darla via sei stata una vera stakanovista. – disse Sonia con ironia – Comunque sia, come si è comportato a letto il tuo farmacista?

– Benissimo! È stato insaziabile e mi ha punzonata come un maglio pneumatico, lato A e lato B, semplicemente fantastico. Ed a te com'è andata?

– Penso altrettanto bene, anche se a Giovanni non devono girare molti soldi in tasca; forse è per questo che anche lui questa mattina se l'è battuta senza lasciarmi niente. Pensa che ieri sera ho dovuto dargli 10 Euro per fare benzina al distributore automatico perché non voleva mettere 50 Euro nel serbatoio dell'auto aziendale, ha detto, ma per me è uscito il sabato sera senza soldi in tasca. E poi non ha neppure un'auto sua; su quella che ha usato ieri è tanto se non ci carica anche il letame, perché mi sono sporcata di terra il soprabito nuovo. –

– Non ho capito bene: ti sei fatta sbattere tutta notte e ci hai rimesso 10 Euro? e dici che sei contenta? Devi essere matta. –

– È figlio unico ed il padre ha un'azienda di 150 ettari a riso e mais fra Robbio e Confienza, più un'altra di 400 ettari a riso in Venezuela, entrambe in proprietà; non ti so dire quanto possano valere perché non lo sa neppure Giovanni.

– Come fa il padre a gestire due aziende distanti 10.000 chilometri? Intende affidarne una a Giovanni?

– Non gliel'ho chiesto, ma penso di sì. Sai... non voglio dare l'impressione di fargli i conti in tasca. Comunque intendo coltivarmelo e mettergli le briglie sul collo quanto prima, perché a tratti mi sembra piuttosto vanesio; pensa che ha passato un'ora a parlarmi della *band* che vuole costituire; lui suona la batteria e mi ha detto che è anche bravo.

– Ed a letto come si è comportato? Ti ha suonata come un tamburo il tuo batterista? – ironizzò Renata.

– Un porco! Mai stata con un porco simile! Me ne ha fatte di tutti i colori, mi sembrava di essere sul set di un pornofilm. –

– Quando ti vedrai ancora con Giovanni? Io dovrò vedere Enrico dopo le quattro; verrai con noi?

– Sì, ma verrò con la mia Aygo. Non ho nessuna intenzione di salire sulla sua R4 ed intarlaccarmi altri vestiti.

Capitolo III

Quando era rincasato poco dopo le 6 Michele aveva trovato ad attenderlo i genitori in preda ad una viva preoccupazione, perché non aveva avvisato che avrebbe potuto far tardi e tanto meno che avrebbe passato la notte fuori casa.

L'aver visto che il figlio era stato accompagnato a casa dalla cameriera che lavorava nel bar di Confienza non aveva aiutato a far passare il momento, ma aveva aggiunto benzina sul fuoco. Michele era stato accusato di essere un irresponsabile per averli tenuti in ansia per ore (vero) di pensare solo a divertirsi e di non darsi da fare per trovare un lavoro (vero) di andare in giro sulla macchina di amici dopo aver passato con loro il pomeriggio e la sera a sbevazzare (vero) ma quando il padre lo aveva accusato di essersi messo con una troietta in calore (falso) Michele non lo aveva più retto e gli aveva risposto a muso duro di non permettersi più di dire che Monica era una troietta, perché lui l'amava e voleva stare con lei e che se la cosa non gli andava bene poteva anche andare all'inferno.

L'uscita dalla casa di famiglia di Michele, o la cacciata di casa dello stesso ordinata da un padre infuriato, era stata simultanea ed accompagnata da dichiarazioni che sarebbe stato meglio non fare: il padre aveva infatti gridato al figlio di non farsi più vedere da lui, Michele aveva ribattuto che l'avrebbe rivisto volentieri steso in una bara; alla madre, che piangeva, Michele aveva invece detto che sarebbe tornato a prendere le sue cose, ma che le avrebbe prima telefonato per non doversi incontrare con suo marito.

Michele si era poi avviato a piedi verso Confienza, distante alcuni chilometri, insaccato nel giubbotto che indossava e con le mani in tasca perché faceva un gran freddo, ed era arrivato al bar alle 8 trovandovi solo Gianni, il figlio del titolare. A lui aveva raccontato del litigio col padre e Gianni che, avendo la stessa età, poteva capirlo, lo aveva consolato e gli aveva offerto la colazione; poi, sapendo dell'interesse di Michele per la sua cameriera, gli aveva detto che Monica sarebbe stata occupata dalle 13 alle 19. Michele allora, che aveva accarezzato l'idea balzana di andare direttamente a casa della ragazza per chiederle ospitalità, aveva chiesto se poteva andare nel salone di sopra e dormire su una panca e Gianni aveva acconsentito.

Fu svegliato alle 12.50 da Monica; gli dolevano tutte le articolazioni e neppure il tenero massaggio che la ragazza gli fece alla base del collo riuscì a fargli passare il fastidio per essere stato per ore immobile ed in equilibrio precario sulla panca. Michele raccontò alla ragazza della lite col padre, ma non le disse che costui l'aveva definita "troietta in calore", poi affermò con decisione che non sarebbe più tornato a casa.

– Con questo intendi dirmi che vuoi trasferirti da me? Perché se è così non se ne parla proprio. Ti avevo detto che non dovevi montarti la testa se te l'avessi data. Mi è piaciuta la scopata quanto è piaciuta a te, succederà che potremo scopare ancora, ma non pensare di insediarti a casa mia, ci sto a malapena io e poi non voglio nessuno tra i piedi, tanto più uno che non aspetta altro che il momento opportuno per togliermi le mutandine. Per cui la mia idea è questa: ci frequentiamo per qualche mese, scopiamo con moderazione, ovvero non tutti i giorni, e se poi la cosa dovesse funzionare potremmo riparlarne. Adesso dimmi cosa vuoi mangiare, offre la casa, ho già parlato col Rossino.

Non era affatto un'idea cattiva quella della ragazza, era nella norma comportamentale di una coppia appena formata, anzi di più, era la promessa di sedute di sesso sfrenato un giorno sì ed uno o due no, sarebbe stato folle pretendere di più, eppure era quello che Michele si era aspettato, ora che era uscito/buttato fuori di casa. Michele cominciò a pensare che forse, se avesse avuto parecchio denaro anziché il nulla che aveva in quel momento, Monica si sarebbe decisa prima ad accettarlo come compagno fisso e con questo pensiero superò i dubbi che ancora nutriva sulla necessità di partecipare ad un rapimento.

◊

Alle due la banda dei "padani sfigati" si ritrovò nel solito bar di Confienza seduta attorno a due tavoli nel salottino; Monica era di turno e si divideva fra gli amici ed i clienti che cominciavano ad affollare il salone.

La TV trasmetteva le interviste ad allenatori, giocatori e commentatori televisivi delle partite di calcio che sarebbero cominciate da lì a poco e che avrebbero tenuto banco fino al lunedì successivo; almeno la metà dei presenti pendeva dalle loro labbra e commentava a sua volta quello che sentiva alla TV mostrando un'indubbia competenza.

– Ho pensato a lungo a come risolvere il problema di incassare i soldi del riscatto di Edoardo senza correre rischi. – esordì Enrico – Quanto al riscatto da chiedere ai miei genitori sarà più facile, perché sono sicuro che non avviseranno la polizia. Per incassare il primo riscatto il piano A si basa sul fatto che si verifichino due condizioni: la prima è che la famiglia Orombelli non avvisi la polizia, la seconda è che raccolga il denaro del riscatto in poco tempo, al massimo un paio di giorni.

– Grazie tante. – criticò Mirko – Con tali premesse tutti noi saremmo in grado di inventarci qualcosa. Dimmi che l'ingroppata con Renata ti ha ispirato qualcosa di meglio.

– Dicevo così perché se la famiglia avviserà la polizia, questa le metterà sotto sequestro i beni ed il nostro piano andrà a monte, mentre se la famiglia dovesse impiegare troppo tempo a pagare, dando per scontato che per lei mezzo milione di Euro sono bruscolini, vuol dire che, invece di avvisare la polizia, si è rivolta ad una agenzia privata e per noi il rischio di essere scoperti aumenterà man mano che passeranno i giorni. In entrambi i casi dovremo accontentarci del riscatto che potranno pagare i miei genitori per il mio rapimento, perché sono sicuro che i miei non avviseranno la polizia e tanto meno si rivolgeranno ad un'agenzia privata, per cui sarà uno scherzo, come dice Mirko, incassare il malloppo. 100.000 Euro li terrete per voi e 100.000 li invierete all'indirizzo che vi darò telefonando qui al bar. Chiamiamolo piano B.

– Mi sembra di sprecare una grande occasione. – criticò Giovanni – E se poi la famiglia Orombelli decidesse di pagare dopo una settimana o due?

– Si tratterebbe quasi di sicuro di una trappola orchestrata dalla polizia o dall'agenzia privata, per cui lascerete perdere quel denaro e vi accontenterete di quello che pagherà il mio babbo.

– Non so più amici... il piano A mi andava bene finché si trattava di rischiare per 70.000 Euro, mentre il piano B mi frutterà solo 25.000 Euro. Vorrei pensarci su ancora un po'. Fin quando mi date tempo per starci o per tirarmi indietro? – chiese Michele.

– Anch'io sono dello stesso parere di Michele. – disse Eva – Lasciatemi un po' di tempo per pensarci su.

Forse Giovanni, se in mattinata non avesse avuto l'acceso scontro col padre, avrebbe assunto la stessa posizione riluttante dei due amici, ma l'ira che allora aveva provato gli bruciava ancora in corpo e senza pensarci molto disse:

– Io sono sempre della partita e se altri dovessero tirarsi indietro non avrò che da ringraziarli, perché così lieviterà la mia quota-parte del riscatto, sia nel piano A che in quello B.

Mirko era rimasto col cerino acceso in mano: se avesse detto no, con ogni probabilità il rapimento non si sarebbe fatto, perché anche Eva si sarebbe schierata con lui e Michele l'avrebbe seguita, magari imbeccato da Monica che si era già tirata fuori; se avesse detto che ci stava, il numero di persone per sequestrare Edoardo sarebbe stato appena sufficiente. Passò in rassegna i motivi per cui il giorno precedente aveva aderito con entusiasmo al progetto criminale ed essi erano tutti presenti: senza lavoro, senza patente, senza soldi, per cui disse ad Ettore che lui ci stava comunque.

La sua decisione contagiò quella di Eva, anche perché Mirko le aveva nel frattempo garantito che, a parte l'adescamento di Edoardo, non avrebbe più dovuto esporsi, neppure per fare da vivandiera al prigioniero, ed avrebbe pensato lui a tutto; pertanto si dichiarò disponibile a partecipare al rapimento, sia nel caso che questo le fruttasse 70.000 Euro, sia che le fruttasse meno.

Michele raccontò anche agli amici quanto gli era successo in mattinata col padre e Mirko si offrì di ospitarlo, anche perché lui intendeva trasferirsi nell'appartamento di Eva.

– Non so perché Monica faccia tante storie per ospitarti. – aveva detto Eva – Avere Mirko nel mio appartamentino non mi darà nessun fastidio e se dovesse fare lo stronzo non mi farò problemi a camparlo fuori, ma finché continuerà ad adorarmi non penso che possa accadere.

– Mia madre è molto brava in cucina e ti preparerà degli ottimi pranzetti, vedrai che ingrasserai come un porco. – lo aveva rassicurato Mirko – Inoltre potrai usare la mia Punto, così non si scaricherà la batteria e potrai farmi da autista ogni volta che Eva non potrà scarrozzarmi. Guai a te però se rovisterai nelle mie cose e le metterai in disordine e, se dovessi tornare a casa, sappi che dovrai andartene in 24 ore.

– Grazie ragazzi, vi devo molto, senza di voi non avrei saputo come fare. Adesso devo solo trovare il modo di tirar su qualche soldo. – ringraziò Michele, molto colpito per la disponibilità dell'amico.

– Non hai che da partecipare anche tu al rapimento, anche se dovesse fruttarti solo 25.000 Euro, che sono un'enormità per chi non ha in tasca nulla, come nel nostro caso. – gli disse Mirko.

Di fronte a quella considerazione e per non essere l'unico maschio a tirarsi indietro, Michele decise di sciogliere la riserva fatta poco prima e si dichiarò disponibile a partecipare al rapimento.

L'arrivo nel salottino di Sonia e di Renata pose fine alle discussioni fra gli amici e le coppie formatesi la sera prima se ne andarono ognuna per conto suo: Enrico e Renata con la X3, Giovanni e Sonia con la Aygo di costei, Mirko ed Eva con la Musa della ragazza. Rimase solo Michele ad attendere che Monica finisse il suo turno alle sette ed a meditare sulla situazione in cui era venuto a trovarsi, sia riguardo al rapimento, sia riguardo ai rapporti col padre.

◊

Nella settimana successiva Mirko e Michele si diedero molto da fare per trasformare una stanza del cascinotto di Giovanni in una prigione: la vuotarono dei pochi attrezzi che conteneva, misero un nuovo lucchetto all'esistente catenaccio della robusta porta di legno, montarono una tenda canadese in un angolo della stanza ed ammucchiarono attorno ad essa delle balle di paglia; con le stesse balle innalzarono una pila alta fino al soffitto, in modo da ostruire completamente l'unica finestra che arieggiava l'ambiente; sistemarono a fianco della tenda una pesante mangiatoia di legno dotata di una lunga catena e di un altro lucchetto, un WC chimico con un capiente bugliolo, del liquido per sciogliere le deiezioni, due rotoli di carta igienica, un trespolo metallico con catino, brocca dell'acqua ed un asciugamani. Michele portò nella stanza anche una lampada da campeggio facilmente trasformabile in fornelletto d'emergenza, nonché alcune bombolette di butano, e Mirko portò una stufetta a resistenza elettrica, ben sapendo quanto potevano essere fredde le notti nel mese di novembre. Un materasso di gommapiuma ed un sacco a pelo completavano la dotazione che avrebbe permesso ad Edoardo di dormire sul morbido e di difendersi dal freddo; mentre fascette di plastica e nastro isolante erano a disposizione dei carcerieri per impedirgli di gridare e di muoversi. I rapitori avevano anche deciso che Edoardo non potesse disporre di stoviglie metalliche, di bicchieri di vetro e di piatti o tazze di ceramica ed avevano portato nella stanza uno scatolone con gli equivalenti in plastica.

Enrico si era procurato un flacone di cloroformio dal laboratorio di chimica della facoltà ed aveva insegnato a Michele come usarlo senza correre il rischio di perdere i sensi; Mirko e Michele avevano rubato le targhe di una Panda parcheggiata presso la stazione di Vercelli da settimane, vista la quantità di escrementi di piccione che la imbrattava; Eva si era procurata una parrucca di capelli neri e ricci.

Nel tardo pomeriggio di ogni giorno la banda dei "padani sfigati" si ritrovava nel salottino del bar Centrale per definire i dettagli del sequestro, ma lasciando spazio a modifiche conseguenti al verificarsi di imprevisti. Naturalmente ogni discussione circa il rapimento si interrompeva non appena Renata e Sonia si affacciavano al salottino e si trattenevano a chiacchierare, per poi farsi portar fuori a cena da Enrico e da Giovanni. Mirko e Michele, essendo squattrinati, facevano gruppo a sé quando si intrattenevano con

Eva e con Monica ed erano costoro ad offrirgli la pizza le poche volte che cenarono fuori casa.

La madre di Mirko non sembrava troppo seccata di ospitare Michele, forse perché aveva scambiato un figlio indisponente di 28 anni con un ragazzo educato di 20, che oltretutto la teneva al corrente dell'evolversi della storia d'amore di Eva col figlio. Questa navigava col vento in poppa, tanto era l'affiatamento dei due, ed entrambi avevano cominciato ad informarsi, invero molto prematuramente, delle occasioni per rilevare un bar a Vercelli od a Robbio. Anche la nascente storia d'amore fra Monica e Michele procedeva secondo il programma imposto dalla ragazza, con due/tre uscite alla settimana per una pizza, da soli o con Mirko ed Eva, per poi concludere la serata a grufolare nel lettone.

Monica non volle mai sapere come procedeva il progetto di rapimento, anche se Michele si era più volte offerto di ragguagliarla in merito.

Tre giorni prima di quello fissato per il rapimento, Eva si era presentata nell'ufficio della Hertz di Vercelli coi capelli a caschetto biondi che figuravano sulla fotografia della sua patente ed aveva noleggiato una Citroën C3 per la durata di cinque giorni, poi era tornata a Confienza ove Mirko e Michele avevano tolto le targhe alla C3 ed avevano montato quelle che avevano preso alla Panda alcuni giorni prima, quindi avevano parcheggiato l'auto noleggiata in una via poco trafficata.

Enrico aveva scritto le lettere di riscatto con la sua antidiluviana Lettera 22 su comune carta da fotocopie, la busta era una qualsiasi busta per lettere, carta e busta erano state maneggiate indossando guanti da chirurgo. Una lettera era indirizzata all'ing. Orombelli e sulla busta compariva la scritta a mano "Riservata, personale, urgente". Il testo diceva:

Edoardo è nelle mie mani. Per riaverlo metti mezzo milione di Euro in banconote non segnate e in tagli da cinquanta e da cento Euro in una borsa nera con un foulard chiaro annodato sui manici. Lascerai la borsa in testa al binario 11 della stazione Centrale alle ore 10 del 10 novembre. Se proverai a seguire il denaro e/o l'incaricato del suo ritiro, Edoardo morrà; idem se tu dovessi tardare a consegnare il denaro, idem se tu dovessi avvisare la polizia o terzi. A transazione avvenuta felicemente, Edoardo verrà liberato entro 24 ore.

Enrico aveva messo la lettera tra le pagine di un blocco note e con la stessa macchina da scrivere, ma senza usare precauzioni circa il maneggio della carta e della busta, aveva scritto anche la lettera ai suoi genitori per chiedere il riscatto del proprio finto rapimento. La prima lettera sarebbe stata consegnata a mano da Michele presso la sede della ditta dell'ingegner Orombelli a Rogoredo subito dopo aver rapito Edoardo, la seconda sarebbe stata imbucata in un'altra città lo stesso giorno.

◊

Lunedì 9 novembre la banda dei "padani sfigati" si mise in moto secondo un programma preciso. Alle 8.50 Enrico, Mirko, Eva e Michele parcheggiarono la C3 a circa 300 metri dall'istituto di chimica dei lipidi, ove Enrico era sicuro di trovare Edoardo in sala studenti; il primo si recò a piedi all'istituto, controllando che non ci fossero videocamere a monitorare il traffico ed i passanti, gli altri rimasero in auto. Mirko era armato con una calza piena di monete e con una grossa chiave inglese, Michele, con in testa un cappello da baseball la cui visiera gli copriva gran parte del viso, aveva con sé un rotolo di nastro isolante, alcune fascette di plastica ed una vaschetta a chiusura ermetica contenente un fazzoletto intriso di cloroformio, Eva si era messa la parrucca di capelli neri, una minigonna mozzafiato ed un golfino molto scollato ed aderente che permetteva una perfetta visione delle sue ragguardevoli tette, inoltre si era truccata pesantemente, tanto da assomigliare ad una *escort* d'alto bordo.

Enrico aveva con sé una ventiquattrore che conteneva alcune foto di Eva seminuda, un blocco note, le lettere con le richieste di riscatto, di cui solo una affrancata, ed appunti di chimica per fare scena, un coltello a serramanico perché poteva sempre servire, due patate di circa 8 cm di diametro, un paio di guanti da chirurgo ed un giornale per poter ingannare l'attesa senza dare nell'occhio.

Enrico si fermò a poca distanza dall'ingresso dell'istituto e finse di leggere il giornale. Alle 9.10 arrivò Edoardo a bordo di una Mini che parcheggiò a poca distanza; subito Enrico si mosse nella sua direzione, ma cercando di dare l'impressione di voler procedere oltre, e quando fu alla sua altezza lo chiamò e gli disse giovialmente:

– Edoardo! Non dirmi che sei arrivato con quello scatolino. Che fine ha fatto la Cayenne?

– È in garage a montare le gomme da neve. Lo scatolino è di mia sorella. Tu dove stai andando? non vieni in istituto? –

– Sì, ma prima devo passare dal tabaccaio. Ci vedremo fra un quarto d'ora in sala studenti. Ho una cosa fantastica da farti vedere.

Edoardo entrò nell'istituto di chimica ed Enrico raggiunse la Mini, qui appoggiò la ventiquattrore a terra, ne estrasse i guanti da chirurgo e finse di rovistare nella borsa, prese una patata e la piantò nel tubo di scappamento della Mini, spingendola in profondità perché non fosse visibile, gettò via l'altra patata e si mise i guanti in tasca. Si alzò e si guardò attorno: nessuno dei passanti sembrava far caso a lui, nessuno lo stava osservando dalle finestre dell'istituto.

Enrico tornò all'istituto e raggiunse la sala studenti, vi trovò una decina di ragazzi, alcuni intenti a studiare, altri a copiare appunti, altri a chiacchierare; cercò con lo sguardo Edoardo e gli fece cenno di avvicinarsi. Si sedettero ad un tavolo appartato, lontani da orecchie indiscrete, ed Enrico aprì la ventiquattrore.

– Allora, cosa volevi mostrarmi? – chiese Edoardo.

– Se non sbaglio, l'ultima volta che ci siamo parlati mi avevi detto che, se mi fosse capitata una porcona tra le mani, di fartela conoscere. – rispose Enrico facendogli vedere tre foto di Eva pressoché nuda – Guarda questa se ti piace, quanto all'essere porca, ti assicuro che non ce ne sono altre come lei.

– Puttanavacca! – esclamò Edoardo divorando le foto con gli occhi – E quanto vuole questa sventola per farsi sbattere? –

– Non vuole soldi, i soldi le escono anche dal buco del culo, ma se le offrirai un po' d'erba non ti dirà certo di no.

– Uau! E come si fa per incontrarla?

– Basta chiamarla al telefono e verrà lei da te, servizio

a domicilio, ma non ti darò il numero, non risponde ai numeri di sconosciuti, per cui se ti interessa le telefonerò io.

– Certo che mi interessa! Dai, telefonale. Tu cosa vuoi per il disturbo?

– Niente, a buon rendere. Vai a prendere qualcosa da bere mentre le telefono.

Edoardo andò al distributore delle bibite e prese due lattine di Coca-Cola, Enrico finse di telefonare allontanandosi da dov'erano seduti, come per cercare di migliorare la ricezione del cellulare, dopo pochi minuti tornò al tavolo e ad Edoardo, che lo interrogava con gli occhi, disse:

– È in giro per Milano col fratellino e la guardia del corpo. Le ho spiegato dove hai parcheggiato la Mini e lei mi ha detto che parcheggerà la sua Citroën C3 vicino alla tua auto. Sarà qui fra un quarto d'ora.

– Come si chiama la porcona?

– Eva, e come sennò.

– Perché gira con una guardia del corpo?

– Perché, strafica com'è, quando è in giro da sola continuano ad importunarla. – rispose Enrico finendo la Coca.

– Dai andiamo, che mi sento tutto arrapato.

Enrico ripose le foto di Eva nella ventiquattrore ed Edoardo terminò la sua bibita, quindi uscirono dall'istituto e si avviarono verso la Mini; quando l'ebbero raggiunta si fermarono guardandosi attorno, fin quando Enrico mentì dicendo di aver visto una C3 parcheggiare molto più avanti.

Salirono sulla Mini ed Edoardo provò a mettere in moto, ma il motore non ne volle sapere, al terzo tentativo Edoardo uscì dall'auto imprecando all'indirizzo della sorellina, della Morris e del buon Dio; allora Enrico ed Edoardo si avviarono a piedi e dopo circa duecento metri raggiunsero la C3. Sul marciapiedi non v'erano pedoni nel raggio di un centinaio di metri, su quello opposto, a 30 metri di distanza, c'era un capannello di 6 o 7 studenti intenti a discutere animatamente, sulla strada il traffico scorreva regolare. Eva era seduta sul sedile posteriore destro con le gambe piegate sotto di sé, la minigonna le era salita fino all'inguine e le tette erano ampiamente in bella vista, Michele era seduto alla sinistra di Eva e teneva in mano il contenitore di plastica col fazzoletto intriso di cloroformio, Mirko, seduto a fianco del posto del conducente, era girato verso Eva e si teneva pronto con la calza piena di monete.

Enrico spalancò la portiera di Eva e le disse giulivo:

– Eva, ti presento Edoardo Orombelli, che muore dalla voglia di conoscerti. Trattalo bene perché è un mio caro amico. – ciò detto spinse forte Edoardo all'interno dell'abitacolo.

Quando Enrico aveva aperto la portiera, Edoardo si era abbassato come per salire in auto, o forse per meglio sbirciare nella scollatura di Eva, e l'energica spinta di Enrico lo aveva colto di sorpresa e già sbilanciato in avanti, così che col busto aveva scavalcato Eva ed era finito con la faccia contro il fazzoletto intriso di cloroformio che Michele aveva tolto dalla scatola a chiusura ermetica. Michele glielo aveva tenuto premuto sul viso per una manciata di secondi, finché il corpo di Edoardo si era afflosciato. Eva gli aveva fatto entrare le gambe nell'abitacolo ed aveva rinchiuso la portiera; Mirko, per rendersi utile, aveva vibrato un colpo con la calza sulla testa del ragazzo ormai esanime.

Enrico si mise alla guida e partì immettendosi nel traffico, pressoché sicuro che nessuno si fosse accorto del sequestro, ed al primo rallentamento diede il proprio cellulare ad Eva e le disse di gettarlo via, insieme a quello che Michele aveva tolto ad Edoardo, in un posto ove non potesse essere ritrovato.

Si diressero verso la tangenziale Est per la via più breve, intanto Michele aveva gettato via il fazzoletto intriso di cloroformio, poi, aiutato da Eva, aveva legato mani e piedi di Edoardo col nastro isolante e con le fascette di plastica, mentre Mirko gli aveva infilato un calzino in bocca e gliela aveva tappata con dell'altro nastro isolante. Edoardo fu fatto rannicchiare a forza sul pianale dell'auto e venne coperto con un *plaid;* solo allora si allentò la tensione fra i quattro rapitori.

Venti minuti dopo giunsero a Rogoredo e parcheggiarono la C3 ad un centinaio di metri dall'azienda dell'ing. Orombelli, un grosso capannone ed un vasto piazzale occupato da bancali di laterizi, di autobloccanti, di fasci di tondino di ferro e di mille altri prodotti per l'edilizia. Michele scese dall'auto e si diresse verso il cancello d'ingresso, tenuto aperto per consentire un comodo accesso agli automezzi; aveva in mano la busta con la richiesta di riscatto e non si era scordato di mettere i guanti. Attrasse l'attenzione di un operaio che spostava un bancale di coppi con un muletto, si avvicinò a lui e gli diede la busta, cercando di tenere il viso nascosto dalla visiera del cappello da baseball, gli disse di consegnarla al padrone e si allontanò subito; svoltò in una via traversa e risalì sulla C3, che partì sgommando per riprendere la tangenziale.

Dopo una ventina di minuti si immisero nell'autostrada Milano-Torino e dopo un'altra mezz'ora uscirono al casello di Agognate; mentre transitavano sul ponte del torrente Agogna, Eva gettò in acqua i cellulari di Edoardo e di Enrico e nell'attraversare Novara Mirko imbucò la lettera di riscatto indirizzata a Bruno Buscaglia, il padre di Enrico; poi su strade statali e secondarie, cercando per quanto possibile di evitare di farsi riprendere dalle videocamere, alle 11.30 raggiunsero il cascinotto di Giovanni.

Giuseppe Cortese, il padre di Giovanni, era partito per il Venezuela il venerdì precedente e si sarebbe trattenuto nella sua azienda venezuelana fin dopo Natale, per cui Giovanni ed Enrico erano sicuri di poter sorvegliare il prigioniero senza avere la preoccupazione che qualcuno venisse a curiosare.

Edoardo era ancora privo di sensi quando venne trasportato nella stanza predisposta per tenerlo prigioniero, fu incatenato alla mangiatoia, lo si liberò dal bavaglio e dal nastro isolante che gli bloccava le mani, ma non dalle fascette di plastica alle caviglie. Poi i rapitori chiusero col catenaccio la porta della stanza, rimontarono sulla C3 le targhe originali, quindi Eva e Mirko riportarono l'auto alla Hertz di Vercelli e tornarono con la Punto di Mirko che avevano preventivamente lasciato nei pressi dell'agenzia.

Siccome Enrico, dovendo fingere di essere stato rapito in mattinata, non poteva farsi vedere in zona, alle 19 Eva portò i rapitori fin in una pizzeria di Novara per festeggiare la buona riuscita della prima parte del piano, oggettivamente la più facile, e per ripassare le mosse per far concludere felicemente anche la seconda parte, la più difficile, quella dell'incasso del riscatto.

– Domani Mirko e Giovanni andranno a Milano ed a partire dalle 8.30 controlleranno il binario 11 e quelli vicini. Dovranno individuare eventuali poliziotti in agguato, perché se l'Orombelli ha avvisato la polizia, essa aspetterà che ci facciamo vivi per saltarci addosso e catturarci. – spiegò Enrico.

– Prima domanda: perché io e Giovanni e non tu e Michele? Tu sei già bruciato, perché qualche videocamera ti avrà sicuramente ripreso mentre uscivi dall'istituto di chimica con Edoardo. – obbiettò Mirko.

– Proprio per quel motivo non posso essere io la persona che prenderà la borsa col denaro: per tutti io dovrò risultare di essere stato rapito insieme ad Edoardo. Michele invece si è esposto quando ha consegnato la lettera a quell'operaio, che forse potrà fornire una sua descrizione, anche se lo ritengo improbabile; mentre gli unici che non sono stati visti da nessuno siete tu e Giovanni, oltre ad Eva; ma Eva desterebbe dei sospetti se dovesse assentarsi dal lavoro per la terza volta nell'arco di una settimana. – spiegò Enrico.

– Seconda domanda: come facciamo a scovare i poliziotti in agguato se fossero in borghese o se si fossero travestiti? –

– Facendo ballare l'occhio, notando chi bighellona senza fare nulla, chi si guarda attorno di continuo... cose del genere; sui marciapiedi è molto difficile stare nascosti, quindi avrete un'ottima visuale per individuare persone sospette. – rispose Enrico senza essere neppure lui convinto della validità della risposta.

– Ma così facendo saremo noi a dare nell'occhio, anche senza avvicinarci alla borsa col denaro. – osservò Giovanni.

– No, perché avrete entrambi una borsa nera con voi. Sarete due persone con bagaglio sui marciapiedi della stazione, come un centinaio di altri viaggiatori. Ma andiamo avanti: alle 9.50 vi avvicinerete alla testata del binario 11 ed appoggerete le vostre borse a terra, quindi vi metterete a leggere il giornale. Alle 10 si presenterà qualcuno che appoggerà a terra una borsa nera con un *foulard* chiaro legato ai manici, allora uno di voi prenderà la borsa con cui è arrivato, farà un giro per la stazione durante il quale legherà un *foulard* chiaro ai manici, e tornerà al binario 11, qui appoggerà la sua borsa vuota col *foulard* a terra vicino a quella che contiene il denaro; poi l'altro farà la stessa cosa, così che, nel giro di cinque minuti, a terra ci saranno tre borse nere con tre *foulard* chiari legati ai manici. A quel punto attenderete che attorno a voi vi sia un po' di gente, ed in un lampo uno di voi scambierà di posto la sua borsa vuota con quella col denaro, mentre l'altro lo coprirà per quanto possibile, quindi vi aggregherete ad un gruppo di viaggiatori, vi allontanerete dal binario 11 e salirete sul treno per Torino. L'intera operazione di scambio delle borse dovrà richiedere uno o due secondi, non di più. Quando il treno sarà partito, uno di voi andrà in bagno con le due borse, travaserà il denaro nella borsa vuota, in modo da non portarsi dietro eventuali dispositivi di radiolocalizzazione, e quindi tornerà al suo posto con la sola borsa col denaro. Fatto questo telefonerete ad Eva od a Michele e gli direte se l'operazione è andata a buon fine oppure no. Domande?

– E se dovessero fotografarci mentre saremo in testa

al binario 11? O se le videocamere dovessero riprenderci quando saremo sui marciapiedi a far ballare l'occhio? – chiese Mirko.

– È per questo che dovrete mettervi delle parrucche ed indossare vestiti *double face*. Le parrucche ve le toglierete solo dopo aver effettuato lo scambio di borse e prima di salire sul treno per Torino, mentre i vestiti li potrete rivoltare nei gabinetti della stazione.

– Insomma hai pensato a tutto. A me sembra tanto il gioco delle tre carte. – concluse Giovanni.

– C'è qualcuno di voi che sia mai riuscito a scoprire dov'è il trucco nel gioco delle tre carte? no? Ebbene ho adattato tale gioco al nostro piano: se ci muoveremo come ho detto non ci beccheranno mai. – assicurò con non poca sicumera Enrico.

Prima di far ritorno a Confienza Eva lasciò Enrico al cascinotto, ove sarebbe rimasto nascosto in attesa che l'Orombelli e suo padre pagassero i riscatti.

Capitolo IV

La lettera con la richiesta di riscatto arrivò sulla scrivania dell'ingegner Saverio Orombelli dieci minuti dopo che Michele l'aveva consegnata all'operaio; venne subito aperta e letta, prima con curiosità, poi con un'angoscia via via crescente. L'Orombelli tornò subito a casa ed interrogò la moglie e la figlia, dalla prima apprese che Edoardo era uscito alle 8.30 per recarsi in università, dalla seconda seppe che gli aveva prestato la Mini perché la sua Cayenne era dal gommista.

Venuta a conoscenza del rapimento del figlio, dopo l'iniziale e scontata disperazione, Antonietta, la moglie dell'ingegnere, gli raccomandò di non fare pazzie e di eseguire per filo e per segno le disposizioni dei rapitori, mentre la figlia Paola, che pareva non mostrare alcuna preoccupazione per la sorte del fratello, ebbe una posizione più favorevole a che fossero avvisate le forze dell'ordine.

– Da vent'anni i sequestri di persona finiscono con la cattura dei rapitori ed in nessun caso al rapito è stato torto un capello, per cui io mi affretterei ad avvisare la polizia. – sostenne Paola.

– Non sono d'accordo. In fin dei conti ci chiedono solo mezzo milione di Euro, deve essere uno di quei sequestri-lampo di cui ho letto sui giornali; capisco se ci avessero chiesto cinque o sei milioni, ma per mezzo milione non vale la pena mettere in pericolo la vita di Edoardo. – spiegò Antonietta.

– Invece di avvisare le forze dell'ordine potremmo avvalerci di un'agenzia privata: sono professionisti di grande esperienza, sapranno consigliarci su cosa fare. – propose Saverio.

– Non dire cretinate! Paghiamo fior di tasse per mantenere la polizia e quando si verifica un problema vuoi affidarti a dei privati, che oltretutto si faranno strapagare; e poi non voglio che Edoardo possa correre dei rischi. I rapitori sono stati chiari: se dovessimo avvertire la polizia o terzi, allora lo uccideranno. Per cui paghiamo e facciamola finita. – ordinò Antonietta.

– Fate un po' come volete, ma vorrei poter fotografare i rapitori quando prenderanno la borsa col riscatto e se in base a quelle foto dovessimo recuperare i soldi, sappiate che ne voglio una parte. – puntualizzò Paola.

Saverio assicurò che avrebbe fatto come voleva la moglie, ma siccome non gli spiaceva neppure la proposta della figlia, stabilì che la mattina dopo avrebbe portato lei la borsa col denaro in testa al binario 11, in quanto era l'unica in famiglia a saper usare un cellulare che facesse anche le foto, ma le raccomandò di non farsi scoprire mentre fotografava i rapitori. Poi Saverio controllò quanti soldi ci fossero in cassaforte e, verificato che non ce n'erano abbastanza, telefonò in banca per farsi preparare mezzo milione in banconote da 50 e da 100 Euro e disse che sarebbe passato a ritirare il denaro nel pomeriggio. Antonietta procurò una borsa a tracolla nera in Cordura ed un *foulard* di Hermès di colore chiaro, ma bocciò la proposta di Paola di infilarci dentro un cellulare acceso.

– Abbiamo deciso di non avvisare la polizia, quindi è inutile discostarci dalle direttive dei rapitori, anche perché non sapremmo come fare ad inseguire i segnali del cellulare dopo che avranno preso la borsa. – aveva detto Antonietta – Inoltre il rischio che il cellulare possa essere scoperto è eccessivo e non voglio far nulla che possa indurre i rapitori a non rispettare l'accordo di liberare Edoardo entro 24 ore dalla consegna del denaro. –

◊

Martedì 10 alle ore 7 Giovanni e Mirko si trovavano alla stazione di Vercelli per acquistare due biglietti di andata e ritorno per Milano. Il primo era vestito con un soprabito *double face,* aveva una parrucca color castano chiaro, una sciarpa a celargli gran parte del viso e grossi occhiali da sole a nascondergli gli occhi; il secondo aveva un giubbotto di piumino d'oca rivoltabile, bianco panna da un lato e rosso vivo dall'altro, anch'egli aveva degli occhiali da sole ed i capelli erano nascosti da una buriola di lana. Entrambi indossavano dei guanti ed avevano con sé due borse a tracolla nere che contenevano dei *foulard* di colore chiaro e dei giornali, che avrebbero usato per darsi un contegno mentre controllavano l'assenza di poliziotti sui marciapiedi della stazione Centrale.
Giunti a destinazione si aggirarono per la stazione tenendo d'occhio i marciapiedi dei binari dal IX al XIII, si trattennero presso la base delle capriate che reggevano le enormi volte fingendo di leggere il giornale, si sedettero con aria annoiata sulle scomode panchine di granito fingendo di essere in attesa di chissà chi,

perlustrarono i negozi del transetto e guardarono attorno ai distributori automatici di bevande e di merendine presso la testata dei binari, ma non ravvisarono alcun pericolo.

V'erano sì dei poliziotti che bighellonavano qua e là, ma erano troppo intenti a chiacchierare fra di loro o ad allontanare i venditori abusivi di cianfrusaglie per interessarsi a viaggiatori fermi sui marciapiedi; v'erano poi molti ferrovieri, ma ognuno di essi era intento a svolgere (o a fingere di svolgere) qualche misterioso lavoro, come pure i portabagagli e gli addetti a rifornire i distributori di generi di conforto. Poche erano le persone ferme in attesa di salire sui treni, per lo più circondate da numerosi bagagli, in quanto la maggior parte dei viaggiatori scendeva dai treni a frotte e sciamava rapidamente via.

Rassicurati dalla mancanza di polizia in agguato, alle 9.50 Giovanni e Mirko si posizionarono alla testata del binario 11 mantenendosi ad un paio di metri uno dall'altro, appoggiarono le borse vuote a terra e finsero di essere in attesa di qualcuno leggendo il giornale. Alle 10 in punto una ragazza molto giovane si avvicinò a loro recando una borsa nera con un *foulard* chiaro annodato sui manici, Giovanni e Mirko celarono prontamente il viso dietro al giornale, ma videro ugualmente che la ragazza posava la sua borsa fra quelle che avevano appoggiato a terra, per poi fare dietro front ed allontanarsi in fretta.

Subito Mirko, approfittando di un'ondata di viaggiatori che gli passava davanti, spinse la sua borsa vuota contro quella lasciata dalla ragazza, ne sciolse il *foulard*, che riannodò su quella vuota che aveva portato, e si rialzò reggendo la borsa col denaro, quindi sibilò a Giovanni:

– Svelto andiamocene. Il gioco delle tre carte non mi è mai piaciuto.

Anche Giovanni si mosse con la sua borsa vuota, chiedendosi perché Mirko aveva voluto cambiare un piano accuratamente studiato, ma seguì l'amico senza fare obiezioni; entrarono nei gabinetti della stazione, in una cabina rivoltarono il soprabito ed il piumino che indossavano, si tolsero la parrucca, la buriola e gli occhiali da sole, ma quando aprirono la borsa che doveva contenere i soldi del riscatto, vi trovarono solo dei libri vecchi sotto uno strato di mazzette di banconote da 50 Euro.

– Cazzarola! Ma qui ci sono solo gli spiccioli. – esclamò Giovanni – Adesso cosa facciamo?

– Niente! Chissà dove sarà ora la ragazza. Ci ha fregati per bene quella troia.

– Chi poteva essere?

– Non penso che una ragazza tanto giovane possa far parte della polizia, magari era un'impiegata della ditta dell'ingegner Orombelli.

Un energico bussare alla porta della cabina, unitamente ad una voce che gridava: "Uè culattoni, volete lasciar libero il cesso?", indussero Mirko e Giovanni ad uscire e ad allontanarsi sotto lo sguardo severo di alcune persone che continuarono a criticare, tutt'altro che sommessamente, i gusti sessuali di certa gente.

Salirono sul treno per Torino, in partenza una decina di minuti dopo, ed in un gabinetto Mirko travasò i soldi nella borsa vuota, li coprì con la parrucca e con la buriola, ritirò in essa i guanti e gli occhiali da sole, ed abbandonò nel gabinetto la borsa coi libri vecchi.

– Quanti soldi c'erano? – chiese Giovanni quando Mirko tornò al suo posto.

– Otto mazzette di banconote da 50 Euro, per un totale di 40.000 Euro, sempre che nelle mazzette non abbiano infilato dei ritagli di giornale. – rispose Mirko fumante di rabbia.

– Perché hai voluto cambiare il piano di Enrico?

– Perché lo ritenevo troppo complicato, ed ho voluto cogliere l'attimo approfittando dell'ondata di viaggiatori che ci ha circondato. E comunque non sarebbe cambiato niente circa la fregatura che abbiamo preso.

– Sono d'accordo, ma vediamo di non dire nulla ad Enrico, per lui le cose sono andate come da programma. – ciò detto prese il cellulare e comunicò a Michele, in spasmodica attesa di notizie, il quasi totale fallimento del piano.

◊

Il piano di Paola invece era perfettamente riuscito. L'aveva imbastito sul momento, quando la madre non aveva voluto rivolgersi alla polizia ed il padre aveva avallato la sua idea di fotografare di nascosto i rapitori, perché così sarebbe stata lei, l'unica ad avere un cellulare con fotocamera, a portare in stazione il denaro del riscatto. In fondo ad un armadio aveva trovato la borsa nera che faceva al caso suo, aveva legato ad un manico della stessa un *foulard* chiaro che non le piaceva più, poi l'aveva riempita di libri vecchi e l'aveva messa, coperta da un *plaid,* sul pianale della Cayenne che era andata a ritirare dal gommista.

Paola odiava Edoardo. Lo odiava perché era il primogenito, perché era maschio, perché avrebbe ereditato la direzione dell'azienda paterna, perché era il beniamino di suo padre, perché a lui avevano regalato una Porsche Cayenne ed a lei una misera Mini, perché si scopava tutte le sue amiche e quando le lasciava esse venivano da lei a lamentarsi per come erano state trattate. Ne detestava l'aspetto, la voce, l'odore, il carattere, il modo di fare; le faceva schifo quando si scaccolava il naso, quando scoreggiava e ruttava apposta per infastidirla, quando sgocciolava sull'asse del WC e non tirava l'acqua dopo aver pisciato, quando parlava con la bocca piena. Erano stomachevoli i suoi gusti, avendo scoperto quali siti pornografici amava visitare su Internet e quali riviste oscene collezionava; lo disprezzava per la sua dipendenza dalla cannabis e forse anche dalla cocaina. Paola lo voleva morto ed il rapimento era capitato a fagiolo per esaudire il suo desiderio.

Il mattino del 10 Paola aveva preso la borsa di Cordura col denaro preparato dal padre, cui Antonietta aveva legato un *foulard* chiaro di Hermés sui manici, l'aveva caricata sulla Cayenne ed aveva assicurato i genitori che avrebbe posto molta attenzione nel fotografare i rapitori e che poi sarebbe subito tornata a casa, quindi era partita per la stazione Centrale. Appena lontano dalla vista però si era fermata, aveva tolto alcune mazzette da 50 Euro dalla borsa di Cordura col riscatto e le aveva disposte in bell'ordine sui libri vecchi nella borsa nera con un *foulard* chiaro che aveva caricato in auto il pomeriggio precedente, quindi aveva nascosto sotto il *plaid* la borsa di Cordura col grosso del denaro ed era ripartita. Aveva trovato da parcheggiare un po' distante dalla stazione, così da doversi affrettare per arrivare in tempo al luogo dell'appuntamento.

Alle 10 spaccate giunse trafelata in testa al binario 11 e vide che c'erano due tizi fermi a leggere il giornale. Erano travestiti da agenti segreti, con sciarpa a coprire il volto ed occhiali scuri per nascondere gli occhi e, quando si avvicinò a loro, si tuffarono in una lettura più attenta del giornale, nascondendo completamente il viso. Paola notò che ai loro piedi c'erano due borse nere identiche ed immaginò quale fosse il loro piano, per cui appoggiò la sua borsa vicino a quella del tizio con la buriola, poi tornò rapidamente indietro, fin oltre ad un varco d'ingresso ai binari, e solo quando fu al riparo di un'edicola di giornali e di riviste si girò per guardare cosa succedeva.

I due tizi travestiti da agenti segreti non c'erano più e le loro borse nere neppure. Solo una borsa nera con un *foulard* chiaro legato attorno ai manici era in vista, ma ancora per poco, perché un altro tizio sulla quarantina, con vestiti dimessi e con niente a nascondergli il volto, se ne impossessò *en passant* e si allontanò rapidamente dal binario 11. Paola fece in tempo a fotografarlo mentre prendeva la borsa e si confondeva tra la folla, poi si allontanò per cercare i due che leggevano il giornale quand'era arrivata; aveva guardato qua e là, ma non avendoli più trovati era tornata a casa. Paola era raggiante: era sicura che Edoardo non sarebbe uscito incolume da quella storia.

A casa raccontò ai genitori quello che aveva visto in stazione: disse di aver fatto in tempo a fotografare un uomo malvestito che aveva preso la borsa che aveva lasciato a terra, accennò alle due persone che erano presenti in testa al binario 11 quando era arrivata alle 10, ma disse che non era riuscita a guardarle in faccia e di non aver fatto in tempo a fotografarle. Saverio Orombelli e la moglie Antonietta iniziarono la lunga ed angosciosa attesa di 24 ore prima di avere notizie di Edoardo. Paola invece andò in garage per travasare il grosso del denaro del riscatto dalla borsa di Cordura in uno zainetto che portò nella sua camera e ritirò in un armadio, poi si ripromise di far sparire quanto prima la borsa di Cordura ed il *foulard* di Hermès e di attendere che in casa non ci fosse nessuno prima di trovare un nascondiglio migliore al denaro.

◊

Edoardo era terrorizzato e sofferente. Quando aveva ripreso i sensi si era trovato all'interno di una tenda, incatenato a qualcosa di pesante e con le caviglie bloccate con delle fascette di plastica; aveva messo la testa fuori dalla tenda ma non aveva visto nulla, il luogo in cui si trovava era completamente buio. Sentiva un vago odore di paglia e tastando il pavimento ne aveva toccato parecchi steli; aveva provato a gridare fino a sgolarsi, ma era riuscito solo a far aumentare il mal di testa che lo tormentava; aveva nausea e sete e nel dimenarsi aveva urtato una bottiglia, forse d'acqua, che era rotolata lontano, l'aveva cercata a tentoni nel buio, ma doveva essere finita fuori dalla sua portata. Edoardo aveva cominciato a piangere ed a disperarsi.
Dopo un tempo che gli sembrò interminabile, passato ad alternare imprecazioni a richieste di aiuto,

pianti disperati a scatti di ira furiosa, Edoardo udì dei passi avvicinarsi, sentì scorrere un chiavistello e vide aprirsi la porta della stanza in cui era rinchiuso, oltre al vano della porta vide una parete di mattoni debolmente illuminata, nel vano si stagliarono due figure che entrarono ed accesero la luce, una lampadina ad incandescenza di soli 60 W sufficienti tuttavia a fargli socchiudere gli occhi.

I nuovi venuti avevano il viso coperto da un passamontagna, uno dei due portava un vassoio con dei tramezzini, due panini, un mandarino ed una banana, l'altro aveva in mano una calza piena di qualcosa di pesante ed una grossa chiave inglese; nessuno dei due parlò e tanto meno rispose alle domande che Edoardo gli poneva gridando, restarono muti anche quando passò alle imprecazioni ed alle oscenità dirette alle loro madri, finché quello con la calza gliela calò violentemente sulla testa e lo fece tacere.

La testa gli sembrò essere sul punto di esplodere ed Edoardo ricominciò a piangere sommessamente. Uno dei carcerieri accese la lampada da campeggio e la stufetta elettrica, ma si accertò che fossero fuori dalla sua portata, poi gli disse che per fare i suoi bisogni c'era il WC chimico, che avvicinò a lui spiegandogli come usarlo, infine riavvicinò alla tenda la bottiglia dell'acqua.

Solo allora Edoardo si accorse di essersi pisciato addosso mentre era in stato di incoscienza e pianse per la vergogna, per dover defecare sotto lo sguardo dei suoi carcerieri, per essere alla loro mercé, per non sapere cosa gli sarebbe successo. Si guardò attorno e vide che le balle di paglia addossate ad una parete si innalzavano fino al soffitto, che nella stanza non c'erano finestre e che la porta sembrava molto robusta. Mentre sedeva sul WC provò a pensare, anche se il mal di testa, dopo il colpo ricevuto, si era fatto ancor più acuto.

I suoi rapitori sembravano essere tutti giovani, quelli che erano nella C3 li aveva appena intravisti quando si era affacciato nell'abitacolo, ma era troppo preso a guardare le sensazionali tette della ragazza che avevano usato come esca per ricordare qualcosa di loro, anche la voce di quello che gli aveva spiegato come usare il WC chimico era giovanile, come giovane doveva essere la ragazza vista nella C3. Come aveva detto che si chiamava Enrico? Eva ricordò, anche se il nome era sicuramente falso.

Quindi quel bastardo di Enrico si era messo d'accordo con alcuni coetanei per rapirlo – continuò a pensare Edoardo mentre si ripuliva e versava il liquido dissolvente nel WC – ma per organizzare un rapimento occorreva aver esperienza e che esperienza criminale potevano vantare dei giovani della sua età? Potevano essere esperti nello spacciare droga, magari potevano tentare un furto od una rapina, ma un sequestro di persona no, non potevano essere in grado di organizzarlo e di gestirlo. Eppure l'avevano fatto e con tale consapevolezza il pensiero che l'avessero progettato col culo cominciò a prendere forma ed a preoccuparlo assai.

Intanto i carcerieri se ne erano andati, dopo aver spento la luce e richiuso la porta col chiavistello; la stanza era rischiarata solo dalla lampada da campeggio e dalle resistenze della stufetta elettrica, entrambe avevano un effetto ipnotico sul prigioniero. Edoardo cercò di raggiungere la stufetta per avvicinarla a

sé, ma la catena che lo vincolava alla mangiatoia glielo impedì, cercò allora di trascinare la mangiatoia,
ma era troppo pesante e riuscì solo a farsi male alle
caviglie. Si rassegnò a conservare le forze evitando di
fare tentativi inutili e mangiò qualcosa, consolandosi
col fatto che i carcerieri, finché avessero continuato a
portargli da mangiare, non lo avrebbero ucciso.

Si chiese quanto avrebbero chiesto ai suoi genitori
i rapitori per liberarlo: 2 milioni? 3 milioni? Enrico
sapeva che suo padre era ricco, ne avevano parlato
diverse volte, quindi sapeva quanto avrebbero potuto
chiedergli, ma il padre avrebbe pagato? Certamente
sì, si rispose; ma poi pensò che se la magistratura
avesse bloccato i beni della famiglia per evitare che
potesse pagare il riscatto, allora per lui sarebbero
stati guai seri, perché il padre non teneva tanti soldi
sottomano. Edoardo sperò che il padre non avvisasse
la polizia, come sicuramente gli era stato ordinato dai
rapitori. Poi pensò a come avrebbero fatto i rapitori
ad incassare il denaro del riscatto: si sarebbero fatti
prendere? ed in tal caso cosa ne sarebbe stato di lui?
Infine un pensiero gli attraversò la mente: come può
Enrico sperare di farla franca? Una volta che sarò libero, sa che lo denuncerò. La sua sola speranza è che
io non possa più parlare, quindi mi ucciderà senz'altro, può essere solo questione di ore.

Edoardo scoppiò di nuovo a piangere ed a disperarsi, cercò ancora di raggiungere la porta trascinandosi
dietro la mangiatoia, ma riuscì solo a farsi male alle
caviglie; allora entrò nella tenda e si abbatté sul materasso singhiozzando e qui, stremato, si addormentò.

Giovanni e Mirko scesero dall'Intercity a Vercelli alle 11.10 e poco prima di mezzogiorno giunsero al cascinotto ove trovarono Enrico e Michele ad attenderli.

– Come sarebbe a dire che il piano è riuscito solo in parte? – li affrontò Enrico furibondo – Hanno o non hanno pagato il riscatto?

Giovanni gli spiegò dettagliatamente come erano andate le cose, ma senza accennare alla modifica del piano originario effettuata da Mirko, e concluse dicendo che il bottino di quel rapimento ammontava a soli 40.000 Euro; poi tutti insieme si misero a ragionare sul comportamento assurdo dei genitori del rapito.

– Dici che la ragazza che ha portato la borsa non era della polizia perché troppo giovane e sono d'accordo con te. – disse Enrico – Ma allora chi poteva essere? Un'impiegata di fiducia del padre? Non penso che esistano impiegate di fiducia con meno di quarant'anni. Poteva essere la sorella minore di Edoardo? Dovremmo chiederglielo; andiamo a parlargli.

I quattro rapitori entrarono nella stanza del prigioniero, tre si erano messi il passamontagna, Enrico aveva il volto scoperto. Quando Edoardo lo vide, un lampo d'odio apparve nei suoi occhi, poi notò che i carcerieri non avevano con sé nessun vassoio con dell'altro cibo e, temendo che fossero venuti per ucciderlo o per mutilarlo per fornire ai genitori la prova dell'avvenuto sequestro, si mise a piagnucolare che lo liberassero e ad assicurare che se non gli avessero fatto del male li avrebbe coperti d'oro.

– Edoardo tranquillizzati, non siamo qui per ucciderti, ma solo per farti alcune domande. – disse Enrico con voce pacata – Se non sbaglio mi hai detto che hai una sorellina, ce la puoi descrivere?

Edoardo spalancò gli occhi per lo stupore, quella domanda non se l'era proprio aspettata e si chiese perché gliela avevano fatta. Che volessero rapire anche sua sorella? Non aveva senso, avevano già lui.

– Allora Edoardo, ci dai una risposta? – lo sollecitò Enrico.

– Statura media, ha 19 anni, capelli a caschetto neri, faccia acqua e sapone, tette e culo piccoli, sessualmente insignificante e stronza come poche. Perché lo volete sapere? Intendete rapire anche lei? perché in tal caso mi fareste solo un favore. Vi propongo un affare: date dentro me e prendete lei, potrete chiedere il riscatto che vorrete e poi ce lo divideremo, metà a voi e metà a me.

– Vedo che i vostri rapporti lasciano molto a desiderare, puoi spiegarci perché?

– Mi odia perché sono diverso da lei e anche perché nostro padre vuol lasciare a me la direzione dell'azienda. Si è incazzata molto quando ha regalato a me la Cayenne ed a lei una Mini, o quando mi sbatto le sue amiche del tipo "Mulino Bianco". Quando siamo in casa fa di tutto pur di starmi alla larga perché evidentemente non mi sopporta. Una volta che stavamo litigando, non so più per cosa, è giunta al punto di dirmi che avrebbe voluto vedermi morto.

Giunse Eva con un vassoio con panini, frutta ed una gamella di risotto, ma non entrò nella stanza del prigioniero e diede il vassoio a Mirko chiedendogli di ridarle quello vuoto portato il giorno precedente, poi si fece raccontare com'era andata alla stazione e quando Mirko glielo disse se ne andò furiosa.

– Adesso Edoardo ti racconto un fatto veramente strano. – disse Enrico – Questa mattina doveva avvenire il pagamento del riscatto, 500.000 Euro in banconote da 50 e da 100 Euro in cambio della tua libertà, ma sul luogo dell'appuntamento si è presentata una ragazza molto giovane, di media statura, senza un trucco evidente, indossava un giubbotto col cappuccio che le copriva i capelli ed aveva con sé una borsa che ci ha "consegnato" in qualche modo; ma quando abbiamo guardato nella borsa abbiamo trovato dei libri vecchi coperti da 8 mazzette da 50 Euro per un totale di 40.000 Euro. Pensi che possa essere stata tua sorella a fare la consegna?

Edoardo rimase sconcertato, incredulo e senza parole: la descrizione della ragazza fatta da Enrico poteva adattarsi anche a mille altre ragazze, ma nessuno all'infuori della sua famiglia poteva sapere del rapimento, perché suo padre non avrebbe mai avvisato la polizia per una somma così contenuta, facendogli correre un rischio mortale; suo padre però avrebbe potuto rivolgersi ad un'agenzia investigativa privata e questa poteva aver fornito una giovane agente per effettuare il pagamento del riscatto. Ma allora perché pagarne solo una piccola parte? Poteva la ragazza fornita dall'agenzia essersi impossessata del riscatto? Estremamente improbabile. In tal caso la ragazza non avrebbe certo regalato 40.000 Euro ai rapitori, ma non si sarebbe presentata all'appuntamento e si sarebbe data alla fuga dopo essersi tenuto tutto il malloppo.

Poteva essere stata la sorella ad architettare una tale carognata? Sì, concluse Edoardo, la sorella aveva il movente e l'occasione per farlo uccidere, non potendo sapere che, siccome il rapimento l'aveva organizzato Enrico, la sua sorte era già segnata, che il padre avesse pagato il riscatto o che avesse avvisato la polizia o terzi. Quanto al modo ideato dalla sorella per farlo uccidere, esso era evidente: Paola doveva far sì che i rapitori si sentissero presi in giro dall'ingegnere per l'esiguità della somma pagata, così da avere un buon motivo per rifarsi su di lui e decidere di ucciderlo. In tale scenario la presenza di un velo di mazzette da 50 Euro poteva servire a coprire i libri vecchi nel caso i rapitori avessero voluto dare un'occhiata all'interno della borsa nel momento della consegna del denaro. Edoardo voleva saperne di più sui particolari del pagamento del riscatto, ma intanto avrebbe scommesso un coglione che la sorellina aveva improvvisato un omicidio perfetto, il suo.

– Allora Edoardo, adesso che ci hai pensato su, sai dirci se la ragazza poteva essere tua sorella? – sollecitò Enrico.

– Sì, penso che sia Paola quella che avete visto, lei ha diversi giubbotti, quasi tutti col cappuccio, e patisce il freddo, quindi è facile che se lo sia tirato sulla testa. – rispose Edoardo – Stando così le cose, penso che abbia trovato il modo per liberarsi di me facendo ricadere la colpa su di voi. Spiegatemi tutto per bene, dalla lettera che avete recapitato ai miei genitori alle modalità di pagamento del riscatto, che magari possiamo trovare insieme una via d'uscita.

I "padani sfigati" si guardarono interrogandosi in silenzio, poi Enrico rispose esaustivamente alle domande di Edoardo.

Capitolo V

Più o meno nello stesso momento un postino consegnò una lettera al signor Bruno Buscaglia, che la aprì e la lesse mentre tornava in cucina ove stava pranzando. C'era scritto:

Caro babbo, sono stato rapito lunedì insieme al mio compagno Edoardo Orombelli, ora mi trovo da solo in una lurida cella da qualche parte, forse a Milano. Ho fame e sete, e mi tengono sempre legato ed al buio. Ho tanta paura. Mi libereranno solo se pagherai duecentomila Euro in banconote da cinquanta e da cento Euro. Mettili nella borsa gialla che troverai nel mio armadio, borsa che lascerai venerdì 13 novembre alle ore 19 davanti all'ingresso del cimitero di Confienza. Non avvisare la polizia, non cercare di seguire chi verrà a ritirare il denaro, non segnare le banconote e non mettere nient'altro nella borsa. Se farai quanto ti ho detto mi libereranno il giorno successivo, in caso contrario hanno detto che mi avrebbero ucciso. Se non dovessimo rivederci, sappi che ho apprezzato quanto hai sempre fatto per me. Un abbraccio, tuo Enrico.

Seguiva la firma di Enrico.

Bruno sbiancò in volto, ma non volendo allarmare la moglie Elena, che se avesse saputo del rapimento sarebbe morta di crepacuore, si rifugiò con la lettera in bagno, le disse che aveva preso freddo, che gli era venuta la caghetta e che non avrebbe finito di mangiare.

In bagno rilesse la lettera parola per parola e si sentì male nel sapere che l'adorato figlio in quel momento si trovava relegato in un posto lercio, al buio, impaurito ed affamato, e che lo sarebbe stato ancora per una interminabile settimana. Neppure per un istante pensò di avvisare la polizia, l'unica sua preoccupazione era che la banca non facesse in tempo a vendere i titoli e le obbligazioni che possedeva ed a procurargli il denaro per pagare il riscatto. Si bagnò il viso più volte con acqua fredda, quindi uscì dal bagno ed alla moglie, che voleva prepararargli qualcosa di caldo, disse che preferiva di no, che doveva uscire subito perché si era ricordato di dover andare a Robbio per una questione urgente.

– No, non è per la lettera che ho ricevuto. – mentì Bruno per rispondere alla moglie senza allarmarla – È per una riunione all'Unione Agricoltori; mi sono dimenticato che era fissata per questo pomeriggio.

– Non prendere freddo allora. – si raccomandò Elena.

Bruno salì sulla sua Land Rover e raggiunse la banca a Robbio, qui diede disposizioni di vendere titoli ed obbligazioni per un importo netto di 200.000 Euro, che voleva ritirare entro venerdì in biglietti da 50 e da 100 Euro. All'impiegato che aveva inarcato le sopracciglia a sentire una richiesta così insolita da parte di un cliente che conosceva da una vita e che aveva celiato chiedendogli se gli servivano per pagare un riscatto, Bruno aveva risposto a muso duro:

– No! Mi servono per andare a puttane. 50 Euro per una scopata semplice e 100 per una ingroppata completa: lato A, lato B e pompino in omaggio.

◊

– Quindi fino alle 10 di domani mio padre se ne starà tranquillo ad aspettare che mi rilasciate – osservò Edoardo – e solo dopo avviserà la polizia del mio rapimento. Entro allora dovremo trovare il modo di avvisarlo che qualcosa è andata storta e fissare un nuovo appuntamento affinché provveda a pagare un altro riscatto. Datemi delle sigarette, ché senza non riesco a pensare.

Giovanni gli diede un pacchetto di Marlboro pieno a metà ed un accendino Bic, Edoardo si servì e posò il pacchetto e l'accendino vicino a sé, quindi tirò alcune boccate e disse:

– Potrei telefonargli e dire che la borsa l'ha fregata qualcuno che passava nei pressi della testata del binario 11 ed aveva visto una borsa incustodita, in stazione Centrale un bagaglio incustodito lo rubano entro venti secondi, ma dovrei anche dirgli quando, dove e come consegnare il nuovo riscatto e dovrà essere un posto in cui possiate rapire Paola e contemporaneamente liberare me. Da parte mia, dato che mi riconoscerete una congrua parte del riscatto, mi impegno a non dire nulla di voi; per esempio potrei dire che appena usciti dalla facoltà ho lasciato Enrico e me ne sono andato per i fatti miei, ma mentre ero nella Mini che non voleva mettersi in moto due energumeni mi hanno addormentato con del cloroformio e mi hanno caricato su una C3. Vi piace il mio piano?

– Quanto si può spillare ancora a tuo padre? – chiese Giovanni.

– Penso un milione. Non sono sicuro che se doveste chiedere di più non avviserà la polizia.

– Se dovessimo rapire tua sorella, cosa ce ne faremmo di lei? – chiese Mirko.

– Mi piacerebbe torturarla e vederla soffrire, ma non potrò godermi lo spettacolo perché sarò libero. Voi invece potrete tenerla prigioniera qui, fotterla a volontà, magari potreste chiedere un riscatto anche per la sua liberazione. Il fatto che mi abbiate liberato dopo il pagamento del mio riscatto deporrà a favore della vostra correttezza negli affari.

– Quanto tempo occorrerà a tuo padre per tirare su un milione? – chiese Michele

– Penso tre o quattro giorni, al massimo una settimana.

– Io vado ad acquistare un cellulare nuovo, così che Edoardo possa telefonare al padre. – annunciò Enrico, quindi uscì.

Ad Enrico la proposta di Edoardo di accordarsi con loro e di spillare all'Orombelli un milione non piaceva affatto: cosa aveva detto Paola al padre di quanto aveva visto in stazione? Lei ed il padre avrebbero accettato la dichiarazione dei rapitori che la borsa era stata presa da un taccheggiatore? Eppoi come avrebbero potuto scambiare Edoardo con Paola e chiedere un ulteriore riscatto per costei. No, concluse Enrico, non poteva attuare il piano suggerito da Edoardo, doveva necessariamente accontentarsi di meno, ma doveva fingere di essere d'accordo con la sua proposta per indurlo a telefonare al padre.

– Ragazzi, visto che ci siamo accordati, provate a trattarmi meglio. – disse Edoardo ai tre rapitori rimasti – Capisco che debba rimanere prigioniero ancora per qualche giorno, ma il vitto fa schifo, la sistemazione anche, la legatura ai piedi mi sega le caviglie... per esempio potreste portarmi la porcona con cui mi avete adesc... – ma non terminò la frase perché Mirko gli calò la calza piena di monete sulla testa.

Mezz'ora dopo tornò Enrico con un cellulare economico; si accorse subito che l'atmosfera nella stanza era cambiata, perché mentre Giovanni e Mirko erano intenti a parlottare sottovoce in un angolo della stanza e Michele riscaldava il risotto col fornello da campeggio, Edoardo aveva le lacrime agli occhi e teneva il broncio. Saputo quale era la causa di quel mutamento d'atmosfera, si avvicinò ad Edoardo e lo liberò dalle fascette di plastica alle caviglie, quindi con un sogghigno gli disse:

– Non desiderare la donna d'altri. Non te l'hanno insegnato a catechismo?

– Che garanzia ho che poi mi lascerai libero e che mi darai parte dei soldi del riscatto? Perché senza garanzia non farò la telefonata e voi dovrete accontentarvi di 40.000 Euro marci.

– Non ti darò nessuna garanzia, ma ti posso assicurare che non ho nessuna intenzione né di farti del male, né di tenerti relegato troppo a lungo. Con tuo padre parlerò io, ci consegnerà personalmente il denaro nel posto ed all'ora che gli diremo e noi ti consegneremo direttamente a lui.

– Come posso fidarmi di te sapendo che se mi rimetterai in libertà potrei poi accusarti di avermi rapito?

– La cosa non mi ha mai preoccupato, neppure se le cose fossero andate lisce fin da principio, perché non appena avremo diviso il denaro fuggirò in qualche posto in culo ai lupi. Però se fino a stamattina avevo accarezzato la possibilità di ucciderti, non per cattiveria, s'intende, ma per farti tacere, la bravata di tua sorella mi ha fatto abbandonare quell'idea: sarà uno spasso vedere chi di voi due ammazzerà prima l'altro – ciò detto diede il cellulare ad Edoardo ordinandogli di comporre il numero del padre se non voleva che tornasse all'intento originario e lo uccidesse.

Edoardo si affrettò ad obbedire.

– Pronto? Chi mi vuole? Lasciate libera questa linea per favore – disse la voce concitata dell'ingegnere.

– Papà, sono io, Edoardo. Sto bene, ma mi hanno rapito... Sì lo so che hai già pagato il riscatto, ma qualcuno l'ha rubato prima che i rapitori potessero impossessarsene... Aspetta che ti passo il capo dei rapitori – e diede il cellulare ad Enrico che lo sollecitava perentoriamente a passarglielo.

– Ingegner Orombelli buongiorno e spiacente di fare la sua conoscenza in circostanze così drammatiche. Quanto le ha anticipato Edoardo è vero, almeno in parte: sua figlia Paola, in testa al binario 11, ha portato una borsa nera con un *foulard* legato sui manici come da disposizioni fornite, ma la borsa era pressoché vuota di denaro, solo 40.000 Euro, e piena di libri vecchi. Sono sicuro che lei sia stato corretto e che non abbia voluto fare il furbo e sono altrettanto sicuro che leverà la pelle a scudisciate a sua figlia, ma cerchi di capirci, non vorremmo privarci del resto del riscatto. Orbene, le diamo tempo fino a venerdì per procurarsi i 460.000 Euro mancanti, che ci consegnerà personalmente al cimitero di Confienza alle 19 di venerdì 13. Valgono tutte le raccomandazioni che le ho fatto per iscritto ieri. Se tutto andrà a buon fine, la sera stessa potrà riportarsi a casa il suo virgulto, perché le telefoneremo dove trovarlo. Ha capito tutto ingegner Orombelli? Ha qualche domanda da fare?

No? Allora la lascio, così avrà modo di regolare i conti con sua figlia. Ha! Ha!

◊

La telefonata venne registrata da un centro d'ascolto della polizia perché il cellulare dell'ing. Orombelli era tenuto sotto controllo su disposizione di un magistrato che indagava su un giro di tangenti per accaparrarsi importanti commesse pubbliche. L'operatore addetto all'ascolto, conscio di essere venuto casualmente a conoscenza di un reato gravissimo, avvertì il commissario Santino Ventura, della Criminalpol di Milano, che si mise immediatamente in moto ed ordinò di rintracciare chi aveva effettuato la chiamata, mentre lui si sarebbe recato a parlare con l'ingegnere. Arrivò con la sua auto personale, un'Alfa Romeo 164, alla grossa villa che l'Orombelli aveva in Brianza, mancava poco alle 17 ed il commissario capì di essere arrivato in un momento critico del *ménage* familiare, perché le urla dell'ingegnere e gli strilli della figlia, oggetto evidentemente di un sacrosanto pestaggio, inframmezzate con le grida della madre, che cercava di calmare il marito, si sentivano fin dal vialetto d'ingresso.

Al commissario venne ad aprire un domestico filippino che lo fece accomodare in un salottino ed andò ad avvisare il padrone della visita della polizia. Dopo poco l'ingegnere si affacciò al salottino mostrando un'aria stravolta ed in malo modo chiese il perché di quella visita inattesa che capitava oltretutto in un brutto momento, come il commissario aveva certamente avuto modo di notare.

Ventura sapeva di dover trattare l'argomento con le molle, troppo alta era l'influenza dell'imprenditore presso le alte sfere, ma soprattutto non voleva far sapere all'ingegnere di avere il proprio cellulare sotto controllo della polizia, per cui si inventò una balla.

– Ingegnere, un nostro informatore ci ha detto che si sta progettando il rapimento di un suo familiare. Sono venuto innanzi tutto per avvisarla, affinché possa prendere tutte le precauzioni atte a scongiurare il verificarsi di un crimine così odioso, poi per allestire, con il suo accordo, una rete di protezione che abbracci lei ed i suoi familiari. Spero inoltre che la sua collaborazione si spinga al punto di permetterci di tendere una trappola ai rapitori per assicurarli alla giustizia; ovviamente nessuno della sua famiglia correrà alcun rischio in ogni fase dell'operazione.

L'Orombelli si era calmato ed aveva ascoltato attentamente quanto gli veniva comunicato, ma senza mostrare quello stupore e quella preoccupazione che il commissario si sarebbe aspettato da una persona resa edotta che si stava progettando un rapimento ai suoi danni, e dopo un lungo silenzio impacciato prese una decisione e disse:

– Arriva tardi, commissario, un rapimento c'è già stato proprio ieri mattina. Mio figlio Edoardo è stato rapito. Questa è la lettera che mi è stata recapitata mentre ero in azienda – e passò la lettera al commissario, che la prese con una pinzetta e gli chiese:

– Ha tenuto la busta di questa lettera? In quanti l'hanno maneggiata?

– La busta l'ha toccata un mio operaio quando l'ha ricevuta da uno dei rapitori ed è rimasta in azienda; la lettera l'hanno maneggiata mia moglie e mia figlia ed io naturalmente.

– Mi consenta di chiamare la mia squadra per registrare le telefonate che i rapitori dovessero fare. La lettera la terrò io per controllarne le impronte, poi gliela restituirò.

– Faccia tutto quello che deve fare. Mia moglie non ha voluto che avvisassi la polizia ed ora mi accorgo di aver fatto male a darle retta, anche se così facendo è emersa una cosa estremamente grave che riguarda mia figlia.

– Mi racconti tutto quanto è accaduto, ingegnere, dall'inizio – ordinò il commissario dopo aver impartito al cellulare istruzioni per far intervenire la sua squadra – E se dovesse emergere qualche responsabilità di sua figlia, vedremo se è possibile mantenere riservata la cosa.

L'Orombelli gli raccontò tutto: dall'apertura della busta alla discussione in famiglia, dalla preparazione del riscatto secondo le indicazioni indicate nella lettera alla figlia che si era offerta di consegnare la borsa col riscatto ai rapitori per poterli fotografare. Poi raccontò della telefonata ricevuta alle 15.30 dai rapitori (il commissario finse un interesse che non provava, dato che quella telefonata l'aveva già ascoltata un paio di volte) che gli comunicavano il furto di 460.000 Euro operato da Paola, che così facendo aveva scientemente fatto correre al fratello un rischio mortale.

– Per quanto sotto l'aspetto morale sia grave ciò che ha fatto Paola, penalmente la sua posizione è molto più leggera ed un buon avvocato non avrebbe difficoltà a limitare grandemente i danni. Sa Dio cosa riescono ad inventarsi per giustificare gli atteggiamenti più criminali: la giovane età, una condotta specchiata, il buon rendimento scolastico, il naturale antagonismo fratello-sorella, il cedimento momentaneo ad una tentazione, l'aver confessato il malfatto quando è tornata in sé, il pentimento, la punizione che le ha inflitto... Per cui, per quanto concerne Paola, faremo finta che non sia successo niente, ma dovrò interrogarla, farle vedere delle fotografie, dovrà visionare le registrazioni di alcune videocamere e naturalmente dovrà restituirle tutti i soldi che ha preso.

– I soldi me li ha restituiti, la cretina li teneva in uno zainetto nel suo armadio; quanto al resto avrà la sua piena collaborazione. Venga, trasferiamoci in soggiorno che gliela presento insieme a mia moglie Antonietta. E grazie per l'attenzione che usa nei confronti della mia famiglia.

Si trasferirono in un soggiorno enorme, su più livelli; Antonietta stava facendo un discorso molto serio alla figlia, che prendeva le mosse da Maria Maddalena e terminava con la principessa Diana, con digressioni su Lucrezia Borgia, madame de Pompadour e Wallis Simpson. Paola la ascoltava con la borsa del ghiaccio su un occhio e tirava su col naso in continuazione. Si fecero le presentazioni e il commissario notò la differente reazione che ebbero le due donne nello scoprire che la polizia era al corrente del rapimento di Edoardo: la madre aveva mostrato stupore ed allarme per la decisione presa dal marito, contro il suo volere, di mettere al corrente del rapimento le autorità, a Paola invece si erano illuminati gli occhi ed una smorfia maligna le aveva attraversato il viso.

– Paola, raccontami cosa hai visto in stazione. Ti spiace se registro questa conversazione? no? Bene, racconta allora.

– Sono arrivata alle 10 in testa al binario 11. C'erano due persone giovani, una aveva capelli lunghi biondicci, un soprabito *double face,* occhiali da sole ed una sciarpa tirata fin sotto il naso, l'altro aveva in testa una buriola che gli copriva i capelli, aveva anch'egli occhiali scuri ed una sciarpa che gli copriva la bocca, indossava un piumino d'oca color avorio con colletto rosso, probabilmente rivoltabile. Entrambi stavano leggendo il giornale, o fingevano di leggerlo, ed avevano appoggiato a terra una borsa nera. Quando mi sono avvicinata hanno tuffato la faccia nel giornale aperto, in modo da non farsi vedere. Ho appoggiato la borsa, cui avevo legato un *foulard* sui manici, presso una delle loro borse e me ne sono subito andata, sono uscita dal varco d'ingresso ai binari più vicino e mi sono nascosta dietro un'edicola di giornali. Saranno passati dieci secondi da quando ho lasciato la borsa col *foulard* ed essa era ancora lì, ma i due erano spariti. Ho preso il cellulare e mi sono tenuta pronta a scattare una fotografia, infatti dopo neanche un minuto è passato un tipo dall'aria dimessa, sulla quarantina, che si è abbassato di scatto ed ha preso la borsa, poi si è subito mescolato fra la folla. Gli ho scattato due foto, ma in una era di spalle. Mi sono aggirata per la stazione cercando i due tizi col giornale per fotografarli, ma non li ho trovati, allora sono tornata a casa.

– Molto esauriente. Domattina dovrà venire in Questura a visionare le registrazioni delle videocamere della stazione. Verremo noi a prenderla alle 8. – quindi si rivolse alla signora Antonietta e le chiese:
– A che ora è uscito di casa Edoardo ieri mattina?

Dove doveva andare? Con che mezzo se n'è andato? –
– È uscito di casa alle 8.30 per andare in facoltà – gli
rispose Paola – Lo so di preciso perché mi ha chiesto le chiavi della mia Mini; la sua Cayenne era dal
gommista, l'ho ritirata ieri nel tardo pomeriggio per
poterla usare stamattina per andare in stazione.
– Sa dove era solito parcheggiare l'auto Edoardo
quando andava in facoltà?
– Sì, il più vicino possibile all'ingresso dell'istituto di
chimica dei lipidi.
– Ci vada subito, forse l'auto è ancora lì; l'accompa-
gneranno l'agente Marciano e l'agente Roncarolo per
fotografare le impronte e fare altri rilievi, poi potrà
tornare con la sua Mini. Signora Antonietta, può darmi alcune fotografie di Edoardo? sì? Grazie. Ingegnere, dovrò passare dalla sua azienda per prendere la
busta, eventuali *videotape* e per interrogare il suo
operaio, può telefonare per dirgli di attendermi? sì?
Grazie. Arrivederci allora.
Il commissario si accomiatò dai coniugi Orombelli
e tornò in ufficio. Qui lo attendeva una brutta notizia: la telefonata di Edoardo al padre fatta alle 15.30
era stata effettuata con una SIM vecchia di tre anni
ed acquistata da un marocchino che al momento era
irreperibile; inoltre non era stato possibile determi-
nare il luogo di provenienza della telefonata perché
l'operatore era andato al gabinetto ed aveva solo registrato la telefonata, ma non ne aveva effettuato la
triangolazione.
– Il marocchino avrà acquistato alcune SIM mostrando il suo documento d'identità e poi le ha vendute
una per una al mercato nero. – disse il commissario
– Inutile seguire quella pista, aspetteremo che i rapi-

tori usino ancora quel cellulare e li prenderemo.

– Se solo l'ingegnere ci avesse avvisati appena ricevuta la lettera con la richiesta di riscatto, li avremmo catturati tutti con estrema facilità. – commentò amaramente l'ispettore Vincenzo Sant'Agata – Non ho mai visto una banda di rapitori così poco professionale, quelli con cui ho avuto a che fare sull'Aspromonte... quelli sì che erano professionisti coi baffi, questi invece sono dei cialtroni che hanno commesso degli errori marchiani.

– È proprio questo che mi preoccupa: temo per la vita del prigioniero. Dei dilettanti, messi all'angolo, potrebbero fare la pazzia di ucciderlo, mentre dei professionisti alla fine lo lascerebbero andare.

Intanto due agenti avevano portato una ventina di cassette delle videocamere della stazione Centrale afferenti alle riprese fatte quella mattina dalle ore 7 alle ore 11 ed un altro era andato a prelevare tre cassette delle videocamere dell'istituto di chimica dei lipidi, relative alle riprese fatte dalle ore 8.30 alle ore 11 del giorno precedente. Il commissario e l'ispettore cominciarono a visionare queste ultime.

La registrazione della videocamera n.1, che monitorava l'atrio e l'ingresso dell'istituto, mostrò Edoardo che vi entrava alle 9.18, era vestito con un giubbotto di colore chiaro e pareva essere solo. La registrazione della videocamera n.2, che monitorava la sala studenti, mostrò Edoardo che vi entrava alle 9.22 e si metteva a chiacchierare con alcuni studenti; alle 9.32 Edoardo si era seduto ad un tavolo appartato insieme ad un altro studente e questi gli aveva dato delle fotografie da guardare; alle 9.35 l'altro studente si era messo ad aggirarsi per la sala parlando al cellulare, mentre Edoardo era uscito dalla sala per tornarci subito dopo con due bibite; alle 9.38 Edoardo e l'amico erano usciti dalla sala studenti ed alle 9.40 la videocamera n.1 li aveva inquadrati mentre uscivano insieme dall'istituto.

– Bisogna sapere chi è quello studente. Me ne occuperò personalmente domattina. – disse il commissario.

Intanto erano tornati gli agenti Marciano e Roncarolo per fare rapporto:

– Abbiamo trovato la Mini di Paola ad un centinaio di metri dall'ingresso dell'istituto di chimica dei lipidi, abbiamo fatto una dozzina di foto di impronte digitali ed abbiamo preso fibre di tessuti dagli schienali; poi abbiamo permesso alla ragazza di portare via la sua auto, ma la Mini non si è messa in moto: aveva il tubo di scappamento ostruito da una patata. Per fortuna fra gli attrezzi che avevamo in macchina c'era una piccola ventosa di gomma e con essa, dopo parecchi tentativi, siamo riusciti a far uscire la patata. È la prima volta che ci siamo resi conto dell'utilità di quell'attrezzo, prima pensavamo che fosse uno sturalavandini.

– Avete notato se c'erano delle videocamere in quel tratto di strada? – chiese l'ispettore.

– Abbiamo controllato, ma dov'era parcheggiata la Mini non ce n'erano, la più vicina era quella di un semaforo a 300 metri di distanza.

– Pazienza. Andiamo alla ditta dell'ingegnere, dovrebbe esserci anche lì una videocamera a monitorare l'ingresso. – disse il commissario.

Mezz'ora dopo giunsero a Rogoredo e trovarono facilmente l'azienda dell'ingegnere, qui ritirarono la busta della lettera ricevuta dall'Orombelli usando le opportune precauzioni ed interrogarono l'operaio che l'aveva maneggiata dopo averla ricevuta da uno dei rapitori.

– Saranno state le 10. – raccontò l'operaio – Ero sul muletto a spostare dei bancali quando dall'ingresso dei camion è entrato un pirletta sui vent'anni con un cappellino calato sugli occhi; mi ha chiamato e si è avvicinato, mi ha dato la busta e mi ha detto di darla al titolare, poi si è girato ed è uscito camminando in fretta.

– Ha notato se parlava con un accento particolare? – chiese il commissario.

– Le poche parole che mi ha detto erano in italiano, senza accenti particolari; sicuramente non era un marocchino e neppure di un Paese dell'Est. Se era un terrone, doveva essere della seconda o della terza generazione.

– Riuscirebbe a riconoscerlo se lo vedesse vestito diversamente?

– Non penso, non l'ho visto negli occhi, ed è stato davanti a me per troppo poco tempo. Però di certo non era un negro.

– Grazie, può andare. – quindi, rivolto ad un custode, disse: – Vediamo i *videotape* di ieri.

Le due videocamere erano posizionate in modo da riprendere l'intera via a sinistra ed a destra dell'ingresso dei camion; una di esse, fra le 9.45 e le 10.15, aveva ripreso solo uno scarso traffico di furgoni e di camion, ma nessun pedone, l'altra, alle 10.02 aveva ripreso un giovane, con un berretto da baseball in testa ed una busta in mano, che entrava dall'ingresso dei camion ed usciva dopo appena un minuto, per poi allontanarsi a passo svelto per un centinaio di metri e, giunto ad un incrocio, svoltare a destra in una via traversa; dalla stessa via, neppure un minuto dopo, era sbucata una Citroën C3 grigia che aveva svoltato a destra e si era allontanata rapidamente. Per altri 5 minuti nessun'altra auto era uscita dalla via traversa.

– Abbiamo l'auto dei rapitori. Edoardo è stato rapito alle 9.45 circa, pertanto doveva essere a bordo della C3. Portiamo il *videotape* in laboratorio, che là dovrebbero riuscire a leggere la targa. – disse il commissario – Intanto tu, Sant'Agata, vai alla Centrale di controllo del traffico e cerca di seguire il percorso che hanno fatto. I rapitori si saranno diretti verso la tangenziale per la via più breve, non possono aver corso il rischio di restare imbottigliati nel traffico cittadino con Edoardo a bordo.

Alle 21 il laboratorio fotografico riuscì a leggere la targa della C3 ed a comunicarne il numero alla Centrale operativa, questa lo trasmise subito al Sant'Agata poi, dopo aver consultato il PRA, stabilì che la targa era quella di una Panda immatricolata a Vercelli, che il proprietario era un extracomunitario residente in città e che l'auto era soggetta a fermo amministrativo.

Alle 21.45 la polizia di Vercelli comunicò che alla residenza indicata dalla Centrale operativa l'extracomunitario era irreperibile e che stava attivamente cercando la Panda in tutta la città, partendo dall'ipotesi che potesse trovarsi sulla pubblica via senza targhe ed in condizioni di abbandono.

Alle 22 l'ispettore Sant'Agata, disponendo della falsa targa della C3, riuscì a tracciare il percorso dell'auto dei rapitori da Rogoredo al casello dell'autostrada Milano-Torino, questa imboccata alle ore 10.20 del giorno precedente.

Solo allora l'ispettore staccò la spina ed andò a farsi una meritatissima pizza; il commissario Ventura aveva staccato un'ora prima ed era tornato a casa.

Capitolo VI

Dopo la telefonata fatta all'ingegner Orombelli e dopo che Edoardo aveva placato la fame spazzolando la gamella col risotto al salto, i cinque della banda dei "padani sfigati" si erano divisi il riscatto in parti uguali: 8.000 Euro a testa. Per la verità Enrico aveva protestato dicendo che era stato deciso che se il riscatto fosse stato inferiore al mezzo milione si sarebbe diviso secondo la proporzione 200 a lui, 90 a Giovanni e 70 ciascuno ad Eva, Michele e Mirko, e quindi 16.000 Euro a lui, 7.200 Euro a Giovanni e 5.600 Euro agli altri tre, ma poi era prevalso il criterio di considerare i 40.000 Euro un semplice acconto sul riscatto, e di fare i conguagli solo quando fossero entrati in possesso dei rimanenti 460.000 Euro.

Successivamente prepararono la stanza del prigioniero per la notte, gli accesero la stufetta elettrica e la lampada da campeggio, non ritennero necessario legargli le caviglie, ma lo mantennero incatenato alla mangiatoia, gli tolsero l'accendino del fornelletto, ma dimenticarono che Edoardo aveva trattenuto quello datogli da Giovanni insieme al pacchetto di sigarette. Alle 19 spensero la luce ed uscirono dalla stanza chiudendola col catenaccio, ma ritennero inutile rimettere il lucchetto, anche perché l'ultimo di loro che l'aveva aperto, non ricordava più dove l'aveva appoggiato.

– Non fa nulla. – minimizzò Enrico – Tanto di lì non può uscire.

– Ma può entrare qualcuno mentre noi non ci siamo.
– obbiettò Giovanni.

– Puoi chiudere a chiave la porta d'ingresso che dà sul corridoio?

– Sì, ma è una serratura vecchia di cinquant'anni. Non so se funzionerà ancora.

La serratura, facendo forza sulla chiave, funzionò ancora ed un'altra robustissima porta si frappose fra Edoardo e la libertà. I cinque "padani sfigati", per non incontrare qualcuno che conoscesse Enrico, si recarono a mangiare in una pizzeria di Mortara e qui attesero di essere raggiunti da Monica.

– Perché avete voluto venire fino a Mortara per trovare una pizzeria? Siete in vena di sprecare benzina? – chiese Monica appena arrivò e li vide.

– Non posso farmi vedere in giro da chi può riconoscermi, sono stato rapito insieme ad Edoardo ieri, non lo sapevi? Vuoi che ti dica cos'è successo? – chiese Enrico, che moriva dalla voglia di raccontare le novità.

– Non ditemi niente, non voglio sapere nulla delle vostre cazzate. Piuttosto, fino a quando pensi di nasconderti prima di sparire?

– Fino a venerdì prossimo, quando avremo incassato il resto del denaro, poi svanirò nel nulla. –

– Non abbiamo stabilito come divideremo il riscatto del tuo "rapimento".– disse Giovanni.

– È vero, perché non ci sarà nessuna divisione. Nel mio rapimento ho fatto tutto io, senza alcun apporto da parte vostra: mio è il piano, mio è il padre che caccerà i soldi, mia la lettera con cui ho chiesto il riscatto di 200.000 Euro, mia sarà l'auto con cui me la batterò dopo aver preso i soldi. Voi non avete fatto e non dovrete fare niente.

– Però gli accordi per il piano B erano che si sarebbe fatto a metà fra te e noi quattro, quindi 100.000 Euro a te e 25.000 Euro a ciascuno di noi. – disse Mirko.

– Il piano B si sarebbe attuato solo se non fosse andato a buon fine il piano A e siccome questo è attualmente in corso di svolgimento, dovete considerare il piano B come una mia iniziativa personale.

Pur riconoscendo la validità del ragionamento di Enrico, un senso di disagio si diffuse nella tavolata, non tanto perché gli altri ritenessero di aver diritto ad una parte di quest'ultimo riscatto, quanto per il tono arrogante che Enrico aveva usato nell'esprimersi. Solo Monica se la rideva sotto i baffi, avendo ravvisato le prime crepe nel sodalizio criminale.

La serata proseguì senza quell'allegria che i commensali mettevano in campo quando si trovavano insieme a mangiare ed alle 21 si lasciarono: Mirko ed Eva tornarono a Confienza, Michele e Monica andarono al cinema a Borgovercelli, Giovanni accompagnò Enrico al cascinotto, ove quest'ultimo avrebbe passato la notte in una stanza che gli aveva allestito a fianco di quella in cui era tenuto prigioniero Edoardo, e poi andò a Palestro per incontrarsi con Sonia.

– Sei venuto solo? Non c'è Enrico? È da ieri che gli telefono ma tiene il cellulare spento; sai dov'è andato? – gli chiese Renata quando lo vide entrare nell'appartamento che divideva con Sonia.

– Non saprei. L'ultima volta che l'ho visto è stata domenica sera quando siamo andati insieme al cinema; ricordate? c'eravate anche voi. – mentì Giovanni, intanto si era avvicinato a Sonia e le aveva dato un lungo e goloso bacio sulla bocca.

– Io cosa dovrei fare mentre voi vi sbaciucchiate? – chiese Renata sbuffando.

– Potresti cominciare col metterti in libertà, poi potremmo imbastire un *ménage-à-trois*. – suggerì Giovanni per scherzo.

Ma le due ragazze lo presero sul serio, perché in un baleno sgusciarono fuori dagli abiti rimanendo in microscopiche mutandine, quindi assalirono Giovanni strappandogli gli abiti di dosso e strusciandosi indecentemente contro di lui. Poi lo scoparono a turno, lui supino sul lettone e loro a cavalcarlo con monta western, finché Giovanni si addormentò completamente svuotato di energie.

Giovanni fu svegliato alle 2.30 da Sonia, che gli passò il cellulare dicendogli:

– È un tuo operaio, sembra fuori dalla grazia di Dio, senti cosa vuole ché io non ho capito niente.

Giovanni prese il cellulare e sentì il suo operaio urlare:

– Giovanni! Sta bruciando il cascinotto. Corri, presto!

◊

Enrico aveva seguito con lo sguardo la R4 di Giovanni allontanarsi sulla strada sterrata per raggiungere la provinciale e superare un malandato ponticello su un canale irriguo. Non poté non pensare che entro un quarto d'ora l'amico sarebbe stato con Sonia e l'avrebbe trombata in lungo ed in largo, mentre lui era costretto a starsene rintanato ancora per tre o quattro giorni. Resistette alla tentazione di salire sulla BMW, ben nascosta sotto un cassero, e recarsi anche lui a Palestro per dare una ripassata a Renata; poi si chiese cosa avrebbe fatto Renata nel vedere arrivare Giovanni senza di lui. Andrà al cinema per lasciare campo libero all'amica? – si chiese Enrico – Oppure, troia com'è, è rimasta per farsi sbattere anche lei. E l'amico ce l'avrebbe fatta a soddisfare entrambe le porcone?

Con questo interrogativo si diresse verso la porta d'ingresso del cascinotto e solo allora si accorse di averla fatta chiudere a chiave e che la chiave l'aveva tenuta Giovanni. L'ira cominciò a lievitargli in corpo. Fece un giro attorno al fabbricato, al buio di una notte di luna nuova, cercando qualcosa di aperto, ma ogni finestra del pianterreno aveva un'inferriata. Procedendo a tentoni cercò una scala a pioli che gli consentisse di raggiungere le finestre del secondo piano, ben sapendo che in una cascina ce ne sono sempre da qualche parte, e sperando di trovare poi una scala interna per scendere nella stanza che Giovanni gli aveva preparato al pianterreno. In essa avrebbe trovato il letto su cui l'amico trombava le ragazze che rimorchiava, un televisore portatile, dei generi di conforto, tra cui una bottiglia di Martell, mentre lui stesso vi aveva portato il *notebook* con tanto di chiavetta per navigare in Internet.

Enrico trovò la scala a pioli che cercava inciampando in essa, dato che era stesa a terra, e la posizionò in modo da poter entrare da una finestra del secondo piano. Salì sulla scala con un pezzo di mattone in mano, con esso ruppe un vetro, ma non riuscì a trovare la maniglia della finestra; allora pensò che il dispositivo di chiusura doveva essere quello usato cent'anni prima, con un'asta di legno incernierata al suo centro le cui estremità dovevano infilarsi in zanche fissate al telaio. Trovò l'asta tastando con le mani, ma non riuscì a smuoverla, allora ruppe gli altri vetri e, potendo usare due mani per far forza, riuscì a far uscire le estremità dell'asta dalle zanche e quindi aprì la finestra. Scavalcò il davanzale e si trovò al buio più completo, istintivamente per far luce accese il cellulare che aveva comprato nel pomeriggio e lo spense dopo una quindicina di secondi, non appena trovò l'interruttore della luce.

Scese al piano inferiore e si stese sul letto, avvicinò a sé la bottiglia di Martell, accese il *notebook*, infilò la chiavetta per navigare in Internet e scelse un pornosito che non lo aveva mai deluso. Bevve un lungo sorso di cognac e si mise a guardare con morbosa attenzione l'esibizione di un trio di deliziose fanciulle caucasiche alle prese con una mezza dozzina di negri arrapati. Bevve ancora un lungo sorso, chiedendosi come se la stava cavando Giovanni alle prese con le due porcone, poi passò ad un altro filmato, questo di sole lesbiche. Dopo due ore spense il *notebook* e bevve un ultimo sorso, poi si assopì, ché l'alcool e lo sforzo di posizionare la scala l'avevano spossato. Un forte accesso di tosse lo destò e si accorse che la stanza si era riempita di fumo.

Tossendo convulsamente Enrico si alzò dal letto e si rivestì in fretta e furia, conscio di dover fuggire prima che qualcuno potesse sopraggiungere, ma ebbe ugualmente la presenza di spirito di prendere il *notebook* ed il portafogli coi documenti e col denaro del riscatto, poi, in un fumo che si faceva sempre più denso ed incespicando di continuo contro gli ostacoli che trovava sul suo cammino, guadagnò il piano superiore. Qui il fumo era ancora più denso ed acre,

Enrico non vedeva nulla di quanto gli stava attorno, nonostante la luce rimasta accesa, e fu guidato verso la finestra dalla corrente di fumo che vi usciva; scavalcò il davanzale e riuscì ad appoggiare un piede su un piolo della scala che aveva appoggiato al muro. Il *notebook* gli sfuggì di mano e cadde dabbasso, mentre Enrico scendeva lentamente di piolo in piolo respirando a pieni polmoni l'aria fredda della notte. Mancò l'appoggio sull'ultimo piolo e cadde rovinosamente sul *notebook*, lo raccolse e zoppicando per la storta presa si diresse verso il cassero ove aveva lasciato la BMW. Le chiavi di riserva erano nel nascondiglio dove le aveva lasciate, per fortuna, perché non sarebbe riuscito a tornare indietro per cercarle. Enrico si soffermò a guardare lo spettacolo che si svolgeva davanti a lui.

Da una metà del fabbricato le fiamme uscivano dalle finestre del piano superiore, i cui vetri erano esplosi permettendo, con un maggior afflusso di ossigeno, una più energica e completa combustione; presto anche le finestre del pianoterra subirono la stessa sorte. Nell'arco di pochi minuti l'incendio si estese alla parte restante del fabbricato, si udì un fortissimo schianto ed una parte del tetto cadde nelle camere sottostanti sollevando una nuvola di scintille, poi anche il pavimento di quelle camere cedette ed un'altra nuvola di scintille si innalzò dalle macerie per oltre 20 metri, mentre una colonna di fumo si innalzava in cielo rischiarata dalle fiamme sottostanti.

Enrico non poteva attendere oltre, doveva allontanarsi da lì prima che arrivasse qualcuno richiamato dall'incendio. Mise in moto l'auto e percorse lo stradino sterrato, superò il ponticello malandato e dopo alcune centinaia di metri si affacciò sulla strada provinciale. Alcune auto erano ferme ad un centinaio di metri di distanza ed in lontananza, provenienti da Robbio, si vedevano avvicinarsi dei veicoli coi lampeggianti blu accesi. La BMW partì in direzione opposta e si allontanò a tutta velocità. Solo allora Enrico rivolse un pensiero ad Edoardo, che era sicuramente morto nel rogo, ma non per commiserare l'orrenda fine fatta dal ragazzo, ma perché l'incendio del cascinotto lo costringeva alla fuga e faceva svanire la possibilità di incassare i riscatti che suo padre e l'ingegnere avrebbero pagato il venerdì successivo.

◊

Edoardo finì di mangiare un panino imbottito, beve a canna una lunga sorsata d'acqua e si accovacciò a gambe conserte davanti alla tenda pensando alla drammatica situazione in cui versava, prigioniero ancora per alcuni giorni, ma senza sapere se Enrico avrebbe tenuto fede alla promessa di liberarlo dopo aver ottenuto i soldi del riscatto. Trascorse così un paio d'ore, con gli occhi fissi sulla lampada da campeggio, immerso in pensieri che si facevano via via più tristi, finché la bomboletta di butano si esaurì e la lampada si spense.

Si accese una sigaretta, che assaporò fino all'ultima boccata, poi gettò il mozzicone a terra, ma senza schiacciarlo sotto le scarpe, e rientrò nella tenda tirandosi dietro la catena che lo vincolava alla mangiatoia, si coprì col sacco a pelo e cercò di dormire, anche per rendere meno frustranti le ore da trascorrere in prigionia.

Il mozzicone ancora acceso incendiò alcuni steli di paglia vicini alle balle sistemate tutt'attorno alla tenda in funzione di barriera acustica, le deboli fiammelle di pochi steli si trasmisero silenziose a quelli di una balla di paglia ed in pochissimo tempo il fuoco si estese alle balle superiori della muraglia cominciando a crepitare.

Edoardo uscì dalla tenda allarmatissimo, versò sulle fiamme la poca acqua rimasta nella bottiglia, ma senza alcun risultato; tentò allora di usare il sacco a pelo per soffocare il fuoco, ed in parte ci riuscì, ma il tessuto sintetico con cui era fatto prese a bruciare unitamente all'imbottitura senza mostrare alcuna fiamma, ma solo emettendo un fumo acre e nero che lo investiva in piena faccia e gli faceva bruciare gli occhi. Edoardo non riuscì a spegnere il fuoco perché il sacco a pelo, sciogliendosi nelle sue mani, gliele ustionava e lo costringeva a perdere tempo per staccare i pezzi di plastica fusa dalla pelle. Un lembo fuso del sacco a pelo finì contro la tenda di nylon trasformandola in poco tempo in una massa nera viscosa e bollente, così che altre balle della muraglia presero fuoco.

L'aria della stanza, greve di puzzo di plastica bruciata, era irrespirabile, il calore delle fiamme insopportabile, il fumo prodotto dalla combustione di filati sintetici procurava ad Edoardo dei terribili accessi di tosse. Fece un disperato tentativo di allontanarsi dalle fiamme trascinando per una ventina di centimetri la mangiatoia cui era incatenato, poi crollò a terra colto da un capogiro, forse dovuto al fumo inalato o per la scarsità d'ossigeno nella stanza, e morì soffocato senza neppure accorgersene.

Intanto l'incendio, fino ad allora limitato solo dalla

scarsità di ossigeno, aveva raggiunto il soffitto della stanza, il fuoco era filtrato fra le ampie fessure degli assi del pavimento della stanza superiore ed aveva aggredito dei fogli di PVC nero, forse la pacciamatura di un orto, che erano stati lì ritirati. Questi, fondendo e gocciolando dabbasso, avevano alimentato l'inferno sottostante arricchendolo di una componente chimica fino a quel momento molto limitata. Poi fu la volta di un rotolo di PVC trasparente e di un vecchio armadio di legno contenente barattoli di vernice, lattine di acquaragia, bottiglie di miscela per il decespugliatore ed una tanica di benzina. Intanto il fuoco era attecchito sugli assi del pavimento del piano superiore e sulle travi che lo sostenevano.

Nella stanza ove giaceva il corpo di Edoardo le fiamme avevano lambito le bombolette di butano facendole esplodere con fiammate che incendiarono quanto non ancora attaccato dal fuoco. La muraglia di balle di paglia alta fino al soffitto per mascherare l'unica apertura della stanza era completamente in fiamme e cominciò a collassare su sé stessa; quando la caduta di una balla liberò un tratto dell'apertura consentendo il libero ingresso dell'aria, l'intera stanza divenne una fornace con le pareti ed il soffitto di fuoco ed il pavimento di plastica fusa.

Al piano superiore il fuoco veniva alimentato dalle vernici e dagli altri prodotti infiammabili contenuti nell'armadio; quando la tanica si fessurò e fece uscire i vapori di benzina, si verificò un'esplosione che mandò in frantumi i vetri delle finestre, poi anche il piano superiore si trasformò in un inferno, con le fiamme che attaccarono anche i listelli ed i travetti del tetto di quell'ala del cascinotto.

I vigili del fuoco, giunti su due autopompe, persero un po' di tempo per trovare lo stradino sterrato che conduceva al cascinotto perché non era segnalato e quando il primo dei loro pesanti mezzi affrontò il ponticello malandato sul canale irriguo, lo fece crollare sotto il suo peso ostruendo l'unica via d'accesso. Arrivarono al cascinotto coi soli estintori portatili e trovarono che l'intero fabbricato era invaso dalle fiamme: bruciava la stanza ove Giovanni suonava la batteria, la spartana cucina, un salottino con vecchi mobili, bruciavano le stanze del piano superiore adibite a magazzini di cianfrusaglie, di attrezzi e di scorte. Ogni tanto crollava un tratto di tetto che a sua volta faceva crollare i corrispondenti pavimenti del piano superiore; in tali occasioni altre fontane di scintille e di fiamme si levavano alte verso il cielo.

Alle 2.10, congiungendo una manichetta all'altra, riuscirono a formare una conduttura che riuscì a portare dell'acqua, che si mostrò essere del tutto insufficiente per domare l'incendio, ma che riuscì solo a ritardarlo un po'. Miglior successo ebbe la posa di un lungo cavo elettrico da un gruppo elettrogeno trainato da una Campagnola ad una batteria di proiettori per illuminare la zona ove operavano i pompieri.

Alle 2.30 cominciarono a crollare su sé stessi i muri del cascinotto, ma la facciata dell'edificio rimase pressoché intatta, con la porta d'ingresso bruciacchiata ma ancora chiusa a chiave e la scala a pioli appoggiata al muro là dove l'aveva messa Enrico.

Alle 2.40 arrivò Giovanni sulla R4 seguito da un'auto dei carabinieri e, trovando la stradina d'accesso ostruita dalle due autopompe, si fermò dietro ad esse e raggiunse a piedi quel che restava del cascinotto. I vigili del fuoco gli dissero di non avvicinarsi ai muri pericolanti perché il rischio che potessero crollare era concreto poi, visto che voleva rimanere, gli misero addosso un pesante giubbotto ed un elmo da pompiere e si dedicarono alle loro manichette, molto poco convinti dell'utilità di ciò che stavano facendo. I carabinieri si tennero a distanza dalle rovine che ancora ardevano sotto le macerie, forse per non sporcare le divise, ma d'altra parte il calore attorno al rudere era ancora insopportabile.

Giovanni era roso dalla preoccupazione che si scoprisse il cadavere di Edoardo, che non poteva non essere morto in quella fornace visto che la porta d'ingresso era ancora chiusa, e forse anche quello di Enrico. La presenza di una scala a pioli appoggiata alla facciata lo rendeva perplesso: chi l'aveva appoggiata lì? Evidentemente Enrico, perché la porta d'ingresso era chiusa e la chiave l'aveva tenuta lui, quindi Enrico era riuscito ad entrare, ma era riuscito anche ad uscire? Giovanni guardò verso il cassero e vide che mancava la BMW, quindi Enrico non era perito nell'incendio, era sceso per la stessa via fatta per salire ed era riuscito ad allontanarsi prima dell'arrivo dei pompieri. Ma aveva liberato Edoardo prima di fuggire? Impossibile, perché la chiave del lucchetto della catena con cui Edoardo era stato vincolato alla mangiatoia l'aveva pure tenuta lui. Quindi sotto le macerie era sicuramente rimasto un corpo carbonizzato con una catena che lo stringeva attorno alla vita collegata ad una mangiatoia carbonizzata e quando l'avessero scoperto, gli inquirenti ci avrebbero messo poco a stabilire che non era il corpo di un barbone entrato proditoriamente nel cascinotto, ma il corpo della vittima di un sequestro di persona. Poi avrebbero confrontato l'arcata dentale del cadavere con quella dell'unico sequestrato degli ultimi tempi ed avrebbero dato un nome al morto. A quel punto, con Enrico "rapito" e nascosto chissà dove, gli inquirenti avrebbero avuto solo lui per le mani: lui solo frequentava abitualmente il cascinotto, lui solo poteva aver allestito la prigione di un sequestrato, lui solo aveva le chiavi per accedervi... Giovanni si maledisse per essersi imbarcato in quell'impresa, maledisse Enrico che aveva minimizzato i rischi che essa comportava, maledisse il padre che con la sua taccagneria lo aveva spinto a diventare un criminale, complice di un rapimento che aveva causato la morte del sequestrato. Si chiese cosa avesse causato l'incendio, forse Enrico si era addormentato con una sigaretta accesa, ma scartò l'ipotesi perché in tal caso, con ogni probabilità, non sarebbe riuscito a fuggire; poi si ricordò di aver lasciato ad Edoardo un pacchetto di Marlboro ed un accendino Bic. Ecco, il coglione aveva gettato a terra un mozzicone acceso in un ambiente pieno di paglia e, siccome era incatenato, non era riuscito a spegnere l'incendio. Giovanni doveva assolutamente trovare il modo di spianare le macerie del cascinotto con una ruspa e se avesse trovato il corpo carbonizzato di Edoardo lo avrebbe sotterrato, ma soprattutto gli avrebbe prima tolto la catena dalla vita.

Mentre si aggirava davanti alla facciata di quanto restava del cascinotto ed era preso dalle sue elucubrazioni, a pochi metri dalla scala a pioli un piccolo oggetto lucente attrasse la sua attenzione. Si avvicinò ad esso, vincendo il fronte di calore che sembrava volerlo respingere, e vide che si trattava del cellulare con cui Enrico aveva fatto la telefonata al padre di Edoardo, lo raccolse e lo aprì per vedere se funzionasse ancora, ma un pompiere gli gridò di allontanarsi da lì, allora lo chiuse, se lo infilò in tasca e si allontanò dalla base della scala mettendosi a distanza di sicurezza.

I carabinieri, fermi ad una dozzina di metri da lui, non si erano accorti di nulla perché affascinati a guardare la nube di vapore che l'acqua della manichetta faceva sollevare dalle macerie ardenti. Giovanni si rivolse al maresciallo e gli disse che sarebbe tornato in cascina, perché ormai lì non c'era più nulla da fare. Il maresciallo gli chiese dove fosse suo padre e Giovanni rispose:

– È in Venezuela, nell'azienda che abbiamo colà. Tornerà dopo Natale.

– Era assicurato il fabbricato contro l'incendio?

– No. L'assicurazione l'abbiamo solo per i fabbricati della cascina dove abitiamo; questa cascina l'abbiamo comprata per i terreni che aveva attorno, non certo per il fabbricato, tanto che mio padre mi ha consentito di usarlo per esercitarmi a suonare la batteria.

– Non c'era nulla che potesse far gola a dei ladri?

– Beh, c'era la batteria, che mi è costata 10.000 Euro fra tamburi, piatti ed il resto; adesso sarà tutta da buttare. Poi c'era un televisore portatile, una branda, una lampada ed una tenda da campeggio, una stufetta elettrica – disse volendo mettere le mani avanti nel caso avessero rovistato fra le macerie – mi servivano per quando mi fermavo a dormire dopo aver suonato fino a tardi con gli amici, o anche per quando ci venivo con qualche ragazza. Per il resto c'era solo il ciarpame lasciato dal proprietario precedente:

teloni di plastica per l'orto, delle balle di paglia, vecchi barattoli di vernice, diluente, miscela per il decespugliatore... nient'altro. Perché pensa che possano essere stati dei ladri e non dei ragazzini vandali od un piromane? Dei ladri non avrebbero mai appiccato un incendio col rischio di far accorrere della gente; il cascinotto è un *cul-de-sac* con quello stradino d'accesso così stretto.

– È vero, chiunque avrebbe potuto appoggiare la scala a pioli alla facciata, ma abbiamo interrogato alcuni automobilisti fermi sulla provinciale ed intenti a guardare l'incendio e ci hanno detto che poco prima che arrivassero i pompieri una macchina di grosse dimensioni, oppure un piccolo furgone, ha percorso lo stradino sterrato e si è allontanato in direzione di Confienza. Purtroppo non hanno fornito altre informazioni. –

Giovanni cominciò ad intravedere una possibile via d'uscita alla brutta situazione in cui versava e disse, con un tono che voleva essere conclusivo:

– Quindi non dovrebbe esserci nessuno tra le macerie.

– Essendo chiusa a chiave la porta d'ingresso ed avendo solo lei la chiave, penso di poterlo escludere. Mi creda, sono stati dei ladri, che quando hanno visto che non c'era niente da rubare, o almeno niente che potesse essere trasportato comodamente mentre scendevano dalla scala a pioli, hanno acceso un fuoco per dispetto e se ne sono andati. Dovrà passare in caserma per fare la denuncia.

– Immagino farete delle indagini per scoprire i colpevoli.

– Certamente, ma non si aspetti troppo da esse. L'in-

cendio ha distrutto ogni traccia che possano aver lasciato i ladri, il resto l'ha fatto il crollo del tetto e del pavimento del piano superiore, ed anche l'acqua dei pompieri ha contribuito non poco. Avessero portato via la batteria, forse si sarebbe trovato il ricettatore che poteva dirci da chi l'aveva comprata, ma così, senza nessuna traccia da seguire, un episodico incendio doloso è molto difficile da perseguire. Mi spiace.
– Quando potrò demolire completamente questa rovina? Intendo spianarla e ricoprire le macerie con terra buona per non far vedere a mio padre questo scempio; anche se per lui il cascinotto non valeva niente, ci rimarrà male a vedere bruciata una cosa che gli apparteneva. Sa come sono fatti i vecchi.
– Dovrò chiedere ai miei superiori perché è un caso che non mi è mai capitato, ma non penso che le negheranno l'autorizzazione a limitare il danno che ha subito se volesse recuperare a coltura la superficie occupata dalle macerie.
– Grazie maresciallo, ci vedremo in caserma.
Giovanni si allontanò, restituì ai vigili del fuoco l'elmo ed il giaccone pesante dopo aver messo nella tasca dei calzoni il cellulare trovato alla base della scala, ma la voglia di aprirlo per vedere se funzionasse ancora gli era passata. Cercò di ricordare come facesse la polizia a localizzare i cellulari: certamente quando uno di essi veniva usato poteva scoprire la cellula cui si era collegato, ma se lo si fosse tenuto spento? Anche se non pensava che la telefonata di Enrico fosse stata intercettata e quindi che la polizia non disponesse del numero del cellulare che teneva in mano per scoprire a quale cellula si sarebbe collegato, Giovanni ritenne stupido correre rischi inutili, inoltre voleva

gettarsi alle spalle quella maledetta storia e ricrearsi una nuova verginità.

Giovanni tolse le pile e la SIM dal cellulare e se le mise in tasca, le avrebbe gettate nella stufa appena a casa; poi, anche se inutile, per rimarcare una completa rottura col passato, gettò nel canale irriguo la carcassa del cellulare.

Capitolo VII

Appena svoltato sulla provinciale in direzione di Confienza, Enrico si chiese dove andare e come dribblare le videocamere per evitare che riprendessero la sua BMW, perché lui doveva continuare a risultare di essere stato rapito se voleva evitare di essere ricercato per il sequestro di Edoardo ed avere quindi una minima possibilità di farla franca. Era sicuro che i curiosi che si erano fermati sulla provinciale ad osservare l'incendio non potessero aver riconosciuto il tipo di auto che si era allontanata dal cascinotto in fiamme e tanto meno averne letto la targa, perché troppo distanti.

Sapeva però di doversi sbarazzare comunque dell'auto, il suo unico capitale di una certa rilevanza, perché non sarebbe andato lontano con gli 8.000 Euro ricavati dal riscatto di Edoardo, ed intendeva farlo raggiungendo l'hinterland partenopeo, dove pensava di poter vendere la BMW senza dover rispondere a troppe domande. Solo che per raggiungere la Campania doveva passare sotto l'occhio di centinaia di videocamere, la prima delle quali l'aspettava a Confienza, anche se facilmente evitabile, per cui quanto prima doveva cambiare le targhe della BMW.

Si rese conto di non avere con sé nessun attrezzo adatto alla bisogna, solo il grosso cacciavite del kit di attrezzi, un coltellino multiuso svizzero ed un rotolo di nastro adesivo trasparente con cui pochi giorni prima aveva "riparato" un fanalino incrinato durante una manovra di parcheggio.

Attraversò Confienza e prima di lasciare il paese, in una buia strada secondaria, si fermò dietro ad una Renault Megane ed in pochi minuti strappò le due targhe dalle loro sedi, poi fuggì per cercare un posto appartato ove applicarle sopra quelle della sua BMW e lo trovò appena prima di Casalino. Impiegò un quarto d'ora per fare un lavoro accettabile, anche se le targhe applicate risultarono completamente coperte di nastro adesivo trasparente, tuttavia ritenne che, almeno di notte, l'espediente sarebbe bastato. Ora non doveva per nessun motivo farsi fermare dalla polizia o dai carabinieri.

Superò Casalino senza aver aver visto nulla che potesse nascondere delle videocamere, a Cameriano svoltò sulla Padana superiore in direzione di Novara, aggirò la città su una circonvallazione esterna e si mise a seguire l'indicazione "autostrada", entrò in essa al casello di Galliate e si diresse verso il nodo autostradale di Milano; guardò l'orologio, erano le 2 passate, poteva contare ancora su 5 ore di buio, ma poi si sarebbe dovuto fermare per far passare le ore di luce.

Alle 3.20 imboccò l'Autostrada del sole, alle 7 uscì al casello di Barberino ed alla prima locanda ove poter togliere l'auto dalla strada si fermò per riposare e per far passare la giornata. Avendo agito in tal modo non aveva dovuto presentare documenti per farsi registrare, inoltre ebbe la fortuna che il locandiere, per tutta la giornata, non fece caso che nel suo cortile c'era un'auto la cui targa era coperta di nastro adesivo.

◊

L'agente Marciano andò a prendere Paola nella sua villa brianzola alle 8 e la portò in Questura a Milano, ove l'ispettore Sant'Agata l'attendeva per esaminare le registrazioni delle videocamere della stazione Centrale. Cominciarono dalla cassetta della videocamera che copriva le testate dei binari dal IX al XIII, oltre che gran parte dei rispettivi marciapiedi, a partire dalle ore 8 del giorno precedente. Ad un tratto Paola indicò due persone, ognuna delle quali reggeva una borsa nera, che alle 8.45 si aggiravano guardinghe sul marciapiedi del IX binario.

– Eccoli, sono gli stessi che ho visto alle 10 in testa all'XI binario, sembrano Franco Franchi e Ciccio Ingrassia recitare il ruolo di agenti segreti.

Dopo 5 minuti i due scesero nel sottopasso a ¾ del marciapiedi per riemergere sul marciapiedi del XIII binario, che percorsero interamente fino a scomparire per una decina di minuti. Riapparirono in testa al XII binario con un giornale in mano e si fermarono su una panchina di granito fingendo di leggerlo, l'arrivo di un treno che gli ostruiva la visuale li indusse a trasferirsi sul marciapiedi del X binario ove bighellonarono per 10 minuti, poi uscirono nuovamente dalla visuale. Riapparvero alle 9.30 sul marciapiedi dell'XI binario, che percorsero interamente infilandosi ancora nel sottopasso e riemergendo sul marciapiedi del XII binario, qui si sedettero ancora su una panchina e passarono alcuni minuti a guardarsi attorno. Alle 9.48 si spostarono in testa all'XI binario, appoggiarono a terra le borse e, mantenendosi un po' distanti uno dall'altro, riaprirono il giornale e finsero di leggerlo.

– Si capisce subito che stanno fingendo di leggere perché continuano a guardarsi attorno – spiegò l'ispettore alla ragazza, che l'aveva capito da sola.

Alle 10 precise entrò nell'inquadratura Paola, ripresa di spalle; aveva con sé una borsa nera con un *foulard* chiaro annodato sui manici, che depose a terra fra quelle dei due "agenti segreti". Costoro, all'avvicinarsi di Paola, nascosero il viso nei giornali aperti e quando la videro voltarsi e dirigersi verso l'uscita agirono rapidamente: quello con la buriola ed il piumino si abbassò mostrando le spalle alla videocamera e si mise ad armeggiare attorno alle borse, quello biondo con l'impermeabile *double face* lo coprì con la sua persona e col giornale, mentre un'ondata di viaggiatori contribuì a mascherarlo per una manciata di secondi. Quando il tipo con la buriola tornò visibile nella sua interezza reggeva una borsa nera a tracolla, essendo quella portata da Paola rimasta a terra dove l'aveva lasciata, riconoscibile dal *foulard* chiaro annodato al manico. Poi i due tizi si allontanarono in direzione del XII e del XIII binario ed uscirono dal campo di quella videocamera alle 10.02.

– Cose da pazzi! – esclamò l'ispettore – Ma chi pensano di poter prendere in giro? – E visionò nuovamente gli ultimi 3 minuti di nastro a velocità rallentata, poi proseguì l'esame della registrazione a velocità normale.

Dopo meno di un minuto un altro tizio, questo sulla quarantina e con abiti dimessi, passò vicino alla borsa rimasta a terra, con una mossa fulminea la prese e si allontanò mescolandosi tra la folla.

– Marciano, quando riaccompagnerai a casa la signorina, passa dalla stazione Centrale e segnala questa cassetta alla Polfer, che magari conoscono il taccheggiatore – ordinò l'ispettore, quindi continuò: – Vediamo dove sono andati quei due furbacchioni.

L'esame delle registrazioni relative alle videocamere che monitoravano i binari dal XIV al XX mostrò che i due si erano recati ai gabinetti della stazione alle ore 10.04 e ne erano usciti alle 10.12; Paola li riconobbe subito, anche se avevano un aspetto molto diverso, e li indicò all'ispettore.

– Guardi ispettore, sono sicuramente quei due. Quello col soprabito *double face* l'ha rivoltato ed anche quello col piumino ha fatto la stessa cosa, lo si vede chiaramente se si osservano i risvolti ed i colletti dei due abiti, poi si sono tolti la parrucca bionda, gli occhiali da sole e la buriola, ma le borse sembrano le stesse ed anche le scarpe da ginnastica di quello col piumino.

– Brava signorina Paola, lei è una vera osservatrice. Ha ragione. Vediamo dove vanno adesso.

Lo stesso *videotape* mostrò che i due salivano sul treno per Torino che partì dopo 10 minuti.

L'ispettore diede ordine all'agente Marciano di ricavare delle buone fotografie dei due rapitori dai *videotape* che avevano visionato, di duplicare gli stessi, di consegnare gli originali alla Polfer della Centrale e di riaccompagnare la signorina a casa; quindi salutò Paola e si dedicò a scoprire in che stazione erano scesi i due gaglioffi.

Una fotografia dei rapitori fu trasmessa per fax alla Polfer di Magenta, di Novara, di Vercelli, di Santhià, di Chivasso, di Torino Porta Susa e di Torino Porta Nuova, unitamente al giorno ed all'ora approssimativa di arrivo del treno che avevano preso, affinché potessero visionare le registrazioni delle loro videocamere. Mezz'ora dopo giunse la risposta da parte della Polfer di Vercelli: i soggetti segnalati erano scesi in quella stazione. L'ispettore inviò per fax un'altra foto dei rapitori alla Questura di Vercelli e chiese di scoprire se le videocamere che monitoravano la rete cittadina li avessero inquadrati, magari a bordo di un'auto; comunicò inoltre che i due ricercati erano sospettati di far parte di una banda di sequestratori di persona.

Un agente addetto alle intercettazioni telefoniche raggiunse l'ispettore e gli comunicò che il cellulare che doveva controllare – in via ufficiosa, aveva precisato, perché la disposizione di registrare le conversazioni fatte da quel numero e di individuare a quale cella si agganciava, gli era stata impartita dal commissario Ventura e non da un magistrato – era stato acceso alle ore 21.45 del giorno precedente per una quindicina di secondi, ma non aveva effettuato nessuna chiamata; inoltre aveva accertato che il cellulare si trovava fra Novara, Vercelli e Mortara, ma non era stato possibile restringere l'area a causa del poco tempo in cui era rimasto acceso. Successivamente lo stesso cellulare era stato acceso per meno di 10 secondi alle ore 3.05 ed il segnale si era agganciato alla cella di Robbio.

– Sarà uno scherzo trovare quei rapitori della domenica in mezzo alle risaie – commentò Sant'Agata ad alta voce.

Più o meno nello stesso momento il commissario Ventura stava interrogando il direttore dell'istituto di chimica dei lipidi sull'identità dello studente che si era intrattenuto con Edoardo Orombelli in sala studenti il lunedì precedente e che compariva nel *videotape* che gli aveva mostrato.

– Si chiama Enrico Buscaglia – disse il direttore, poi si alzò e consultò uno schedario, quindi continuò: – Risiede a Robbio, Cascina Nuova. Ha frequentato il III anno, ma ha dato pochissimi esami, solo tre, peraltro superati per il rotto della cuffia. Deve essere il classico figlio di papà che frequenta l'università per rimorchiare le ragazze e per evitare di cercarsi un lavoro.

– Può fornirmi dei documenti sicuramente maneggiati dal ragazzo?

Il direttore tolse alcuni fogli dalla cartella contenente le pratiche di Enrico Buscaglia, li fotocopiò maneggiandoli per un angolo e consegnò gli originali al commissario.

– La ringrazio direttore, mi è stato molto utile.

Il commissario comunicò subito le informazioni ricevute all'ispettore Sant'Agata e costui lo ragguagliò su quanto aveva scoperto in mattinata.

– Quindi è ormai certo che la banda di cialtroni che si sono improvvisati rapitori gravita in quell'area, fra Novara, Vercelli e Mortara – concluse il commissario – e con tutta probabilità fanno base a Robbio, perché oltre al Buscaglia anche quelli che sono scesi dal treno a Vercelli abitano da quelle parti; per andare a Robbio in treno partendo da Milano, la stazione di Vercelli è più comoda di quella di Novara, non fosse altro che per la maggior facilità di parcheggio.

– Sono d'accordo commissario. Cosa facciamo? Avvisiamo i carabinieri di Robbio di dare un'occhiata in cascina?

– Sta scherzando ispettore? Questa è un'indagine di Polizia, non dei Carabinieri; vogliamo fargli un favore e servirgli i colpevoli su un piatto d'argento dopo che noi, in un sol giorno, abbiamo risolto un caso di rapimento? No! A Robbio ci andremo noi con un'auto senza contrassegni.

Un'ora dopo il commissario e l'ispettore, accompagnati dall'agente Roncarolo, erano sulla 164 del commissario diretti a Robbio e l'agente ragguagliava i superiori sul risultato delle indagini che aveva condotto presso il gestore dell'autostrada Milano-Torino.

– Sono stati molto efficienti. – raccontò l'agente – Mi hanno portato in una sala con una cinquantina di monitor ed una mezza dozzina di addetti ed in meno di mezz'ora hanno saputo dirmi che la C3 in questione è entrata nell'A4 alle 10.20 di lunedì ed è uscita al casello di Agognate alle 10.50.

– Cosa ti avevo detto? – disse con saccenteria il commissario rivolto al Sant'Agata – Per andare a Robbio in autostrada provenendo da Milano, il casello d'uscita più comodo è quello di Agognate.

– Roncarolo, ti sei fatto dare da quelli dell'autostrada tutti i biglietti ritirati a quell'ora da quel casello? – chiese l'ispettore.

– Li ho chiesti, ma mi hanno detto che i biglietti di tutti i caselli erano stati già mandati nel loro deposito/archivio suddivisi in mazzette di biglietti tenuti insieme da un elastico, ma non assicurano che non si siano mischiati, o che i biglietti ritirati nei caselli meno trafficati siano stati raggruppati con un unico elastico... insomma, se vogliamo disporre del biglietto ritirato alla C3 dovremo mandare qualcuno dei nostri a controllare le impronte su circa 300 biglietti...

ci sarei andato io stesso, ma non disponevo delle impronte del rapitore alla guida dell'auto, inoltre prima volevo il vostro okay.

– Ce l'hai l'okay, Roncarolo, ho lasciato alla Scientifica alcuni documenti maneggiati dal Buscaglia per ricavare le sue impronte, per cui fattele dare e confrontale con quelle che troverai sui biglietti, perché escludo che il guidatore della C3 si sia messo i guanti nel prendere e nel restituire il biglietto. – affermò con giustificata sicumera il commissario.

– Perché pensa che alla guida della C3 ci fosse Enrico? – chiese il Roncarolo.

– Perché era forse l'unico della banda che, avendo trascorso 3 anni a Milano, la conosceva sufficientemente bene da non correre il rischio di perdersi nella città con un sequestrato a bordo. Gli altri rapitori li hai ben visti nelle foto... hai visto che razza di campagnoli sono – rispose il commissario sempre più convinto della giustezza dei suoi sospetti.

– Arriveremo a Robbio giusto all'ora di pranzo. – segnalò l'ispettore – Andremo a mangiare un boccone spero, prima di recarci alla cascina Nuova.

– A mangiare andremo in un paesino nelle vicinanze, così potremo tastare l'ambiente chiacchierando con qualche giovane del posto. Qui di giovani ce ne sono relativamente pochi e si conoscono tutti, anche se abitano in paesi diversi: stesse discoteche, stessi bar, stessi cinema, stessi autobus, forse anche stesse scuole. Poi ogni paese ha la sua cricca di amici, anche se oggigiorno manca quel bel campanilismo di una volta, che se ti sbagliavi a passare in bicicletta dal paese vicino ti prendevano a sassate. Non voglio piombare a Robbio, che tutto porta ad indicare come essere il baricentro della banda dei rapitori, senza aver prima sentito i giovani di qualche paese vicino e senza avergli fatto vedere le foto dei due tangheri della stazione Centrale.

– E se interrogando i giovani dovessimo incappare con un fiancheggiatore dei rapitori? Costui li avviserebbe sicuramente che siamo sulle loro tracce e che li abbiamo fotografati, in modo da indurli a nascondersi chissà dove. Lei stesso ha detto che i giovani di paesi vicini si conoscono tutti.

– Certamente dovremo prendere alcune precauzioni.

– cercò di salvarsi in corner il commissario, colto in piena contraddizione – Tranne il ragazzo che ha consegnato la lettera di richiesta di riscatto all'Orombelli, che dovrebbe avere una ventina d'anni, gli altri membri della banda, a giudicare dall'aspetto, dovrebbero essere tra i 25 e i 30, per cui se dovessimo chiedere a qualche ragazzo con meno di vent'anni, diciamo sui 17 o 18, molto difficilmente potrebbe far parte della banda, ma con ogni probabilità potrebbe conoscerne i componenti; lo stesso si può dire per una donna di più di trent'anni.

Arrivarono a Confienza ed il commissario parcheggiò in una piazzetta al centro del paese, avendo adocchiato lì vicino un bar che pareva fare al caso suo. Entrarono ed ordinarono un aperitivo; vennero serviti da Monica, che si informò se poi si sarebbero fermati per pranzare.

– Non sapevo che si potesse anche magiare – osservò il commissario – Se ci dice cosa passa il convento e ci fa venire l'acquolina in bocca, potremmo anche fermarci.

– Di primo c'è la paniscia, che vi raccomando, o gnocchetti sardi al sugo, di secondo abbiamo carne all'albese o trippa alla fiorentina, per gli antipasti ed i contorni potrete servirvi da soli al carrello, per il resto chiedete e vi sarà dato. La sala da pranzo è di sopra, i servizi invece sono qua sotto. – spiegò Monica cinguettando.

– La paniscia e la trippa! È una vita che non ne mangio. – disse il commissario e dopo un'occhiata all'ispettore gli disse: – Caro Sant'Agata, per una volta tanto, invece delle tue terroniche pizze, finalmente mangerai qualcosa di padano – e rivolto alla ragazza confermò che si sarebbero fermati.

Bevuti gli aperitivi i tre si trasferirono al piano superiore, nel salone trovarono due persone che stavano terminando di mangiare, per cui si accomodarono ad un tavolo distante dal loro. Il titolare, signor Rossino, portò un litro di vino sfuso dicendo che era Barbera del Monferrato e che si sarebbe pagato "a consumo", quindi chiese se volessero anche dell'acqua. Solo il Roncarolo, che di fronte ai superiori voleva passare per astemio, ne chiese di frizzante. Quando gliela portò il Rossino, avendo sentito che uno chiamava "ispettore" un altro, chiese:

– I signori sono dell'assicurazione? Siete qui per la cascina bruciata ieri notte?

– No, non siamo dell'assicurazione – rispose il commissario – ma ci dica... cos'è successo ieri notte?

– Dei ladri sono entrati in una cascina e, non avendo trovato nulla di valore da rubare, le hanno dato fuoco. È bruciata completamente, non si è salvato niente. Il maresciallo pensa che siano stati degli zingari. Bastardi!

– È morto qualcuno?

117

– No, nessuno. Il figlio del proprietario, che ci andava per suonare la batteria con gli amici e per trombare le ragazze che rimorchiava, non era in cascina quando è successo, sennò poteva rimetterci le penne.

Monica portò in tavola la terrina con la paniscia e disse di servirsi da soli. Il commissario, forse colpito dal modo di fare spigliato della ragazza in relazione alla sua giovane età, o forse affascinato dalle tette *king size* messe in bell'evidenza, per attaccar discorso le chiese quanti anni aveva e se lavorava lì da molto.

– Ho 17 anni e lavoro qui da un anno. – mentì Monica, non fosse altro per avvisare i clienti anzianotti che potevano nutrire l'intenzione di battergliela, che avrebbero rischiato grosso con una minorenne.

– Ti piace fare la cameriera? Ti ha messo in regola il principale?

– Mi piace moltissimo, non farei altro. Guadagno bene ed il principale mi ha messo in regola da subito; non siamo mica in terronia qui.

Monica se ne andò lasciando basito il Sant'Agata, che era di Catania, quindi tutti si dedicarono con entusiasmo alla paniscia. Quand'ebbero finito e Monica tornò con i secondi, trippa per il commissario e carne all'albese per gli altri due, l'agente Roncarolo, approfittando del fatto che i superiori si erano allontanati per servirsi al carrello dei contorni, ritenendo di riuscire a far sbottonare la ragazza meglio di quanto avrebbero potuto fare loro, posò sul tavolo la foto dei due rapitori presa mentre uscivano dai gabinetti della stazione Centrale e chiese alla ragazza se li avesse mai visti in zona.

Monica osservò la fotografia e sperò di non essere sbiancata in volto: Giovanni e Mirko erano perfettamente riconoscibili ed i tre clienti dovevano essere della polizia. Monica aveva pochissimi secondi prima di fornire una risposta e soprattutto doveva essere la risposta giusta, una risposta non troppo dissimile da quella che avrebbe dato una chiunque delle persone presenti al bar dabbasso se gli avessero fatto vedere la stessa fotografia.

Molti clienti del bar dovevano aver visto Giovanni e Mirko seduti nel salottino del bar intenti a discutere fra loro, a bere birra ed a mangiare toast, per lo più appartati dagli altri avventori, quindi non poteva dire di non averli mai visti, ma Monica cercò di non coinvolgere nelle indagini della polizia né Michele, per il quale aveva cominciato a nutrire del tenero, né Eva, che era sua amica prima di essere sua collega. Decise di dire delle mezze verità e nessuna menzogna, perché se ne avessero scoperto una sola l'avrebbero considerata, se non una complice, quanto meno una fiancheggiatrice dei rapitori. Intanto i secondi passavano e lei doveva dare una risposta.

– Sì, li ho già visti diverse volte: a ballare al Globo, in piscina alla Fallosa e nelle ultime settimane anche qui. Stavano nel salottino a bere birra ed a mangiare toast. Non facevamo parte dello stesso giro di amicizie, per me erano un po' vecchi – concluse Monica mentendo.

Ventura e Sant'Agata erano intanto tornati al loro posto coi piatti pieni di verdure gratinate e di peperoni sottolio, avevano visto la foto sul tavolo e la cameriera che la osservava e si erano ripromessi di fare un cazziatone memorabile all'agente che aveva dimenticato la massima *"Ubi major, minor cessat"*, ma avevano abbozzato ed assecondato il gioco impostato dal Roncarolo.

– Sa come si chiamano e magari anche dove abitano? – chiese il commissario.

Monica capì che, se voleva provare a salvare Eva e Michele, doveva sacrificare i ragazzi della foto, inoltre doveva approfittare del fatto che i tre poliziotti, prima di interrogare i clienti del bar dabbasso, dovevano finire di pranzare, lasciandole la possibilità di avvisare Eva, infine pensò che dovevano anche uscire dal bar soddisfatti di quanto erano venuti a sapere, per cui rispose:

– Quello a sinistra – ed indicò il ragazzo con l'impermeabile *double face* – si chiama Giovanni e abita in una cascina di Robbio, ha una R4 sempre sporca di fango; quello a destra mi pare che si chiami Mirko, penso che abiti a Robbio ed ha sicuramente una Punto grigia.

– Con chi li ha visti quando venivano qui e si mettevano nel salottino a bere ed a mangiare?

– Con loro c'era quasi sempre Enrico Buscaglia, un riccone che gira su una BMW X3 nera ed abita a Robbio. Sentite, io devo continuare a lavorare, se volete vi mando su l'altra cameriera, Eva, che lavora qui da più tempo e forse potrà dirvi qualcosa di più. Buongiorno.

Monica tornò dabbasso senza dar tempo al commissario di aggiungere qualcosa, prese da parte Eva e le parlò in modo concitato:

– Su ci sono tre poliziotti che cercano Giovanni e Mirko, io gli ho detto solo i nomi e che forse sono di Robbio, poi ho detto che venivano qui nel salottino e si trovavano con Enrico Buscaglia, gli ho anche detto che auto avevano, poi ho tagliato corto. Vai su a fornire qualche particolare in più, ma non mentire sennò finirai nella merda e non dire che Michele era della partita. Io avviso subito Michele e Giovanni di battersela, Mirko avvisalo poi tu.

Eva rimase sciccata per quanto le aveva detto l'amica ed ebbe poco tempo per stabilire una linea di condotta. Capì che Monica aveva fatto il nome di Mirko non per farle un dispetto ma per cercare di proteggerla, non capì perché l'amica le aveva raccomandato di non citare Michele, dato che sarebbe fuggito, ma decise di adottare la linea di condotta che le era stata suggerita. Salì nel salone da pranzo e si avvicinò ai tre poliziotti che erano ancora intenti a mangiare.

– Monica mi ha detto che dovete farmi alcune domande. Eccomi, io sono Eva. – disse in tono molto disponibile.

– Eva, riconosci qualcuno in questa foto? – chiese il commissario mostrando alla ragazza la foto di prima.

– Sì, quello col piumino si chiama Mirko Agazzone, ha circa 28 anni, abita a Robbio con la madre e lavora alla TNT di Novara; quello col soprabito *double face* si chiama Giovanni Cortese, ha circa 26 anni ed abita in una cascina di Robbio; è un emerito stronzo. Perché volete saperlo?

– Perché sarebbe uno stronzo?

– L'anno scorso ho avuto una storia con lui, ma quando mi sono accorta che era un violento l'ho lasciato e non ne ho voluto più sapere, anche se economicamente sarebbe stato un ottimo partito. Ditemi che ha fatto qualche cazzata e che lo dovete arrestare.

– Per adesso vogliamo solo interrogare entrambi, non le posso dire in merito a cosa. La sua collega ci ha detto che nelle ultime settimane venivano spesso qui, sai dirmi se c'era qualcun altro con loro?

– È vero, si mettevano nel salottino e passavano ore a bere ed a chiacchierare; con loro c'era sempre Enrico Buscaglia, un altro ottimo partito che abita in una cascina di Robbio, un tipo che ama spendere e spandere, ha una BMW X3 nera che è una bellezza. Una volta mi ha portata in pizzeria insieme al suo amico Giovanni ed avevo intenzione di lavorarmelo, ma poi sono arrivate due ragazze che non avevo mai visto a rompermi le uova nel paniere: una si è appiccicata a Giovanni e l'altra ad Enrico. Almeno ci ho guadagnato una pizza, perché Enrico ha pagato per tutti. Sentite, il padrone non vuole che mi trattenga a chiacchierare coi clienti per cui, se non avete altro da chiedermi, andrei giù a lavorare.

– Dimmi solo se con loro hai visto anche un ragazzo molto giovane, di circa vent'anni, poi ti lascerò andare. – chiese il commissario facendole vedere la foto di Michele.

– Mi pare di sì, una volta o due mi sembra di averlo visto con loro, ma non so dirle chi sia, sicuramente non è di qui – mentì Eva, poi li salutò e scese dabbasso.

– Appena avremo finito qui voglio andare a Robbio e parlare con quei tre gaglioffi: Enrico Buscaglia, Mirko Agazzone e Giovanni Cortese. Ci faremo dare gli indirizzi in municipio. – disse il commissario.

Capitolo VIII

Mentre i poliziotti terminavano di pranzare, Eva e Monica ebbero modo di confrontarsi con più calma e di stabilire una linea di condotta comune.

– Ho appena avvisato Michele che la polizia è sulle tracce di Mirko e di Giovanni e che quando li prenderanno, e li prenderanno di sicuro perché sono due coglioni, quelli faranno il suo nome ed il tuo – disse Monica – Affrettati a telefonare a Mirko, ma che non ti venga in mente di scappare con lui, sarebbe come ammettere la tua complicità nel rapimento –

Quindi telefonò a Giovanni:

– Giovanni, sono Monica, qui al bar ci sono tre poliziotti con la foto di te e di Mirko scattata mentre uscivate dai gabinetti di una stazione e ci metteranno poco per piombarti addosso, per cui scappa e non farti prendere. Buona fortuna.

La telefonata di Eva a Mirko fu simile, ma più sofferta:

– Mirko, coglionazzo che non sei altro, ti sei fatto fotografare con Giovanni quando siete andati a prendere il riscatto in stazione e adesso siete ricercati dalla polizia; inoltre il cascinotto è bruciato e Edoardo è sicuramente morto nell'incendio, per cui sarete ritenuti responsabili della sua morte. Qui c'è la polizia che chiede a tutti se qualcuno ti conosce e può piombarti addosso da un momento all'altro, per cui scappa, prendi la Punto e vai il più lontano possibile, in un posto in culo ai lupi. Poi scrivimi al bar, ma non telefonarmi per nessun motivo.

Monica intanto era andata a prendere Michele a Robbio, a casa della vedova Agazzone, per accompagnarlo alla stazione di Vercelli. La vedova, signora Roberta, non era in casa e Michele le aveva lasciato un breve messaggio per ringraziarla di averlo ospitato e per comunicarle che, avendo trovato lavoro a Milano, non sarebbe più tornato a Robbio da lei.

Dopo aver caricato sulla Mini il trolley coi vestiti del ragazzo, i due giovani partirono per Vercelli e Monica fece a Michele le ultime raccomandazioni:

– Compra un biglietto per Parigi e predi il TGV di metà pomeriggio, trascorrerai lì alcuni giorni, poi sarai libero di andare dove vuoi. Ti consiglio il Portogallo, perché a Parigi i soldi che hai ricavato dal riscatto ti dureranno ben poco. Quando ti sarai sistemato potrai scrivermi al bar, ma non telefonarmi per nessun motivo, anzi, butta via il cellulare appena puoi: non so se la nostra polizia è in grado di scoprire la tua posizione se lo userai quando sarai all'estero, ma la polizia portoghese sarà senza dubbio in grado di farlo. –

– Pensi che la polizia si accanirà a cercarmi? – chiese Michele molto abbacchiato.

– Accanirsi? Coglione che non sei altro, ti rendi conto che avete rapito un ragazzo che è morto in modo orribile nell'incendio del cascinotto? Non si daranno pace finché vi avranno presi e sbattuti in galera. Io spero solo di non essere trascinata nella merda per averti aiutato a scappare.

Monica fermò l'auto ad una certa distanza dalla stazione per evitare di essere ripresa dalle videocamere, diede un bacio a Michele e lo campò fuori dall'auto. Michele si avviò mestamente verso la stazione trascinando il trolley, alla biglietteria chiese un biglietto per Parigi sul TGV, molto poco convinto di riuscire a sopravvivere all'estero visto che non riusciva a farlo neppure in un ambiente a lui noto. Non aveva saputo dell'incendio del cascinotto e che Edoardo era morto fra le fiamme fin quando glielo aveva detto Monica; forse se l'avesse saputo prima avrebbe provato del rimorso, ora invece era solo angustiato per dover fuggire all'estero per non finire in prigione e per la prima volta da quando aveva deciso di partecipare al rapimento capì di aver fatto un'enorme cazzata.

Mirko, appena saputo che era ricercato e che la polizia era già arrivata così vicino a lui, si fece prendere dal panico: riempì una valigia con vestiti presi a caso, mise i soldi del riscatto in un marsupio che si allacciò alla vita, saltò sulla Punto e partì verso Sud mantenendosi sulle strade statali. Anche lui non aveva saputo della morte di Edoardo nell'incendio del cascinotto, ma l'unico rammarico che provava era di dover rinunciare al riscatto che avrebbe pagato il padre di Edoardo entro un paio di giorni; invece, stando le cose come gli aveva detto Eva, doveva fuggire avendo a disposizione solo 8.000 miserabili Euro. A Casei Gerola prese l'autostrada Milano-Genova, poi si immise sulla Genova-Ventimiglia ed alle 17 passò la frontiera ed entrò in Francia. Arrivò a Marsiglia che era già buio e si mise a cercare un albergo per passare la notte e per pensare a come far perdere le sue tracce.

Se Giovanni aveva accarezzato per alcune ore l'idea di spianare le macerie del cascinotto per seppellire i resti di Edoardo e le tracce del suo rapimento sotto uno strato di terreno coltivo, la telefonata di Monica lo aveva fatto sbattere nuovamente contro la dura realtà: aveva fornito la prigione per tenere relegato un sequestrato, ne aveva causato una morte orribile e rischiava di essere condannato a trent'anni di galera se lo avessero preso.

Giovanni però non voleva rinunciare ai riscatti che sarebbero stati pagati dall'ingegner Orombelli e dal signor Buscaglia, perché Enrico, non potendosi più nascondere nel cascinotto andato a fuoco, era sicuramente fuggito lontano, rinunciando così *in toto* al riscatto per il suo finto rapimento ed alla maggior parte del riscatto per il rapimento di Edoardo. Per cui lui, se avesse resistito ancora pochi giorni, avrebbe potuto fuggire con ben altro che con 8.000 pidocchiosi Euro.

Si trastullò con l'idea di restare nascosto fino a venerdì, quando avrebbe recuperato i soldi dei riscatti al cimitero di Confienza, e pazienza se si fosse presentato qualcun altro della banda per rivendicarne una parte. Avrebbe potuto ingannare l'attesa a casa di Sonia e di Renata, le avrebbe scopate in lungo ed in largo per due giorni di fila e venerdì alle 19, appena presi i soldi, sarebbe sparito all'estero, magari in Sudamerica. L'idea lo stimolava assai, molto più di quella di fare il latitante con soli 8.000 Euro in saccoccia e la prospettiva di una lunga seduta di sesso sfrenato con due porche come Sonia e Renata lo fece decidere in tal senso.

◊

I due funzionari della Questura e l'agente indugiarono a tavola anche dopo aver finito di pranzare perché vollero interrogare Gianni, il quale confermò quanto gli aveva già detto Eva circa i tre amici che nelle ultime settimane si erano ritrovati nel salottino del bar. Gianni non fornì particolari informazioni sulla presenza con loro di un quarto amico più giovane, anche quando il commissario gli fece vedere la foto tratta dal *videotape* dell'azienda dell'Orombelli, e riferì solo che il ragazzo non era del paese, che l'aveva visto nel bar due o tre volte nelle ultime settimane e che era in cerca di lavoro.

Gianni aveva riconosciuto Michele, ma era stato reticente sia perché era suo amico e voleva tenerlo lontano da un'indagine di polizia, sia perché si era messo in testa che Michele, nella necessità di trovare del denaro, avesse avuto una parte nell'incendio del cascinotto della sera precedente, magari come esecutore materiale del rogo su commissione di Giovanni, per permettergli di incassare i soldi dell'assicurazione antincendio.

Gianni, che non sapeva nulla del rapimento di Edoardo e tanto meno che nel cascinotto era tenuto prigioniero un ragazzo, si era fatta quell'idea, niente affatto inverosimile, perché quando aveva aperto il bar alle 7 uno dei primi clienti era stato Giovanni, che gli aveva dato notizia dell'incendio senza mostrare una particolare emozione, quasi con distacco, e si era affrettato a dire, come se volesse fornire un alibi, che quando lo avevano avvertito che il cascinotto era in fiamme, lui era a Palestro intento a sbattersi Sonia. Poi aveva aggiunto che il responsabile andava cercato fra i numerosi extracomunitari nullafacenti della zona, come a voler allontanare i sospetti dagli altrettanto numerosi giovani "padani" della zona, essi pure nullafacenti.

I tre poliziotti si recarono in municipio a Robbio per farsi spiegare dove fosse la cascina Nuova del signor Buscaglia e dove abitassero i signori Giovanni Cortese e Mirko Agazzone, quindi, visto che era la più vicina, si recarono a casa di quest'ultimo, ma non vi trovarono nessuno. Si informarono allora da alcuni vicini, una coppia di anziani, che gli disse:

– La signora Roberta è a mezzo servizio presso una famiglia del paese e torna a casa tardi alla sera, la potete trovare più facilmente al mattino. Il figlio Mirko lavora alla TNT di Novara, ma qui lo vediamo di rado, due o tre volte alla settimana: arriva, si cambia i vestiti, lascia alla mamma la biancheria sporca da lavare e via ancora. Povera donna, è più gratificata dal ragazzo che ospita che da suo figlio.

– Chi è il ragazzo che ospita? – chiese l'ispettore.

– Non è del paese, si chiama Michele, ha circa 20 anni ed è veramente un ragazzo a modo, saluta sempre quando ci incontra, buongiorno e buonasera. La signora Roberta lo ospita da un paio di settimane.

– Potete descrivermelo?

– Magro, capelli color castano chiaro, statura media.

L'ispettore cavò di tasca la foto che aveva fatto vedere a Gianni e la mostrò alla coppia, che disse:

– Beh, potrebbe essere lui, ma la visiera del cappellino gli copre gli occhi; non sapremmo dire.

I poliziotti ringraziarono la coppia e se ne andarono, diretti alla cascina Nuova, sulla via per Rosasco.

La signora Elena, madre di Enrico, li fece accomodare in sala e mandò a chiamare il marito che era in giro per l'azienda; intanto che aspettavano che arrivasse, il commissario le chiese di Enrico e la signora Elena rispose che il figlio durante l'anno accademico abitava un miniappartamento a Milano e tornava in cascina solo il sabato e la domenica, poi si dilungò in un panegirico su Enrico: così bravo, studioso, una vera soddisfazione per i genitori.

Arrivò il signor Bruno Buscaglia, il quale, saputo chi erano i visitatori, mostrò un palese disagio che non cessò neppure quando pregò la moglie di lasciarli soli; solo quando Elena si fu allontanata, sorpresa per la richiesta così inusuale del marito, Bruno chiese con circospezione cosa volesse la polizia da lui.

– Da lei non vogliamo nulla, signor Buscaglia, ma vorremmo interrogare suo figlio. Può dirci dove dimora a Milano? – chiese il commissario.

Il Buscaglia gli diede con evidente riluttanza un indirizzo in zona Città Studi, poi chiese seccamente:

– Perché volete parlare con lui? È accusato di qualcosa?

– No, vogliamo sentirlo come testimone alla conoscenza dei fatti: è stato l'ultimo a vedere un compagno di studi, tal Edoardo Orombelli, prima che venisse rapito lunedì mattina; per cui non lo vogliamo accusare di nulla, almeno per ora. Quando è stata l'ultima volta che l'ha visto?

Bruno era in preda ad una forte emozione e si aggirava per la stanza come un leone in gabbia, ma al contempo cercava di darsi un contegno, per cui rispose con voce pacata e disinvolta:

– L'ultima volta che l'ho visto è stata una decina di giorni fa, quando è tornato a casa. Durante la settimana non ci sentiamo mai perché non vuole... dice che preferisce concentrarsi nello studio, soprattutto adesso che gli manca poco per laurearsi. – poi non resistette più alla tensione nervosa e disse tutto d'un fiato e con voce strozzata: – Mio figlio è in pericolo, l'hanno rapito, se parlo con la polizia me lo uccidono. I tre poliziotti rimasero interdetti: non credevano alle loro orecchie. Intanto il Buscaglia aveva cavato di tasca il portafogli e ne aveva estratto, accuratamente ripiegata, la lettera scritta dal figlio con la richiesta di riscatto e l'aveva aveva data al commissario mentre gli diceva:

– Mia moglie non deve saperne niente. Ho già disposto che mi preparino i soldi ed ho tutte le intenzioni di seguire le indicazioni dei rapitori, per cui non cercate di sequestrarmeli, né ora né venerdì quando li dovrò consegnare. Vi ho detto del rapimento solo perché Enrico ed Edoardo sono stati rapiti insieme e se state investigando sul rapimento di quest'ultimo, vuol dire che è successo qualcosa che i rapitori non avevano previsto; magari Edoardo è già stato ucciso proprio perché è stata coinvolta la polizia... per cui ditemi quello che sapete perché non voglio che la stessa cosa possa capitare anche ad Enrico.

– Signor Buscaglia, sarò molto franco con lei: il padre di Edoardo, l'ingegner Saverio Orombelli, ci ha avvisati del rapimento del figlio solo quando i rapitori hanno avanzato la richiesta di una ulteriore somma, oltre a quella già pagata, per lasciar libero il ragazzo. L'esame dei *videotape* del posto in cui è avvenuto il pagamento del riscatto ci ha permesso di individuare tre elementi, due dei quali li conosciamo per nome e cognome: Mirko Agazzone e Giovanni Cortese, entrambi di Robbio. È solo questione di tempo, ma li prenderemo e prima avverrà, prima riusciremo a liberare i ragazzi rapiti. Pertanto quando venerdì consegnerà il denaro al cimitero di Confienza, ci saranno i miei uomini a saltare addosso ai rapitori. Una volta che uno di loro sarà nelle nostre mani, sarà nel suo esclusivo interesse dirci dove sono prigionieri i ragazzi.

– L'Agazzone non lo conosco, ma Giovanni Cortese è figlio di un mio amico agricoltore, erediterà un patrimonio milionario, non riesco a credere che possa aver rapito il mio Enrico.

– Non ci è dato di capire cosa passa nella mente dei giovani d'oggi... uno ci investe affetto, denari, fiducia e quelli sono capaci di pugnalarti alle spalle. – filosofeggiò il commissario.

– È una cosa che il mio Enrico non farebbe mai.

– Sarà, ma non ci faccia troppo conto. Teniamoci in contatto, signor Buscaglia, e se venerdì nella borsa, invece del denaro, dovesse metterci dei libri, il risultato sarà il medesimo; per cui non si affanni a trovare il denaro necessario per pagare il riscatto. Intanto la lettera che ha ricevuto la teniamo noi per fotografarla, poi gliela renderemo.

I due funzionari se ne andarono, avendo ancora una visita da fare alla cascina del padre di Giovanni. Vi trovarono solo un operaio che gli spiegò:

– Il signor Giuseppe Cortese è andato nella sua azienda in Venezuela e tornerà per Natale; la signora Cortese si è trasferita nella casa che ha a Novara perché non va molto d'accordo col figliastro ed ha approfittato della lontananza del marito per stare con la madre. Da allora Giovanni non si è visto in azienda, ha sempre qualche ragazza che lo attrae più del lavoro

in cascina, oppure la sua batteria da suonare al cascinotto, quello andato a fuoco ieri notte.

– Allora Giovanni non ha più dormito qui da quando
il padre è partito; giusto?

– Non penso. Di solito le ragazze che rimorchia le
porta al cascinotto, dove ha allestito una stanzetta
per trombarle con comodo, ma negli ultimi giorni
deve aver dormito da qualche altra parte e sempre
in piacevole compagnia. Pensi che quando sono stato
avvertito che il cascinotto stava andando a fuoco ho
telefonato a Giovanni, saranno state le 2.30 di notte,
ma nonostante l'ora mi ha subito risposto una donna
perfettamente sveglia che poi mi ha passato Giovanni.

– Per caso sa chi possa essere quella donna?

– No signor commissario, se lo sapessi glielo direi.
Qualora Giovanni dovesse farsi vivo la avviserò subito: mi è sempre stato sulle balle quel ragazzo.

I tre poliziotti ripartirono per tornare a Milano ed
il commissario impartì disposizioni per far cercare
sull'intero territorio nazionale Giovanni Cortese e
Mirko Agazzone, indiziati di sequestro di persona, ed
Enrico Buscaglia quale testimone dello stesso reato.

– Ma Enrico Buscaglia è la vittima di un sequestro, non un testimone – aveva obiettato l'ispettore
Sant'Agata – Il padre ha riconosciuto la firma del figlio in calce alla lettera.

– Sì Sant'Agata, ma ci sono alcune cose che saltano
all'occhio in quella lettera: se fosse stata dettata dai
rapitori non sarebbe stata scritta in prima persona
e sono propenso a credere che l'abbia scritta interamente Enrico, non solo firmata; inoltre un'analisi
anche sommaria del testo rivela che chi l'ha scritta

è anche l'autore della lettera recapitata all'ingegner Orombelli. Per tutto ciò ritengo che Enrico non sia stato rapito, ma abbia partecipato al rapimento di Edoardo ed inscenato il proprio rapimento per allontanare da sé i sospetti, oltre che per spillare 200.000 Euro al padre.

– Un vero bastardo, non c'è che dire; ma perché dovrebbe aver fatto una cosa tanto orribile? I genitori lo adorano, lo fanno vivere nella bambagia, erediterà una fortuna, sta per laurearsi...

– No, Sant'Agata, non sta per laurearsi, ha fatto appena tre esami in tre anni. Penso che abbia falsificato i voti sul libretto che esibiva ai genitori e che si sia creato un curriculum universitario che gli ha permesso di figurare come uno studente modello agli occhi del resto del paese; ma la cosa sarebbe saltata fuori nell'arco di poco tempo, un anno o poco più, e quindi per non dover affrontare la realtà, le rampogne dei genitori, il dileggio di un'intera città, cosa si è inventato il nostro fantasioso Enrico? Il proprio rapimento e la possibilità di rifarsi una vita coi soldi dei riscatti, mentre tutta la città lo avrebbe pianto perché ucciso e sepolto chissà dove nonostante il padre avesse pagato 200.000 Euro per farlo liberare. Il piano non era affatto male.

– Ma che prove abbiamo che le cose siano andate come dice? Le due lettere scritte con lo stesso stile non costituiscono una prova per attribuirle necessariamente ad Enrico.

– C'è anche da considerare che è ben difficile che Giovanni e Mirko, pur aiutati da un giovane che per comodità chiameremo Michele, abbiano potuto rapire contemporaneamente Edoardo ed Enrico a Milano, in pieno giorno, in una via trafficata e con parecchia gente attorno, senza che nessuno si sia accorto di niente. Inoltre i rapitori, coi due ragazzi a bordo della C3, quando sono andati a Rogoredo per permettere a Michele di consegnare la lettera all'ingegner Orombelli, sarebbero rimasti in pochi sull'auto, seppur per alcuni minuti, per tenere a bada i sequestrati.

– Beh, Edoardo ed Enrico potrebbero essere stati sequestrati con l'ausilio di una quarta persona e fatti addormentare col cloroformio. Per strada si sarebbero trovati in quattro contro due e per di più col vantaggio della sorpresa; potrebbero averli addormentati in pochi secondi con del cloroformio e quindi caricati sulla C3 per poi allontanarsi in fretta.

– Con un furgone sarebbe stato possibile, ma con una C3... Hai mai provato a caricare il corpo inerte di due persone sul sedile posteriore di un'auto? Anche agendo in quattro ci vuole del tempo: si deve caricare un corpo per volta e intanto che se ne carica uno l'altro va tenuto in piedi, perché se finisse per terra darebbe ancor più nell'occhio. E poi sei persone adulte su una C3 non ci stanno proprio, già in cinque si sta stretti. Ma non è ancora finita: i rapitori come facevano a sapere che Edoardo ed Enrico sarebbero usciti insieme dall'istituto di chimica subito dopo esserci arrivati? avrebbero potuto passarci la giornata, oppure uscire ognuno per conto suo.

– Va bene commissario, mi ha convinto, tuttavia manca ancora una prova inconfutabile che Enrico non sia stato rapito e che abbia invece partecipato al rapimento di Edoardo.

Arrivarono a Milano e ad attenderli in Questura trovarono l'agente Marciano con un biglietto dell'autostrada. Le impronte digitali rilevate su di esso furono confrontate con quelle rilevate sulla lettera ricevuta dal signor Buscaglia ed il commissario ebbe la prova irrefutabile che il Sant'Agata cercava: sul biglietto c'erano le impronte del pollice e dell'indice della mano di Enrico impresse sia quando aveva preso il biglietto all'ingresso dell'autostrada, sia quando l'aveva tolto dall'aletta parasole per consegnarlo al casellante di Agognate.

Un nuovo avviso-ricerca a carico di Enrico Buscaglia, ora indiziato di sequestro di persona, fu emanato per tutto il territorio nazionale; in esso era anche indicato che il ricercato viaggiava probabilmente a bordo di una BMW X3 nera di cui si forniva il numero di targa.

Capitolo IX

Enrico arrivò a Caserta alle 00.50 e poco dopo si fermò a dormire presso un'esposizione all'aperto di auto usate. Era partito dalla locanda di Barberino al tramonto del giorno precedente ed aveva fatto una tirata unica badando a rispettare le regole del traffico per non fornire alla polizia motivi per fermarlo. Alle ore 7 l'esposizione aveva aperto al pubblico ma Enrico, prima di entrare nel gabbiotto che fungeva da ufficio vendite, aveva staccato le targhe della Megane con cui aveva ricoperto le sue e le aveva gettate in un bidone, quindi era entrato ed aveva chiesto del titolare.

– Sono io, Pasquale Marazzato. – si presentò un anziano che sembrava uscito pari pari dal film "Il Padrino" – In cosa posso servirla?

– Voglio vendere la mia BMW X3 che vede là fuori, ha solo due anni ed ha fatto 20.000 km, e voglio acquistare qualcosa di più piccolo, magari una Panda, su cui però si possa fare ancora affidamento.

– Ho la Panda che fa per lei. Ha tre anni ed ha fatto 45.000 km, mai incidentata e con le gomme ancora decenti; gliela faccio subito vedere – ed incaricò un picciotto di accompagnare il cliente.

Quando Enrico si fu allontanato col picciotto, il Marazzato, che aveva visto arrivare la BMW e l'armeggiare del cliente con le targhe, dopo aver recuperato dal bidone quelle gettate da Enrico ed essersi appuntato il numero "vero" di quella della X3, telefonò ad un amico della polizia e gli parlò per una decina di minuti. Da costui seppe che le targhe gettate nel bidone erano state rubate ad una Megane e che la X3 apparteneva ad un ricercato per sequestro di persona.

Enrico nel frattempo aveva visto la Panda che gli era stata offerta e l'aveva giudicata adeguata ai suoi bisogni. Quando tornò dal Marazzato, che aveva un largo sorriso ad attraversargli la faccia, gli disse:

– La Panda mi piace, quanto costa? Quanto valuta l'X3?

– La BMW così com'è varrebbe 25.000 Euro, se non fosse che è un'auto ricercata dalla polizia; stando così le cose il suo valore scende notevolmente, a non più di 12.000 Euro. Per la Panda voglio 4.000 Euro, ma se volesse farla intestare ad un'altra persona che non sia ricercata dalla polizia, come è lei in questo momento, il suo prezzo sale a 6.000 Euro. Se poi, come penso, volesse anche una patente ed una carta d'identità intestata alla stessa persona, ma ovviamente con la sua foto sui documenti, allora il prezzo sale a 10.000 Euro. Quindi 12.000 Euro meno 10.000 Euro totale 2.000 Euro. Lei mi lascia la X3 e se ne va con la Panda, una nuova identità e 2.000 Euro in saccoccia. –

Enrico, che in un primo tempo aveva avuto la tentazione di andarsene, ascoltò fino in fondo l'offerta che gli veniva fatta ed alla fine, *obtorto collo*, la ritenne conveniente. Fu fotografato con una Polaroid, fu scelta la patente e la carta d'identità più adatte ed Enrico Buscaglia si trasformò in Esposito Bonafé, più o meno della stessa età, ma nato a Torre del Greco: un terrone DOC insomma. Come gli era stato promesso, Enrico/Esposito si allontanò dall'esposizione d'auto usate con una Panda, una nuova identità, 2.000 Euro in saccoccia ed un'assicurazione RC auto + carta verde, entrambe false, in omaggio.

◊

Michele giunse alla Gare de Lion di Parigi poco prima di mezzanotte e girovagò nei pressi della stazione tirandosi dietro il trolley finché trovò un alberghetto, chiaramente di malaffare, il cui ingresso era presidiato da una ninfetta creola pressoché nuda che lo invitò a salire con lei. Ovviamente la seguì, non perché desiderasse godere delle sue grazie, ma perché salendo in camera con lei sperava di non venire registrato alla *réception;* infatti il nerboruto negro seduto dietro al banco con la cassa non gli chiese alcun documento, ma pretese 80 Euro anticipati per la camera, creola esclusa.

Michele volle restare da solo quella notte, roso dal rimorso di essere corresponsabile dell'orribile morte di Edoardo, consapevole di dover fuggire per tutta la vita, sempre col timore di essere preso e di finire i giorni della sua giovinezza in galera. Pensare di uscire di prigione all'età di 35-36 anni e poi di affrontare quotidianamente il disprezzo dei genitori e dei concittadini lo faceva star male, perché meno di 15 anni di carcere, anche se si fosse dichiarato colpevole e fosse stato processato col rito abbreviato, non glieli avrebbe dati nessuno.

Michele voleva espiare sì, ma non in carcere, voleva trovarsi da solo una punizione adeguata al reato commesso. Tirò fuori di tasca il *dépliant* che aveva raccolto in stazione pensando che fosse una piantina della città, invece era un invito ad arrolarsi nella Legione Straniera. Lesse che per arruolarsi, essendo italiano, gli bastava esibire ai reclutatori la carta d'identità e dichiarare di non aver commesso reati troppo gravi e loro, se l'avesse chiesto, gli avrebbero assegnato una nuova identità; poi gli avrebbero dato un addestramento militare di prim'ordine e gli avrebbero persino corrisposto uno stipendio tutt'altro che disprezzabile, infine, dopo la ferma di 5 anni, avrebbe potuto mantenere l'identità fittizia che gli avevano assegnato e diventare cittadino francese.

Certo non doveva far cenno né al sequestro né alla morte di Edoardo, ma in fondo aveva sempre pensato che un sequestro di persona non fosse un reato troppo grave. Sicuramente l'addestramento per divenire legionario sarebbe stato duro e la selezione dei candidati feroce, inoltre aveva sentito parlare di punizioni crudeli inflitte alle reclute, ma 5 anni di calvario era l'esatta misura della punizione che intendeva infliggersi, ma non a San Vittore, bensì nei luoghi più esotici del mondo, in divisa da combattimento, imbracciando una mitragliatrice e con un nastro di proiettili a tracolla. Altro che i *pick up* Toyota dell'ISIS con la mitragliatrice sul cassone!

La mattina successiva Michele prese un taxi e si fece portare alla sede della Legione Straniera di Nogent, ad Est di Parigi, e qui compilò i moduli per la preselezione dei candidati, lasciò in deposito il cellulare e la carta d'identità, gli venne assegnato un nome nuovo ed iniziò il percorso di test medici, fisici e psicologici che nell'arco di poche settimane lo avrebbero portato ad essere un legionario per un periodo minimo di cinque anni, o ad essere scartato senza alcuna spiegazione. Prima di Natale Michele Greco, alias Marcus Goldschmidt, in sahariana da parata ed un *képi* bianco in testa, giurava fedeltà alla nuova patria che si era scelto e che lo aveva accolto senza far troppe domande sul suo passato.

◊

Per Giovanni era venuto il gran giorno: riteneva di aver fatto bene a non fuggire subito quando Monica l'aveva avvisato che la polizia lo stava cercando, gli era bastato pazientare due soli giorni, passati a sbattere prima Sonia e poi Renata in un'entusiasmante staffetta erotica, ed era ormai convinto che entro poche ore sarebbe entrato in possesso del riscatto pagato dal Buscaglia, 200.000 Euro, e quello pagato dall'ingegner Orombelli, 460.000 Euro, quelli sì sufficienti per fuggire e cambiar vita.

Alle 18 si districò con rammarico dall'ammucchiata con le due *escort* e, accampando un impegno urgente ed inderogabile, si rivestì e partì da Palestro con la sua R4, più pulita del solito a causa della pioggia battente. Con sé aveva solo il portafogli coi documenti e con 8.000 Euro, la sua parte della somma pagata fino a quel momento dall'Orombelli.

In dieci minuti arrivò a Confienza, transitò un paio di volte davanti al cimitero e vide che non c'erano auto parcheggiate nei pressi, fece un lungo giro per tutto il paese, ma non notò alcuna auto della polizia in agguato; lasciò trascorrere più di mezz'ora fermo in una via traversa da cui poteva vedere se l'auto del Buscaglia e/o quella dell'Orombelli sarebbero arrivate sole o seguite da auto della polizia.

Alle 18.58 ne vide arrivare una: una Land Rover si fermò davanti all'ingresso del cimitero e nessuna auto l'aveva seguita; il conducente aprì la portiera e posò una borsa gialla per terra, poi ripartì sotto un forte acquazzone.

Giovanni attese alcuni minuti sperando di veder giungere un'altra auto che lasciasse anch'essa una borsa davanti alla porta del cimitero, ma l'impazienza prese il sopravvento e decise di farsi bastare un solo riscatto. Si mosse con la R4 a luci spente e si affacciò alla strada da cui era arrivata la Land Rover: nessun'altra auto era in vista; allora si avvicinò all'ingresso del cimitero, prese da terra la borsa gialla e ripartì in direzione di Vinzaglio, percorse ancora un centinaio di metri alla luce dell'illuminazione cittadina, ma poi dovette necessariamente accendere i fari. Nel passare davanti alle case popolari che costituivano la propaggine occidentale del paese, Giovanni vide che un'auto si immetteva in istrada dietro a lui, allora diede gas e riuscì a distanziarla, ma correndo qualche rischio perché i tergicristalli non riuscivano a smaltire tutta la pioggia. Dopo un paio di chilometri di rettilineo intravide un'auto della polizia col lampeggiante blu acceso che gli sbarrava la strada poco oltre un incrocio, allora frenò bruscamente e svoltò a destra in una stretta strada che portava a Casalino. Schiacciò sull'acceleratore perché l'auto che pensava di aver distanziato si era fatta sotto e lo tallonava dappresso, seguita a sua volta dai lampeggianti blu dell'auto della polizia. La pioggia era così fitta da impedirgli di veder bene la strada, ma Giovanni sapeva che il rettilineo che stava percorrendo era lungo almeno due chilometri, per cui non rallentò e la R4 toccò i 115 km/h, una velocità proibitiva per le condizioni in cui versava la strada, sul cui bordo si erano formate larghe pozzanghere.

Non era una gran curva quella che apparve a Giovanni fra gli scrosci di pioggia illuminati dai fari, piuttosto era una secca variazione di direzione malamente segnalata, ma sia il fatto che la strada che percorreva era a schiena d'asino, sia la velocità eccessiva dell'auto, sia l'asfalto allagato, fecero sì che la R4 uscisse di strada e si infilasse nel canale che le correva in fregio. Anche se vuoto d'acqua, il canale si rivelò essere una trappola mortale perché la R4, dopo un mezzo *tonneau*, atterrò sul tetto schiacciando il conducente tra le lamiere. Giovanni morì sul colpo, con la testa quasi staccata dal resto del corpo.

Pochi secondi dopo giunsero le auto che inseguivano la R4, anch'esse corsero il rischio di finire nel canale, ma riuscirono a fermarsi in tempo. L'ispettore Sant'Agata scese e costatò la morte del conducente, gli prese il portafogli ed il cellulare, poi tornò sull'Alfa 164 bagnato come un pulcino, dove il commissario Ventura lo attendeva stando comodamente all'asciutto. L'agente Roncarolo intanto aveva recuperato dalle lamiere contorte della R4 la borsa gialla contenente i 200.000 Euro pagati dal Buscaglia, ma aveva solo finto di metterla nel bagagliaio della 164 e, senza che i superiori se ne accorgessero, l'aveva invece ritirata nel bagagliaio della volante con cui era arrivato. La trappola predisposta poche ore prima dal commissario Ventura era dunque scattata ed uno dei rapitori aveva abboccato all'esca, ma purtroppo era morto senza rivelare il posto ove era tenuto segregato Edoardo.

Mentre attendeva in auto l'arrivo dei vigili del fuoco per recuperare la R4 dal canale, il commissario esaminò il cellulare di Giovanni e notò che nella rubrica erano riportati i nomi Enrico, Michele, Mirko, Eva, Monica, Sonia, Renata e Gianni, tutti col rispettivo numero di cellulare, intanto l'ispettore gli disse che nel portafogli Giovanni aveva poco più di 8.000 Euro.

– Fra queste persone ci sono gli altri quattro rapitori. – disse il commissario – Tre li conosciamo, sono Enrico, Mirko e Michele, ma chi sarà il quarto?

– Perché ritiene che la banda di rapitori sia composta da cinque elementi? – chiese l'ispettore.

– Elementare Watson. Hanno diviso per cinque la somma ricavata dal sequestro di Edoardo: 8.000 Euro a testa. – poi, rivolgendosi all'agente Roncarolo che era salito sulla 164 per ricevere ordini dai superiori, chiese: – Roncarolo, sei poi stato dalla signora Agazzone?

– Sì, Michele l'altro ieri le ha lasciato un biglietto con scritto che aveva trovato lavoro a Milano, che non sarebbe tornato e che la ringraziava per l'ospitalità. Poi mi ha detto che non ha notizie del figlio Mirko.

– Quindi Mirko e Michele sono stati avvisati da qualcuno con cui abbiamo parlato quando siamo andati a mangiare in quel bar di Confienza. – dedusse il commissario, poi, rivolto al Roncarolo, aggiunse: – Se tu, per farti bello e renderti importante, non avessi avuto tanta fretta di far vedere a quella sciacquetta la foto di Giovanni e di Mirko presa in stazione Centrale, avrei potuto condurre meglio gli interrogatori delle cameriere e di Gianni e non gli avrei certo lasciato la possibilità di avvisare Mirko e Michele che eravamo sulle loro tracce. Così adesso ci toccherà cercarli chissà dove... Almeno hai passato in rassegna le agenzie di noleggio?

– Non tutte commissario, domani andrò alla Maggiore ed alla Hertz di Vercelli.

– Beh, diamoci una mossa. Quando i pompieri avranno finito qui, noi andremo a Confienza per parlare con quelli del bar. Tu torna a Milano.

◊

Mirko stava aggirandosi nella zona del porto di Marsiglia senza sapere cosa fare. Capiva di essere tutt'altro che salvo, era sicuro di essere ricercato in tutt'Italia e che entro pochi giorni l'Interpol gli avrebbe dato la caccia anche in Francia, il fatto di avere una conoscenza approssimativa del francese lo rendeva ancor più insicuro di sé, temeva che se fosse rimasto lì sarebbe stato preso, magari non subito, ma sicuramente entro poche settimane.

La sera precedente aveva cenato in un ristorante vietnamita, ma non aveva gustato quasi nulla della dozzina di assaggi che aveva ordinato, poi era stato adescato da una giovanissima laotiana che l'aveva trascinato in una lurida camera d'albergo e lo aveva scopato per ore, finché si era addormentato, distrutto dall'*exploit* amatorio, e la laotiana l'aveva derubato del portafogli coi documenti e del marsupio con gli 8.000 Euro.

Quando al mattino alle 11 si era svegliato, Mirko non aveva più trovato la laotiana nuda nel letto, ma un nerboruto senegalese nero come il carbone che gli aveva detto che le camere dovevano essere lasciate libere entro le ore 10, come nei migliori hotel, ed aveva preteso il pagamento sull'unghia per l'occupazione della camera oltre all'orario canonico. Era stato in quel momento, mentre cercava il denaro per pagare il negro, che Mirko si era accorto di essere stato derubato, ma quando aveva provato a protestare aveva rimediato un cazzotto che gli aveva fatto sanguinare il naso, quindi il negro lo aveva spogliato del cellulare e lo aveva spintonato fino in istrada.

Mirko si era accasciato su una panchina ed aveva pianto, per l'umiliazione di aver rimediato un pugno sul naso, per essere stato derubato, per non potersi rivolgere alla polizia, per essere senza documenti e senza un soldo in tasca, per non sapere come fare a sopravvivere da ricercato in terra straniera, senza risorse e senza neppure sapere bene la lingua.

Poi Mirko si mise a girovagare per il porto dei pescherecci ed a percorrerne i moli in cerca di un'idea e questa si presentò quando incocciò in un gozzo di 12 metri che si chiamava quasi come lui, Marco, e come porto di immatricolazione recava il nome Ajaccio.

Ecco – pensò Mirko – forse in Corsica sarò più al sicuro, almeno riuscirò a farmi capire più facilmente.

Si fermò vicino al gozzo e richiamò l'attenzione del marinaio, intento ad armeggiare attorno al motore entrobordo; costui, quando si accorse di essere osservato, gli chiese cosa volesse e Mirko gli rispose in franco-italiano che poteva aiutarlo col motore, poi aggiunse: "Gratis, naturalmente".

Il marinaio gli fece cenno di salire a bordo e gli mostrò sconsolato il motore, mentre gli diceva in un franco-genovese abbastanza comprensibile che non si metteva in moto. Mirko individuò subito il motivo del malfunzionamento: c'era dell'aria nel filtro del gasolio; ne effettuò lo spurgo ed in capo a pochi minuti riuscì a mettere in moto il motore.

Il marinaio gli espresse tutta la sua gratitudine: si profuse in ringraziamenti, gli offrì da fumare e da bere e divise con lui una crostata di frutta. Intanto si erano messi a chiacchierare: il marinaio aveva detto di chiamarsi Pierre, di avere 27 anni, e che Mirko gli ricordava il fratello maggiore Marco, fervente indipendentista corso ucciso dalla polizia due anni prima. Anche Mirko aveva raccontato a Pierre di sé: di come era stato derubato la notte precedente, di essere ricercato dalla polizia italiana, di non sapere né dove nascondersi, né come fare a sopravvivere. Pierre, mosso a compassione, aveva deciso di aiutarlo e mezz'ora dopo i due nuovi amici erano salpati diretti in Corsica.

Nell'arco di due settimane Pierre, che aveva importanti addentellati col movimento indipendentista corso, fornì a Mirko un lavoro in nero come cameriere in un ristorante di Ajaccio, un modesto alloggio presso la casa di famiglia e nuovi documenti d'identità falsi intestati a Marco Bonaventura, nato a Propriano 28 anni prima.

Mirko/Marco non spedì alcuna cartolina ad Eva presso il bar Centrale di Confienza, sia per non lasciare dietro a sé una nuova traccia, sia perché Eva gli era uscita di mente, avendo trovato in Marie, la sorella minore di Pierre, una validissima sostituta.

◊

Enrico/Esposito osservava soddisfatto la scia del traghetto che da Brindisi lo stava portando a Patrasso. Imbarcarsi era stato più facile di quanto avesse pensato: non aveva dovuto esibire a nessuno i documenti falsi e nessun poliziotto lo aveva guardato in faccia, peraltro seminascosta da grossi occhiali da sole; evidentemente la polizia stava concentrandosi sulla ricerca della BMW, perché due di esse erano state tirate fuori dalla fila delle auto da imbarcare per essere controllate a fondo unitamente ai passeggeri.

Vedeva la costa italiana allontanarsi all'orizzonte e con essa il suo passato: la bomba che sarebbe scoppiata per gli esami universitari non sostenuti, il rapimento di Edoardo e quello di sé stesso, entrambi andati in vacca, la morte di Edoardo fra le fiamme del cascinotto. Provava un solo grande rammarico, quello di aver dovuto fuggire prima di incassare i soldi dell'Orombelli e di suo padre, e si chiese se gli amici della banda dei "padani sfigati" sarebbero riusciti, di lì a poche ore, a ritirare quei riscatti al cimitero di Confienza. Poi si chiese se gli amici gliene avrebbero riconosciuto una parte e concluse di no, che quei bastardi se li sarebbero divisi, magari ridendo alle sue spalle. Li maledisse e si mise a pensare al modo di ricattarli, magari minacciando di scrivere alla polizia una lettera anonima, tanto cosa avrebbe potuto fare la polizia nei suoi confronti? Enrico Buscaglia era sparito nel nulla e nessuno sapeva che era risorto nei panni di Esposito Bonafé.

Enrico si fece dare da un inserviente l'occorrente per scrivere una lettera, e su un tavolino sottocoperta indirizzò la busta:

Ai *"padani sfigati"*
c/o Bar Centrale
Confienza (PV - Italia)
poi scrisse il testo:
Ciao ragazzi, spero che quando riceverete questa mia abbiate già recuperato i soldi dei due riscatti e che teniate da parte quanto di mia spettanza, ovvero la metà di quanto avete incassato· Seguirò sui giornali l'andamento delle indagini e saprò con esattezza l'entità delle somme pagate, per cui non cercate di fregarmi, perché vorrei evitare di farvi finire in carcere raccontando alla polizia dove trovare il corpo bruciacchiato di Edoardo· Vi farò sapere dove e quando inviarmi i soldi· Un abbraccio· Enrico·

Soddisfatto infilò la lettera nella busta e se la mise in tasca, con l'intenzione di spedirla da Atene, poi andò al ristorante compiacendosi di aver trovato il modo di entrare in possesso della sua parte dei riscatti lasciando agli amici il rischio di presentarsi al cimitero di Confienza per ritirare le borse col denaro.

Quando finì di cenare era ora di sbarcare dal traghetto. Si lasciò Patrasso alle spalle e si mise in viaggio per Corinto ed Atene. La Panda si comportava egregiamente ed Enrico poté pigiare sull'acceleratore approfittando dello scarso traffico. Dopo un'ora di viaggio, poco prima di Corinto, alla fine di un lungo rettilineo in leggera discesa percorso a 130 km/h, Enrico rallentò per affrontare una curva, ma l'auto continuò alla stessa velocità, provò allora a frenare pigiando più volte sul pedale, ma senza risultato; in piena curva tirò disperatamente il freno a mano, ma la Panda sbandò, sfondò un muretto e cadde dal muraglione che sosteneva la strada facendo un salto di venti metri. Enrico/Esposito morì sul colpo fra le lamiere della Panda fracassata.

◊

Solo alle 20 il commissario e l'ispettore lasciarono la scena dell'incidente e si recarono al bar Centrale di Confienza. Delle persone con cui volevano parlare trovarono solo Monica e Gianni, avendo Eva terminato il suo turno di lavoro, e si sedettero tutti e quattro nel salottino.

– Mi duole dovervi dare la triste notizia che un vostro amico è morto in un incidente stradale a pochi chilometri da qui, immagino sappiate chi sia – esordì il commissario, attento a cogliere ogni reazione emotiva dei ragazzi.

– No, non lo sappiamo; perché dovremmo saperlo? – chiese Gianni mostrandosi scocciato di dover trascurare il suo lavoro per rispondere alle insinuazioni del commissario.

– Chi sarebbe questo amico che ha avuto un incidente? – chiese Monica con fare guardingo.

– Giovanni si è infilato in un canale asciutto al termine del rettifilo che conduce a Casalino ed è morto sul colpo. Aveva con sé una borsa contenente 200.000 Euro, il riscatto pagato dal signor Bruno Buscaglia per la liberazione di Enrico, oltre a 8.000 Euro che costituivano la sua parte per il sequestro di Edoardo – spiegò il commissario.

– Chi è Edoardo? – chiese stupito Gianni. – Non sapevo che Enrico fosse stato rapito e non riesco a credere che Giovanni possa aver avuto parte in un sequestro: Giovanni avrebbe ereditato una fortuna.

– Non ho mai sentito parlare di questo Edoardo e concordo con Gianni su quanto ha detto di Giovanni. Per caso lo ritenete implicato in un sequestro sulla base della foto che mi avete fatto vedere alcuni giorni fa? – chiese Monica.

– Certo che era implicato! E lei lo sa benissimo signorina, tanto che, non appena lo ha riconosciuto nella foto che le abbiamo fatto vedere, ha pensato bene di avvertirlo che la polizia era sulle sue tracce; o nega di averlo fatto?

– Io gli ho telefonato solo per informarmi se nel rogo del cascinotto si era salvato qualcosa; sapevo che vi teneva la sua batteria e che questa gli era costata parecchio. Non mi sarebbe mai venuto in mente di avvisarlo che era ricercato dalla polizia perché a me non avete detto che lo cercavate. Eppoi non eravamo neppure amici.

– Non riesco a crederle, signorina, potrebbe mostrarmi il suo cellulare? Anche lei, signor Gianni.

I due ragazzi glieli diedero, Gianni mostrando un po' di insofferenza e Monica con un sorriso beffardo sul volto, avendo cancellato dalla rubrica i nomi di Giovanni e di Michele non appena aveva lasciato quest'ultimo alla stazione di Vercelli. Il commissario esaminò le rubriche dei due cellulari e li restituì, non riuscendo a celare completamente la delusione, poi disse:

– Conoscete il motivo che ha indotto Enrico a derubare suo padre di 200.000 Euro organizzando il suo finto rapimento? –

– Io no! Non riesco ad immaginare alcun motivo per averlo fatto. – disse Gianni, per poi proseguire: – Signor commissario, stanno entrando dei clienti e sono solo con Monica, se mi consente vado a servirli e le lascio la ragazza, quando avrà finito con lei mi chiami pure e sarò a sua disposizione.

– No, commissario – rispose Monica – mi sembra una cosa dell'altro mondo; Enrico avrebbe ereditato una fortuna, ma se è così sicuro di quello che afferma, allora Enrico doveva essere malato, molto malato, tanto da essere impazzito.

– E se le dicessi che Enrico aveva fornito ai familiari un resoconto completamente falso del suo rendimento universitario e che entro un anno o due la cosa sarebbe stata nota a tutto il paese?

– Cosa c'entra? Avrebbe fatto una figura di merda con tutti i conoscenti, lo avremmo preso per il culo per anni, ma i suoi genitori lo avrebbero perdonato nel giro di una settimana: essere figli unici comporta notevoli vantaggi, fra cui il fatto di essere i soli ad intercettare la benevolenza dei genitori. –

Il commissario lasciò libera Monica e con l'ispettore si recò alla cascina Nuova di Robbio per restituire al signor Buscaglia il denaro pagato per il rapimento del figlio, convinto che nel bagagliaio dell'Alfa 164 ci fosse la borsa gialla che l'agente Roncarolo aveva recuperato dalla R4 di Giovanni.

Capitolo X

L'agente Sergio Roncarolo, 31 anni, di bell'aspetto, con fisico possente e la fama di rubacuori, aveva mentito al commissario, perché alla Hertz di Vercelli c'era già stato ed aveva avuto modo di prelevare la documentazione del noleggio di una C3 effettuato il venerdì precedente dalla signora Eva Vandone. Aveva mentito per più motivi: in primo luogo perché così facendo avrebbe goduto di una giornata di libertà, potendo sostenere che aveva ancora del lavoro da svolgere a Vercelli; in secondo luogo perché mal aveva sopportato il cazziatone che gli aveva fatto il commissario per aver mostrato a Monica le foto scattate in stazione a Mirko ed a Giovanni e della coda di sarcasmi, di insinuazioni e di geremiadi che il fatto aveva comportato per tre lunghi giorni; infine voleva essere lui a contestare ad Eva la partecipazione al rapimento di Edoardo, almeno in qualità di fiancheggiatrice, per poterla ricattare e scroccarle una scopata selvaggia.

Quando aveva recuperato dal rottame di R4 la borsa col denaro pagato dal Buscaglia, un pensiero maligno gli aveva attraversato la mente: perché non tenersi i 200.000 Euro del riscatto, dare un calcio in culo al commissario ed alla polizia, e fuggire insieme ad una strafica come Eva a mo' di schiava, ché nulla avrebbe potuto rifiutargli se non voleva essere accusata di complicità in un sequestro di persona?

Per guadagnare una somma simile avrebbe dovuto lavorare per 10 anni, 10 anni a dire signorsì, 10 anni di disagi, di rospi da ingoiare, di rischi da correre; invece ecco che il destino gli offriva un'occasione che difficilmente si sarebbe ripresentata. Certamente avrebbe dovuto fuggire all'estero, per esempio in Spagna, dato che aveva passato due anni a studiare lo spagnolo per acquisire dei punteggi nei concorsi interni, punteggi che non gli erano serviti a niente dato che la promozione l'aveva infine ottenuta un candidato immanicato col Questore; pensava di essere in grado di sfuggire alle ricerche cui sarebbe stato oggetto perché lui conosceva l'ambiente, le modalità operative, i trucchi da adottare e le trappole da evitare.

Impiegò pochissimo tempo per decidersi: aveva fatto finta di ritirare la borsa gialla nel bagagliaio della 164 mentre i superiori erano in auto per ripararsi dalla pioggia e l'aveva invece ritirata nel bagagliaio della volante con cui era venuto, poi, dopo che il commissario gli aveva ordinato di tornare a Milano, aveva atteso in una stradina di Casalino per più di un'ora che i superiori si allontanassero dal luogo dell'incidente e che finissero di interrogare quelli del bar, quindi aveva nascosto la volante in una via secondaria di Confienza e si era recato a piedi a casa di Eva, all'indirizzo riportato sui documenti che aveva prelevato dalla Hertz. Erano le 21 quando aveva suonato al suo campanello ed era venuta ad aprirgli Eva in vestaglia, sbottonata quel tanto da mostrare le sue tette strepitose.

– Buonasera Eva. – disse in tono gigionesco – È troppo tardi per una visita?

– Per niente agente, si accomodi. – disse Eva facendosi da parte per farlo entrare – È da solo?

– Sì, sono solo; se fossi venuto accompagnato sarebbe stato per arrestarti per concorso in sequestro di persona, invece sono venuto come amico che vuole offrirti una via d'uscita.

– Cosa avrei fatto? – chiese Eva mostrando un esagerato stupore – Chi avrei sequestrato?

– È inutile che tu finga una incredulità che non provi. – disse Sergio mostrandole la copia del contratto di noleggio della C3 – Sono stato alla Hertz di Vercelli e secondo questi documenti risulta che venerdì scorso hai noleggiato l'auto che è servita per sequestrare Edoardo Orombelli a Milano. Poi penso che tu abbia anche avuto un ruolo attivo nel compiere il sequestro, per esempio nell'adescamento di Edoardo, ma di quest'ultimo fatto la polizia non ha prove, sennò saresti già stata arrestata. –

– Allora perché non mi arresta? Perché dice che è venuto come amico? – chiese Eva, che dal sentirsi perduta intravedeva una possibilità per uscire dal tunnel.

– Perché si dà il caso che mi sia invaghito di te, fin dal primo momento in cui ti ho vista al bar. Mi è piaciuto tutto di te, la tua bellezza, il tuo modo di fare spigliato, il tuo attaccamento al lavoro... non credo che tu sia una criminale, penso solo che abbia fatto una gran cazzata e che ora non sappia come uscirne e penso di poterti dare una mano.

– E come? Non riesco ad immaginare il modo per venirne fuori. Magari potrei mercanteggiare con la magistratura la mia libertà rivelando dove si trova Edoardo, ma lei non fa parte della magistratura, non ha questo potere.

– È qui che sbagli. Un magistrato non può mercanteggiare, prima pretenderebbe una tua confessione piena, poi forse accetterebbe il tuo pentimento e terrà la mano leggera nel chiedere la tua condanna; la polizia invece non potrebbe farlo, ma in pratica lo fa di continuo. Ma io volevo andare oltre alla possibilità di un accordo con la polizia e ti propongo un accordo con me, Sergio Roncarolo, aitante giovanotto ruspante invaghito di te.

– Sentiamo un po' i termini di questo accordo. – chiese Eva, ormai sicura di cavarsela a buon mercato, mentre si slacciava i due bottoni che tenevano chiusa la vestaglia, che si aprì mostrando al Roncarolo la *lingerie* estremamente provocante indossata dalla ragazza.

Sergio sorrise ed accarezzò la tetta che aveva a portata di mano, poi la palpò come per saggiarne la consistenza, quindi soddisfatto proseguì:

– Vedi Eva, qualche ora fa Giovanni è andato al cimitero di Confienza per ritirare il riscatto pagato dal signor Buscaglia per il finto sequestro architettato dal figlio... vedo che non sei rimasta sorpresa, ne eri al corrente?

– Sì, ma quella era una iniziativa personale di Enrico, a noi non sarebbe spettato niente di quel riscatto. Forse Enrico, per non correre rischi, ha mandato Giovanni a ritirare i soldi con l'accordo che poi se li sarebbero divisi.

– E bene ha fatto, perché il signor Buscaglia ci ha avvisati e abbiamo predisposto una trappola nella quale Giovanni è cascato in pieno. Ha provato a fuggire dopo aver preso la borsa coi soldi, ma l'abbiamo inseguito e la sua R4 è finita in un canale lungo la strada che porta a Casalino. Giovanni è morto sul colpo e noi abbiamo recuperato i 200.000 Euro del riscatto. Anzi, sarebbe meglio dire che "io" ho recuperato i soldi del riscatto, perché intendo tenermeli tutti o al massimo metterli in comune se vorrai fuggire con me.

Eva era raggiante, non le sembrava possibile che le cose potessero mettersi in un modo così favorevole; si avvicinò all'agente e gli si sedette in grembo, mettendogli sotto il naso le spettacolari tette, poi gli mise le braccia al collo e lo baciò sulla bocca, un lungo e dolcissimo bacio che lasciò il Roncarolo senza fiato.

– Questo per non essere venuto per arrestarmi, il resto della mia gratitudine te la esprimerò appena sarà possibile, perché penso che dovremo squagliarcela quanto prima visto che ti sei impossessato dei 200.000 Euro che hai recuperato – disse Eva passando anch'ella dal "lei" al "tu", poi continuò: – I documenti del noleggio della C3, se non ti spiace, li terrò io. Non vorrei che dopo avermi sbattuta in lungo ed in largo, tu cambiassi idea e li usassi per fare bella figura coi superiori.

– Anima fiduciosa! Rassicurati, non cambierò idea. – disse Sergio ridacchiando, poi le diede i documenti della Hertz e proseguì facendosi serio: – Ora non c'è più nulla che la polizia potrebbe usare contro di te, perché questi documenti sono quelli originali. Ti do dieci minuti per mettere le tue cose in due borse, poi dovrai farmi strada fino ad un posto ove possa nascondere la volante in modo che non venga subito ritrovata. Che auto hai?

– Ho una Musa. So dove nascondere la volante: la

spingerai nella Sesia in un punto ove l'acqua è particolarmente alta anche durante i periodi di magra del fiume, a Langosco, ove c'è la traversa a sostegno del Roggione di Sartirana.

– Brava! Sapevo che avrei fatto bene a scegliere te come complice, quando mi conoscerai meglio ti convincerai di aver fatto un grosso affare a seguirmi.

Eva impiegò poco tempo per riempire due grosse borse coi propri vestiti, con la sua *lingerie,* con le sue scarpe e coi suoi cosmetici. Poi si tolse la vestaglia sotto gli occhi concupiscenti di Sergio ed indossò un maglione di lana, dei *blue jeans* ed un giubbotto di piumino d'oca, ma tenne le scarpe a tacco alto che indossava perché un pensiero maligno aveva cominciato a delinearsi nella sua mente.

Chiese a Sergio se volesse abbandonare la divisa e mettersi gli abiti di Mirko, ma l'agente disse che tenere la divisa lo avrebbe aiutato non poco durante la fuga e rifiutò l'offerta. Uscirono dall'appartamento ed Eva, con la Musa, precedette l'agente sulla volante fino alla traversa sulla Sesia e qui si fermò ad una trentina di metri dalla sponda del fiume.

– Com'è che conosci questo posto? – le chiese Sergio, che si era fermato una ventina di metri più avanti.

– Da ragazzina ci venivo a fare il bagno con gli amici. – rispose Eva mentre muoveva alcuni passi verso Sergio, affondando coi tacchi nei tratti sabbiosi ed avanzando con difficoltà sui ciottoli, poi finse di mettere un piede in fallo e piombò a terra con un grido.

– Ti sei fatta male? – le chiese Sergio, intento a togliere la borsa gialla dal baule della volante per metterla nella Musa.

– Sì, cazzo! Non dovevo mettere delle scarpe coi tacchi alti; ho preso una storta alla caviglia. Mi spiace non poterti aiutare a spingere l'auto nel fiume e temo che poi dovrai guidare tu. – quindi zoppicando e sorretta dall'agente tornò a sedersi nella Musa, ma non più al posto di guida, bensì a quello del passeggero.

– Non ti preoccupare, me la caverò da solo. Scusa però se prendo io le chiavi della tua auto. – le disse Sergio sfilando le chiavi dal bloccasterzo sul piantone del volante – Non è per sfiducia, ma è per toglierti la tentazione di squagliartela col denaro mentre sarò occupato a spingere l'auto in acqua. –

Alla luce dei fari della Musa l'agente ritornò alla volante, prese da terra una grossa pietra e la collocò in modo tale da farla premere contro l'acceleratore. Fatto ciò, con parte del corpo nell'abitacolo della volante e con l'altra fuori, pigiò col piede destro il pedale della frizione, accese il motore, che salì di giri con un ruggito, e mollò lentamente la frizione facendo muovere l'auto.

Il Roncarolo, costretto dal moto dell'auto a saltellare su una gamba sola per alcuni metri, quando volle saltare completamente fuori dall'abitacolo cadde bocconi a terra, forse per aver messo un piede in fallo a causa dei ciottoli, ma fece in tempo a vedere la volante percorrere gli ultimi metri sull'argine, fare un salto di alcuni metri ed infilarsi nell'acqua. In quel mentre la sciabolata dei fari di un'auto gli fece rizzare i capelli: volse la testa e vide che Eva stava facendo manovra per girare la Musa.

Eva teneva le chiavi di riserva in uno scatolino magnetico posto sotto al pianale, a portata di mano di chi si fosse seduto al posto di guida. Forte del fatto che con la luce dei fari della Musa negli occhi, anche se si fosse girato, l'agente non avrebbe potuto vederla, Eva si era spostata al posto di guida, aveva spento la luce di cortesia, aperto la portiera e tastato sotto il pianale, trovando subito la scatoletta magnetica con la chiave di riserva. Intanto aveva sentito ruggire il motore della volante quando l'agente l'aveva messa in moto.

Eva accese il motore della Musa tenendolo al minimo e quando vide l'agente saltar fuori dall'abitacolo e cadere a terra, fece manovra per tornare da dove era venuta: avanti col volante tutto a sinistra, poi indietro col volante tutto a destra, quindi avanti raddrizzando le ruote ed infine via a tutto gas.

Eva sentì il rumore di alcuni spari dietro a sé, sentì andare in frantumi il vetro di un finestrino dei posti posteriori ed il rumore secco di due proiettili contro la fiancata, poi più nulla. Raggiunse la strada asfaltata col cuore ancora in gola e poté aumentare la velocità, ma dopo un paio chilometri, passato il batticuore, rallentò per non correre il rischio di uscire di strada. Tornò a Robbio, quindi andò a Vercelli ed alle 22.50 entrò nell'autostrada per Santhià.

Eva non sapeva come si sarebbe comportato l'agente che aveva lasciato appiedato, di notte ed in aperta campagna; doveva essere furibondo per essere stato buggerato e sentirsi deluso dalla ragazza che aveva deciso di proteggere, seppure per poterne fare la sua schiava; temeva che potesse telefonare ai colleghi per scatenarle contro tutte le forze della polizia. L'unica sua certezza era quella di avere con sé il denaro del riscatto ed i documenti originali del noleggio della C3, gli unici che, secondo quanto le aveva detto il Roncarolo, la polizia avrebbe potuto usare per collegarla al rapimento di Edoardo. Sapeva però che l'agente si era fregato con le sue mani: non aveva consegnato ai superiori i documenti della Hertz, si era impossessato della borsa col riscatto pagato dal Buscaglia, era venuto a casa sua da solo, aveva spinto nella Sesia la volante della polizia, le aveva sparato contro quattro o cinque colpi di pistola che avrebbero potuto ucciderla.

Per pochi minuti valutò se le convenisse autodenunciarsi alla polizia dicendo di aver noleggiato la C3 per fare un favore a Giovanni, ma senza sapere che uso ne avrebbe poi fatto, se consegnare i documenti originali del noleggio ed i 200.000 Euro del riscatto e se rivelare dove era stato segregato Edoardo per averglielo fatto capire Mirko. Tutto ciò ovviamente in cambio della sua non punibilità per ogni reato eventualmente commesso, ma poi decise che mai e poi mai si sarebbe separata dai 200.000 Euro, ovvero il triplo di quanto aveva sperato di realizzare quando si era imbarcata in quell'avventura.

Alla prima area di servizio si fermò per fare benzina e per far riparare sommariamente il finestrino rotto, perché non riusciva a guidare con tutta quell'aria fredda sul collo. Le risultò facile circuire l'addetto alla distribuzione di carburanti, che con del cartone e con molto nastro adesivo glielo riparò alla meno peggio, e con lo stesso nastro adesivo coprì i fori di proiettile nella fiancata. Acquistò qualcosa da mangiare e da bere per non doversi fermare ancora e prese alcune carte stradali che studiò mentre le riparavano l'auto. Voleva espatriare al più presto perché non sapeva quanto tempo avrebbe impiegato la polizia a mettersi sulle sue tracce ed a diramare un avviso di ricerca in capo a lei e alla Musa.

Eva ripartì e dopo un'ora si infilò nel tunnel del Monte Bianco, raggiunse Chamonix e qui si fermò per passare la notte in un hotel, stanca ma felice come non mai, sia perché riteneva di essere riuscita per il rotto della cuffia a lasciare dietro a sé le angosce per un rapimento finito male, sia per i 200.000 Euro che le avrebbero permesso di iniziare una nuova e più agiata esistenza.

Sergio Roncarolo, dopo aver quasi scaricato la pistola d'ordinanza contro la Musa che si allontanava ed essersi reso conto che, nonostante avesse più volte colpito l'auto, nulla avrebbe impedito ad Eva di fuggire coi 200.000 Euro, ristette sconsolato sulla riva della Sesia ad osservare la parte posteriore della volante che sprofondava sott'acqua.

Si era fatto fregare da una dilettante – pensava mentre l'ira cresceva dentro a lui – e quel fatto gli bruciava più di ogni altra cosa. Aveva deciso di sacrificare quanto aveva fino a quel momento: la reputazione, la carriera, uno stipendio sicuro, la propria integrità, in cambio di una strafica da sbattere a piacimento e di 200.000 Euro da spendere senza remore, ed in un sol colpo aveva perso tutto per una banale circostanza sfortunata, perché lui la chiave di riserva dell'auto la teneva in un cassetto di casa, maledizione, non nell'auto. Pensò se ci fosse un modo per medicare almeno in parte quant'era successo, ma per quanto si sforzasse non trovò alcuna possibilità di sfangarla. Aveva cominciato col mentire al commissario dicendogli che non si era recato alla Hertz di Vercelli, quindi non aveva alcun motivo di recarsi a casa di Eva per contestarle alcunché; da solo poi, senza la presenza di un collega, senza aver avvisato i superiori del suo intento, senza averli investiti di un compito che spettava a loro e non a lui. E fin lì – pensava Sergio – se la sarebbe cavata con una nota di demerito, al massimo con qualche settimana di sospensione dal servizio; ma poi c'era la questione che aveva finto di mettere la borsa coi 200.000 Euro nel bagagliaio della 164, mentre l'aveva ritirata in quello della volante.

Poteva sostenere che non era vero di aver finto di metterla nella 164? Che intendeva portare la borsa in Questura a Milano, ma che prima voleva recarsi ad interrogare un'indiziata? Poteva dire che gli avevano rubato la volante mentre era intento... ebbene sì, poteva anche ammetterlo... mentre era intento a scopare con Eva? Non era la prima volta che, per essersi intrattenuto in tenera compagnia, un agente si era fatto rubare la volante; avrebbe dovuto ripagarla con tutto quello che conteneva, 200.000 Euro compresi, gli avrebbero effettuato una trattenuta sullo stipendio per i successivi trent'anni, ma non sarebbe finito in galera.

Poi Sergio guardò l'acqua del fiume là dove si era inabissata la volante e vide che, anche se con difficoltà, si scorgeva la parte posteriore dell'auto. Era verosimile che chi gli aveva rubato l'auto l'avesse poi spinta nella Sesia? – si chiese Sergio – Molto, molto improbabile, ma non impossibile. Ma pur ammettendo l'improbabile, in tal caso la borsa col riscatto sarebbe dovuta trovarsi ancora nel bagagliaio chiuso a chiave, là ove l'aveva messa, invece se avessero ripescato l'auto si sarebbero accorti che la borsa col denaro era sparita, ma che il bagagliaio non era stato forzato. Allora lo avrebbero accusato di negligenza grave per non aver chiuso a chiave il bagagliaio nonostante vi fosse una borsa con 200.000 Euro... non solo, ma Sergio si rese conto che gli inquirenti si sarebbero accorti che l'auto era stata messa in moto con la chiave di dotazione, quella rimasta nel bloccasterzo, ed a quel punto, in aggiunta a tutto il resto, lo avrebbero anche accusato di aver fatto finire volontariamente in acqua la volante e di essersi accordato con Eva al fine di impossessarsi dei 200.000 Euro del riscatto. A quel punto lo avrebbero sbattuto fuori dalla polizia e con tutta probabilità sarebbe finito in galera per non meno di cinque anni.

No! non sarebbe più bastato sostenere che, per la fretta di recarsi a trombare Eva, aveva dimenticato le chiavi sulla volante e che il ladro le aveva utilizzate per aprire il bagagliaio. Per avere una minima di probabilità di limitare i danni avrebbe dovuto togliere le chiavi dal bloccasterzo e simulare il furto della volante collegando fra loro i fili dell'accensione; ma farlo sott'acqua ed al buio era impossibile.

Sergio fu preso dallo sconforto: non voleva finire in prigione; sapendo che era un poliziotto, gli altri detenuti l'avrebbero sodomizzato un giorno sì e l'altro no! Si sedette sull'argine con le gambe a penzoloni sull'acqua e con la pistola d'ordinanza ancora in mano, poi si mise a piangere, forse pensando a ciò che si accingeva a fare. Improvvisamente prese una decisione: si mise in bocca la canna della pistola e premette il grilletto. Il colpo gli asportò mezza calotta cranica ed il suo corpo cadde dabbasso, i piedi sulla riva del fiume ed il resto nell'acqua.

◊

– Sant'Agata, che fine ha fatto la borsa col riscatto? Pensavo che il Roncarolo l'avesse messa nella mia auto – chiese il commissario quando, giunto alla cascina del Buscaglia, aveva aperto il bagagliaio dell'Alfa 164.

– Non c'è? Allora sarà sulla volante con cui il Roncarolo sta tornando a Milano.

– Sarà meglio accertarcene. Prova a chiamarlo per radio. –

L'ispettore provò a chiamare l'agente con la radio montata sulla 164, ma non ebbe risposta; tentò allora col cellulare, ma ugualmente senza risultato.

– Quel coglione non è in auto e tiene il cellulare spento. Quando lo vedrò gli farò un cazziatone tale che se lo ricorderà per tutta la vita.

Il Buscaglia, che li aveva sentiti arrivare, aprì l'uscio di casa e si avvicinò ai due funzionari chiedendo con voce concitata:

– Si è fatto vivo il rapitore? l'avete preso?

– Non si agiti, signor Buscaglia, entriamo in casa a parlare con calma.

– No! Mia moglie è ancora alzata e non sa nulla del rapimento. Parliamo qui fuori.

– Alle 19, dopo che ha lasciato la borsa gialla col riscatto davanti all'ingresso del cimitero di Confienza, si è avvicinato Giovanni Cortese a bordo di una R4, ha preso la borsa ed è fuggito prima in direzione di Vinzaglio e poi in direzione di Casalino, ma al termine di un rettilineo è uscito di strada, è finito in un canale in asciutta ed è morto sul colpo.

– Ma allora che ne sarà di mio figlio? Non vedendo arrivare Giovanni col denaro, gli altri rapitori lo uccideranno. Maledizione! Perché vi ho fatto leggere quella lettera!

– Suo figlio è vivo e vegeto, signor Buscaglia, ed è anche perfettamente libero, tanto da aver organizzato, oltre al rapimento di Edoardo Orombelli, anche il finto rapimento di sé stesso. Per questo motivo è ricercato in tutt'Italia e le assicuro che lo prenderemo. Non so quanto questa notizia possa consolarla.

Il Buscaglia aveva ascoltato esterrefatto la sparata del commissario ed alla fine strabuzzò gli occhi e cadde a terra svenuto. Fu prontamente soccorso dai due funzionari che lo trasportarono in casa e lo adagiarono su un divano, poi lo fecero rinvenire; intanto la moglie aveva chiamato un'ambulanza e in via precauzionale fece trasportare il marito in ospedale.

Il commissario e l'ispettore, rimasti soli con la signora Elena, non ebbero cuore di svelarle il motivo del malore accusato dal marito e non appena possibile se ne andarono e tornarono in Questura a Milano. Qui trovarono l'agente Marciano che gli fece rapporto su quanto avvenuto al cimitero di Confienza dopo la loro partenza all'inseguimento della R4.

– Non si è presentato nessun altro per controllare se ci fosse una borsa vicino all'ingresso del cimitero. Alle 20.40 sono andato al bar Centrale e vi ho trovato Gianni e Monica che mi hanno detto che eravate già stati lì per interrogarli ed eravate usciti da 5 minuti. Vi ho telefonato e mi avete detto dell'incidente alla R4 e come da vostri ordini mi sono trattenuto nel bar fino alle 21.30, ma non ho notato alcun movimento sospetto. Però mentre ero al bar, attorno alle 21, ho visto passare una volante coi lampeggianti blu spenti e mi è sembrato di vedere a bordo l'agente Roncarolo.

– Ha seguito quella volante? – gli chiese l'ispettore.

– No. Ero a piedi e piuttosto lontano da dove avevo lasciato l'auto civetta con cui ero arrivato. Perché?

– Perché l'agente Roncarolo e la sua volante sono spariti. Non riusciamo a metterci in comunicazione con lui e siamo preoccupati perché sull'auto aveva la borsa coi soldi del riscatto.

Capitolo XI

Eva entrò nella camera che le avevano assegnato portando con sé solo la borsa gialla ed appena chiusa la porta alle sue spalle ne rovesciò il contenuto sul letto. Il Roncarolo non aveva mentito, come ad un certo punto del viaggio aveva temuto, i 200.000 Euro c'erano tutti, in banconote da 50 e da 100 Euro. Eva chiuse gli occhi ed ebbra di gioia si stese supina fra le mazzette di banconote, come la Lolita dell'omonimo film, e così si addormentò. Si risvegliò alle 7 e riorganizzò le idee. Per prima cosa telefonò al bar Centrale, che a quell'ora aveva appena aperto, ed a Gianni comunicò tutto d'un fiato:
– Ciao Gianni, sono Eva. Mi trovo all'estero con un nuovo, ricchissimo grande amore, per cui non tornerò più a lavorare nel tuo bar; intendo farmi mantenere da lui per il resto della vita. Salutami il Rossino e Monica e, se dovessi avanzare qualcosa delle mie spettanze, dalle a lei. Ti saluto.
Mentre faceva la doccia decise che sarebbe andata in Spagna, almeno per qualche tempo, anche per imparare bene lo spagnolo, poi avrebbe avuto l'intera America Latina per nascondersi. Ritirò il denaro nella borsa e scese dabbasso, ove fece una ricca colazione mentre esaminava la carta stradale dell'Europa meridionale.
Alle 8.30 saldò il conto dell'albergo, gettò il cellulare in un cestino di rifiuti, salì sulla Musa e partì per Gi-

nevra. Qui si fermò in un salone multimarche per acquistare una Golf diesel usata in cambio della Musa danneggiata e di un piccolo conguaglio. Ripartì dopo essersi concessa un pranzo regale in un ristorante del lungolago, aggirò Lione ed a sera si fermò a dormire in un albergo di Avignone; per neppure un istante si separò dalla preziosa borsa gialla. Partì di primo mattino decisa a non fermarsi più fino al confine spagnolo, che raggiunse al tramonto. Si fermò a dormire a San Sebastián ed il giorno successivo, lunedì, con una lunga tirata raggiunse Santiago de Compostela, ove decise di fermarsi.

Acquistò una grammatica spagnola, un dizionario tascabile e l'occorrente per ascoltare un corso di lingua spagnola su nastri, poi si immerse nello studio, per lo più seduta al tavolino di bar all'aperto, con le cuffie del registratore in testa, un manuale fra le mani ed un Pernod da sorseggiare davanti a sé.

◊

Il corpo dell'agente Roncarolo fu rinvenuto la domenica mattina da un pescatore dilettante, che provvide ad avvisare subito i carabinieri che alla traversa a sostegno del Roggione di Sartirana c'era il cadavere di un poliziotto. Quando costoro esaminarono i documenti del morto e videro che nell'acqua si intravedeva la parte posteriore di un'auto, verosimilmente quella di una volante della polizia, fecero intervenire la squadra scientifica per i primi rilievi, un'auto-gru per il recupero dell'auto ed infine avvisarono la Questura di Milano. Il commissario Ventura e l'ispettore Sant'Agata giunsero insieme, in tempo per parlare col maresciallo dei carabinieri e col medico legale.

– L'agente Roncarolo si è sicuramente suicidato sparandosi in bocca: l'angolo di uscita del proiettile dalla parte superiore del cranio, unitamente all'assenza di tracce di sparo sul volto e di impronte digitali estranee sulla pistola d'ordinanza, sono elementi determinanti per escludere altre possibilità. – affermò il medico legale.

– Potrebbe essere stato costretto a spararsi – obiettò l'ispettore.

– Non vi sono impronte che indichino la presenza di una seconda persona vicino al Roncarolo quando si è sparato. – disse il maresciallo – Ad una trentina di metri dal corpo, sulla stradina sterrata di accesso alla traversa, sono stati rinvenuti frammenti di vetro temperato e tracce di pneumatici di un'auto che ha fatto manovra per invertire la marcia. Alla pistola del Roncarolo mancano sei proiettili, i cui bossoli sono stati trovati qui attorno; quindi è certo che prima di uccidersi ha sparato contro qualcuno arrivato in auto, ne ha colpito un finestrino e probabilmente anche la carrozzeria. Abbiamo preso il calco dei pneumatici, ma posso anticipare che non sono quelli di un'utilitaria. Nei pressi del posto dove l'auto ha fatto manovra abbiamo anche rilevato alcune impronte di scarpe da donna col tacco alto, di numero 39, impresse chiaramente nella sabbia; un paio di impronte indicano che la donna andava verso l'argine del fiume ed un paio che tornava all'auto. Tutte le altre impronte sono state lasciate dal Roncarolo; la pioggia di venerdì ci ha facilitato il compito. Quand'è che avete visto l'agente Roncarolo per l'ultima volta?

– Venerdì alle ore 19.30 circa. Era all'inseguimento

della R4 che è finita in un canale sulla strada da Confienza a Casalino – rispose l'ispettore senza sbottonarsi troppo.

– Ah! L'incidente in cui è morto Giovanni Cortese. Povero ragazzo! Prima l'incendio del cascinotto e poi va a morire in un incidente stradale. Perché lo stavate inseguendo?

– Era indiziato di aver partecipato ad un sequestro di persona – rispose l'ispettore tagliando corto; quindi cercò di sganciarsi dal carabiniere avvicinandosi al commissario, il quale esaminava la volante che stava per essere caricata su un carro attrezzi.

– Il bagagliaio era chiuso a chiave e la chiave era inserita nel bloccasterzo sul piantone del volante, inoltre è stata trovata una grossa pietra vicino ai pedali e non può che essere stata messa appositamente lì, evidentemente per premere sull'acceleratore col proprio peso – disse il commissario – Quando i carabinieri hanno aperto il bagagliaio non hanno trovato nulla dentro, quindi la borsa col denaro, con tutta probabilità, è stata presa dalla donna arrivata in auto. Infine in una tasca del Roncarolo sono state trovate le chiavi di una Lancia. Non riesco proprio a collocare tutti questi elementi in una ricostruzione logica di quanto possa essere successo. Tu hai qualche idea in merito?

– Sì, ma è un'idea che non ti piacerà. – rispose l'ispettore, poi spiegò: – Tieni conto che il Roncarolo aveva fama di essere un dongiovanni che la batteva ad ogni bellona con cui aveva a che fare e doveva averne trovata una che abitava da queste parti, probabilmente a Confienza. Ad un certo punto si è trovato tra le mani una borsa con 200.000 Euro e cosa ha fatto? Ha deciso di saltare il fosso e di passare dalla parte dei cattivi, ma prima di sparire col malloppo ha voluto portare con sé anche l'amante, quindi è andato da lei, facendosi vedere dall'agente Marciano mentre passava per Confienza alle 21 circa, e l'ha indotta a fuggire con lui.

Il Roncarolo infatti aveva bisogno di un'altra auto, non potendo fuggire con la volante della polizia, inoltre doveva ritardare per quanto possibile il ritrovamento della volante stessa, ma non conoscendo i luoghi si è fatto indicare dall'amante un posto sicuro in cui nasconderla e lei, con la sua Lancia, lo ha guidato fino alla traversa e si è fermata ad una trentina di metri dall'argine, mentre lui si è fermato più avanti. Poi il Roncarolo ha preso la borsa col riscatto dal bagagliaio della volante e l'ha messa nella Lancia dell'amante, ma prima di spingere nel fiume la volante, per precauzione, ha preso le chiavi della Lancia e se le è messe in tasca.

– Se l'amante è scesa dall'auto per aiutarlo a spingere in acqua la volante, cosa ci faceva una pietra sull'acceleratore? – chiese il commissario – E se aveva in tasca le chiavi della sua auto, come ha fatto l'amante a fuggire? E poi perché spararsi in bocca? Si sarebbe fatto qualche anno di carcere, sarebbe stato cacciato dalla polizia, ma da qui ad ammazzarsi...

– L'amante doveva per forza avere con sé le chiavi di riserva della Lancia; poi è vero che è scesa dall'auto, ma con qualche pretesto deve esserci subito risalita, tanto che il Roncarolo, per far finire la volante in acqua, ha dovuto appoggiare una grossa pietra sull'acceleratore. Il rumore del motore che saliva di giri gli ha impedito di sentire quello del motore della Lancia se non alla fine, quando l'amante ha fatto manovra per fuggire, allora le ha sparato contro cinque volte, riuscendo però solo a colpire la Lancia. A quel punto si è reso conto che l'amante l'aveva buggerato, si è fatto prendere dallo sconforto, ha capito che non avrebbe potuto giustificare in alcun modo la scomparsa della borsa col denaro e si è suicidato.

– Sì, devo ammettere che la tua ricostruzione dei fatti è plausibile, ma mi chiedo come riusciremo a trovare le prove che le cose si siano svolte come hai detto. Dovremmo in primis trovare questa fantomatica amante.

– Poiché ci dovremo passare per tornare a Milano – propose l'ispettore – fermiamoci a Confienza e chiediamo a Monica ed a Gianni, sono gli unici che possono dirci chi poteva essere andato a trovare il Roncarolo alle 21 di venerdì scorso. Loro conosceranno sicuramente ogni bellona sulla trentina che abita in paese.

Arrivarono al bar Centrale alle 11.30 e trovarono Gianni e Monica indaffarati a servire aperitivi ad una dozzina di clienti. Ordinarono da bere anche loro ed il commissario chiese:

– Monica... ma tu sei sempre al lavoro, anche di domenica. Che fine ha fatto la tua collega Eva?

– Si è licenziata sabato. Ha telefonato di primo mattino dicendo che non sarebbe più venuta a lavorare. Ha detto a Gianni che mi lasciava quanto le spettava di stipendio, circa 300 Euro, perché a lei non sarebbero più serviti e si sarebbe fatta mantenere dal riccone con cui si era messa.

– Tu l'hai mai visto questo "riccone"?

– No, mai. So che aveva un debole per Mirko, ma da quando lui è scappato non l'ho mai vista con altri;

a parte che difficilmente avrebbe avuto il tempo di frequentare qualcuno, visti gli orari che facciamo qui al bar.

– Magari riceveva qualcuno a casa sua. Sai dove abitava?

– Sì, aveva un appartamentino ad un centinaio di metri da qui, in una via traversa di quella principale.

– Sai che auto aveva?

– Una Lancia Musa. Perché mi fate tutte queste domande su Eva? Ha combinato qualcosa? Perché non vorrei fare un torto ad un'amica che mi ha appena regalato 300 Euro.

– Non sappiamo ancora se ha combinato o meno qualcosa di sbagliato, ma lo vorremmo scoprire. Hai mai visto a Confienza l'agente Roncarolo? Sai... il poliziotto che era con noi quando ci siamo fermati qui a pranzo.

– Qui nel bar non l'ho più visto e neppure in giro per Confienza, ma non è che abbia molto tempo per girare per il paese.

– Ci accompagneresti all'appartamento di Eva?

– Sì, anche se questa è l'ora di punta e c'è solo Gianni a servire. L'appartamento però sarà chiuso a chiave. E poi vi servirà un mandato, almeno immagino.

– Beh, faremo finta di averlo e per quanto riguarda le chiavi, vedrai che bravo scassinatore è l'ispettore Sant'Agata.

Eva accompagnò a piedi i due funzionari a casa di Eva e qui l'ispettore mostrò la sua bravura di scassinatore riuscendo ad aprire la porta in pochi secondi. Quando furono all'interno dell'appartamento poterono costatare il disordine in cui era stato lasciato, come se fosse stato abbandonato in tutta fretta. Il commissario aprì un armadio, c'erano delle scarpe da donna numero 39 ed alcuni vestiti estivi, ma anche alcuni indumenti da uomo, allora disse:

– Questi non mi sembrano i vestiti di un "riccone", sono lisi e neppure molto puliti; sai a chi possono appartenere?

– La felpa è identica a quella che ho visto addosso a Mirko, per gli altri vestiti non saprei dire.

– Qui a Confienza conosci qualche bella ragazza fra i 25 ed i 30 anni, disponibile e senza legami, con una Lancia Musa? A parte Eva naturalmente.

– No. Con le caratteristiche che mi ha detto c'era solo Eva.

– Puoi andare, Monica, e grazie per la collaborazione. Se dovessi avere notizie di Eva, non farti scrupoli a dircelo, nel tuo e forse anche nel suo interesse.

La ragazza se ne andò e nell'appartamento rimasero i due funzionari intenti a frugare in un cassetto della cucina fra le carte di Eva; trovarono alcune lettere della famiglia, le ricevute delle bollette pagate, delle vecchie pagelle di scuola, l'attestato della frequentazione ad un corso per estetista-parrucchiera, parecchie fotografie di vacanze trascorse al mare, ma non trovarono nulla che potesse suggerire dove poteva essersi rifugiata la ragazza. I due rilevarono le impronte digitali sulla porta, sul tavolo e sullo schienale di alcune sedie, sperando di trovare quelle lasciate dal Roncarolo, ma trovarono solo impronte identiche a quelle lasciate da Eva sui barattoli della cucina.

– Qui non abbiamo altro da fare – concluse il commissario.

– Pensi che sia Eva la fantomatica amante del Roncarolo? – chiese l'ispettore – Anche se non ha avuto il tempo materiale per coltivare una relazione con lui? almeno a quanto ci ha detto Monica. Anche se il Roncarolo non si è mai fatto vedere al bar nei pochi giorni trascorsi da quando ha conosciuto Eva?

– Per forza Eva doveva essere la donna coi tacchi che ha lasciato impronte nella sabbia vicino alla traversa, dopotutto porta scarpe numero 39 ed ha una Lancia Musa. Magari il Roncarolo la frequentava da prima.

– Dimentichi i vestiti di Mirko lasciati nell'armadio di Eva. E non venirmi a dire che potevano ingropparsela in due a giorni alterni. – gli ricordò l'ispettore.

– Supponiamo che sia Eva l'amante del Roncarolo e mettiti nei suoi panni: il Roncarolo le ha appena sparato contro cinque colpi di pistola che le hanno frantumato un finestrino, lei è impaurita e non può sapere che poi il Roncarolo si sarebbe suicidato, anzi pensa che potrebbe inventarsi una frottola per spiegare come la volante sia finita in acqua, teme che lui possa accusarla di avergli sottratto la borsa col riscatto, è sicura che entro poco tempo potrebbe essere ricercata dalla polizia e che fa? Scappa come una lepre pestando sull'acceleratore, con l'intento di espatriare e di rendere più difficile seguire le sue tracce. Purtroppo per lei però ha un finestrino rotto e più corre, più il freddo della notte le si abbatte sul collo. Non so se ti è mai capitato, ma può diventare insopportabile guidare in quelle condizioni. Allora a un certo punto si ferma, probabilmente in un'area di servizio dell'autostrada, fa gli occhi dolci ad un benzinaio e si fa riparare sommariamente il finestrino rotto, magari con del cartone e tanto nastro adesivo. Perde mezz'ora di tempo, è vero, ma poi la riguadagna facilmente potendo pestare sull'acceleratore.

– Se la tua supposizione è giusta, allora il discorso fila, ma è una supposizione che va verificata. – disse l'ispettore, ancora poco convinto – Comunque dove può essersi diretta Eva una volta entrata in autostrada?

– Il modo più rapido per espatriare partendo da qui è quello di infilarsi nel tunnel del Monte Bianco – disse il commissario alzandosi ed uscendo dall'appartamento con l'ispettore – Oggi, essendo domenica, riusciremo a fare ben poco, per esempio potremmo ottenere la targa della Musa di Eva, ma domani mattina esamineremo i nastri delle videocamere delle aree di servizio, a partire dal casello di Vercelli Ovest fino a quelle del tunnel.

◊

– Cosa volevano da te il commissario e l'ispettore? – chiese Gianni a Monica quando costei tornò al bar.

– Volevano delle informazioni su Eva: che macchina aveva, se aveva una relazione con quell'altro poliziotto che ha mangiato qui la settimana scorsa... cose di questo genere. Chi sono i due tizi che stanno mangiando di sopra? Non li ho mai visti qui a Confienza.

– Penso che siano giornalisti. Sono arrivati come falchetti quando si è diffusa la notizia del duplice rapimento di due studenti universitari, uno della Brianza ed uno di Robbio, e qualcuno deve avergli detto che uno dei rapiti frequentava questo bar. A Robbio c'è anche un furgone della RAI ed un telecronista intervista tutti i ragazzi che vogliono apparire al TG di stasera, magari per dire che Enrico era una persona "solare", non ho mai capito cosa volesse significare;

forse il contrario di "lunatica".

– Ti spiace se mi occupo io di loro? Magari pagheranno qualcosa per le informazioni che gli fornirò, non come la polizia che mi ha fatto solo perdere tempo – ciò detto salì di sopra ed avvicinò i giornalisti visti prima, intenti a spazzolarsi una terrina di polenta concia.

– Buongiorno e buon appetito, signori – esordì Monica cinguettando – mi hanno detto che siete giornalisti, io sono Monica e lavoro qui; se volete delle informazioni sui ragazzi rapiti, sono la persona più adatta per rispondere alle vostre domande. Mi dite per che giornale lavorate?

– Io sono Massimo Giacobini, giornalista del Corriere della Sera, e lui è Fabio Filiberti, giornalista *free lance* e fotografo e sì, siamo qui per i ragazzi rapiti. Si accomodi, Monica, ci racconti di lei intanto che finiamo di mangiare.

– Ho 19 anni e lavoro qui da un anno, conosco il ragazzo di Robbio che dite essere stato rapito, Enrico Buscaglia, ma posso anticiparvi che si tratta di un finto rapimento, organizzato da Enrico stesso unitamente al sequestro del suo compagno d'università Edoardo Orombelli. Conosco le altre persone coinvolte nel sequestro e molte altre cose giornalisticamente molto succose. Intendo però guadagnare qualcosa dalle informazioni che vi darò e non provate a tirare in ballo scuse, del tipo che la deontologia della professione non lo consente, perché qui non c'è nessuno che dà qualcosa per niente.

Il giornalista era sobbalzato quando aveva sentito del finto rapimento, aveva allontanato da sé la terrina ormai vuota ed aveva prestato la massima attenzione a quanto gli diceva la ragazza. Anche il fotografo aveva inforcato la sua Nikon ed aveva sparato una raffica di foto alla ragazza, che nell'occasione aveva rivolto un gran sorriso all'obbiettivo ed aveva inarcato il petto per mettere ancor più in risalto le ragguardevoli tette.

– Naturalmente ogni informazione che dovesse darmi dovrà essere verificata prima di dar luogo ad un premio, che potrà essere di varia natura, non necessariamente in denaro. Facciamo così: lei mi racconti tutto e di volta in volta io le dirò quanto può valere l'informazione che mi sta fornendo, poi dovrà dirmi se ha detto ad altri, magari alla polizia, le cose che dirà a me; nel suo interesse, perché così manterrò il massimo riserbo sulla mia fonte d'informazioni.

Per sua informazione debbo dirle che questa mattina l'ingegner Orombelli, il padre di uno dei ragazzi rapiti, ha promesso un premio di 200.000 Euro a chiunque fornirà indicazioni atte a trovare il figlio Edoardo vivo, o di 50.000 Euro per indicare ove si trova il cadavere. Se sa qualcosa in merito e se lo desidera, posso metterla in comunicazione con l'ingegnere.

– Grazie, non lo sapevo e penso di conoscere dove si trova il cadavere di Edoardo, per cui prendete pure contatti con l'ingegnere, voi saprete trattare la cosa meglio di quanto potrei fare io. Avrò delle grane se dovessi raccontarvi fatti che avrei potuto raccontare alla polizia?

– Tutto sta in due verbi: se ci racconta fatti che avrebbe "dovuto" raccontare *sua sponte* alla polizia e la cosa venisse risaputa, qualche grana la subirà, ma niente di troppo serio e comunque saranno grane largamente ricompensate; nulla invece potrà esserle addebitato se non avrà "potuto", per una sfilza di motivi, raccontare alla polizia quanto ha raccontato a noi, ed ogni tentativo della polizia di inguaiarla sarebbe velleitario. In conclusione: non può essere considerata "reticente" se non ha "voluto" rispondere ad una domanda che nessuno le ha fatto, perché è tenuta a rispondere ed ovviamente a dire la verità solo alle domande precise e dirette che un inquirente dovesse farle; ma poi eviti di avere ulteriori rapporti con gli inquirenti, perché sono molto permalosi.

Arrivò Gianni a chiedere se volessero altro e Monica, che non aveva pranzato, prese una fetta di torta per sé ed i due giornalisti le tennero compagnia. Fabio, che era rimasto molto colpito dalla bellezza e dalla spigliatezza della ragazza, cominciò a battergliela chiedendole:

– Signorina Monica, era forse sentimentalmente legata con qualcuno dei rapitori per saperne tanto sul loro conto?

– Se intende chiedermi se qualcuno di loro mi sbatteva, ebbene sì, ma ho rotto con lui nel momento stesso in cui ha partecipato al rapimento. Conosco tutti quelli che hanno rapito Edoardo, si ritrovavano nel salottino dabbasso per parlarne, ma mi sono sempre tenuta alla larga dai loro progetti, anche se non li ho mai denunciati alla polizia. Sono venuta a conoscenza dei dettagli del rapimento e della morte di Edoardo solo da pochi giorni, quando me ne ha parlato Eva, un'altra componente della banda dei "padani sfigati". Lei piuttosto, signor Fabio, quanti anni ha? Qual è il suo stato civile? è disponibile a portarmi fuori a cena questa sera? –

– Ho 33 anni come Gesù Cristo, sono felicemente *single* ma con una spiccata propensione all'accoppiamento e sarei felicissimo di invitarla a cena, ma dovrà dirmi dove perché non conosco la zona.

– Beh, quando avrete finito di farvi le fusa, sarò lieto di ascoltare quanto ha da dire Monica – tagliò corto il Giacobini mettendo un registratore tascabile sul tavolo.

Monica raccontò tutto quello che sapeva: dalle riunioni nel salottino per pianificare il rapimento di Edoardo al finto rapimento di Enrico, dallo scambio di borse alla stazione Centrale alla scoperta del ruolo di Paola nel rapimento del fratello.

– Così dici che Paola, volendo il male e forse anche la morte del fratello, si è impossessata di gran parte dei soldi del riscatto lasciando ai rapitori le briciole ed un buon motivo per torturarlo o per sopprimerlo? – osservò Massimo.

– Proprio così. La colpa per l'uccisione di Edoardo sarebbe ricaduta sui rapitori e lei avrebbe ereditato *in toto* l'azienda di famiglia. Quando Edoardo ha saputo che tiro mancino gli aveva fatto la sorella, ha proposto ai rapitori di liberare lui e di sequestrare lei al suo posto.

– Ma poi i rapitori hanno ammazzato Edoardo? Dove lo tenevano segregato? – chiese Fabio.

– Lo tenevano nel cascinotto di Giovanni andato a fuoco la notte di martedì scorso, ma nessuno dei rapitori avrebbe avuto interesse ad ucciderlo, perché si erano messi d'accordo con lui per chiedere all'ingegner Orombelli un ulteriore riscatto da dividere fra loro ed il rapito, almeno così mi ha detto Eva. Penso che Edoardo sia morto nell'incendio del cascinotto, probabilmente a causa di un incidente causato da lui stesso o da Enrico, che si nascondeva lì perché per il resto del mondo doveva risultare di essere stato rapito.

– Monica, se ho ben capito gran parte delle cose che ci hai raccontato le hai sapute da Eva, che peraltro ha avuto un ruolo marginale nel rapimento, quindi non sei una testimone diretta del progetto criminale e nei confronti della polizia puoi stare abbastanza tranquilla, anche se avresti dovuto denunciare subito cosa avevano in animo di fare i "padani sfigati".

Prima di scrivere un articolo sul ruolo di Paola nel rapimento del fratello, voglio però sentire cosa ha da dire in merito l'ingegner Orombelli. Gli telefono subito, così ti farò sapere anche qualcosa circa il premio che ti spetta per aver indicato il luogo dove si trova il cadavere di Edoardo; intanto potresti accompagnare Fabio al cascinotto andato a fuoco per scattare alcune fotografie alle macerie. Ci rivedremo qui fra un'oretta. –

– Fai anche un paio d'ore – lo corresse Fabio, che voleva disporre di più tempo per batterla alla ragazza.

Monica avvisò il principale che per quel giorno non sarebbe più tornata in servizio, quindi uscì dal bar con Fabio e lo accompagnò al cascinotto. Massimo rimase nella sala da pranzo e telefonò all' Orombelli:

– Buongiorno ingegnere, sono Massimo Giacobini del Corriere; ho una triste notizia da darle: una fonte molto attendibile mi ha detto che Edoardo è perito nell'incendio della cascina in cui veniva tenuto prigioniero, situata fra Robbio e Confienza... No, non l'hanno ucciso apposta, la mia fonte ritiene che si sia trattato di un incidente, ma naturalmente anche in tal caso la responsabilità dei rapitori resta immutata... No, la fonte non ha avuto alcun ruolo nel rapimento e, se quanto mi ha detto verrà confermato, penso che possa ambire a ricevere il premio che ha stabilito... Okay, faremo noi da tramite con la fonte. Senta ingegnere, la notizia comparirà sul Corriere di domani con tutti i dettagli del rapimento, coi nomi dei rapitori, ecc., ma la fonte mi ha anche spiegato il ruolo avuto da sua figlia Paola in questa brutta storia e vorrei un suo commento a questo proposito.

– Mi ascolti bene dottor Giacobini, sarei molto grato a lei ed alla sua fonte se il nome di Paola non venisse fatto, certi panni sporchi vanno lavati in famiglia; Paola ha già avuto la sua punizione e lei ha già materiale più che sufficiente per alcuni articoli. Mi capisca, devo tutelare per quanto possibile mia figlia, è così giovane... e poi con la morte di Edoardo è l'unica figlia che mi è rimasta. Sono disponibile ad investire 300.000 Euro per la sua tutela, oltre ai 50.000 per avermi segnalato il luogo ove si trova il corpo di Edoardo. Veda poi lei come dividere la somma, ma il Corriere non dovrà riportare il minimo accenno al ruolo di Paola.

– Okay ingegnere, farò come desidera e convincerò la mia fonte a non far cenno del ruolo di Paola se dovesse parlare con la polizia o con altri giornalisti.

– La polizia è già al corrente di quanto ha fatto Paola e terrà riservata la cosa. Piuttosto, devo avvisare io la polizia del luogo in cui si trova il corpo di Edoardo o lo farà lei?

– Lasciamo che lo apprenda domani leggendo il Corriere. A risentirci ingegnere e le più sentite condoglianze per la morte di Edoardo.

Massimo chiuse la telefonata e si mise a scrivere il lungo articolo che avrebbe inviato al Corriere, naturalmente non avrebbe fatto cenno al tentativo criminale di Paola di mettere a repentaglio la vita del fratello ed anche se non concordava con l'ingegnere sulla necessità di tutelare il futuro di una figlia tanto stronza, riconosceva che per 300.000 Euro si poteva mettere la sordina alle proprie opinioni, ed almeno non sbandierarle ai quattro venti a mezzo stampa; anche perché, in fondo in fondo, il fatto che Paola fosse una carogna erano affari dell'ingegnere e non suoi. È vero che ne avrebbe patito l'informazione, ma quello di cronaca è un diritto, non un dovere, e con quella convinzione si mise definitivamente in pace con la coscienza.

Si chiese quanto riconoscere dei 300.000 Euro a Fabio, che ne sapeva quanto lui dell'intento criminale di Paola, ed a Monica per non dire nulla ad altri giornalisti, e decise che dividere la torta in tre parti uguali sarebbe stata cosa buona e giusta.

Quando furono al cascinotto Monica e Fabio impiegarono pochissimo tempo a fotografare le rovine del fabbricato e molto più tempo a restare in auto a chiacchierare, a farsi le fusa, a palpeggiarsi ed infine a baciarsi con passione. Tornarono al bar dopo tre ore, senza dissimulare per nulla il fatto di aver pomiciato e mostrando una staccata indifferenza alle maliziose insinuazioni di Massimo sul motivo del loro ritardo.

Massimo inviò l'articolo che aveva scritto in redazione per e-mail, Fabio fece altrettanto con le foto fatte alle rovine del cascinotto, ponendo attenzione a non inviare anche quelle che aveva fatto a Monica, stupenda nella *lingerie* provocante che indossava.

– Monica, ho parlato con l'ingegner Orombelli e gli ho detto che il figlio era morto nell'incendio della cascina in cui veniva tenuto prigioniero. Quando la polizia troverà il corpo sotto le macerie ti farà avere i 50.000 Euro promessi; inoltre stabilisco in 50.000 Euro l'ammontare dei tuoi emolumenti per la collaborazione che hai fornito al Corriere e per quella che fornirai in futuro in merito a tutto ciò che riguarda il rapimento di Edoardo ed il finto rapimento di Enrico; mi aspetto di poter scrivere altri tre o quattro articoli su questi argomenti.

– Uau! Grazie mille – esclamò Monica raggiante, poi si avvicinò a Massimo e gli diede un grosso bacio, quindi aggiunse: – Quando intendi scriverli? Avvisami prima, perché dovrò inventarmi qualche scusa per rendermi libera dal lavoro. Il titolare non mi darà facilmente altri permessi ora che non c'è più Eva.

– Intendo scriverli quanto prima perché voglio battere sul ferro finché è caldo e non preoccuparti del lavoro, perché per te ho rimediato altri 100.000 Euro da parte dell'ingegner Orombelli affinché tu tenga la bocca chiusa sulle malefatte di Paola. Quindi non parlarne con nessun giornalista, né ora né mai.

Monica era sbigottita e Fabio si mostrò molto stupito che il collega volesse rinunciare ad uno *scoop* così succoso, per cui Massimo dovette spiegare meglio i termini dell'accordo con l'ingegnere.

– L'ingegner Orombelli, per non scrivere nulla su Paola che possa danneggiarne la reputazione, è disposto a pagarci 300.000 Euro, un terzo a ciascuno di noi, ed io ho accettato. Ci farà un bonifico non appena gli forniremo le nostre coordinate bancarie.

– 100.000 Euro tutti per me? per non parlare con nessuno di Paola? Ma la polizia sa già tutto. – osservò Monica – Non è che poi, se si dovesse risapere in giro che Paola ha derubato la famiglia per far ammazzare il fratello, dovrò restituirli.

– La polizia starà zitta, ha quattro o cinque coglioni cui dare la caccia, non vorrà perseguire la figlia di una persona influente come l'ingegnere. Se poi riuscirà a catturare qualcuno dei rapitori e costui rivelasse la parte avuta da Paola, magari durante il processo, beh, non sarà colpa nostra.

– Ti devo ringraziare anch'io, Massimo, io non avrei avuto il pelo di chiedere tanto all'ingegnere. – disse Fabio.

– Ehi! non scherziamo. Io non gli ho chiesto nulla, ha fatto tutto lui appena ho accennato alla storia di Paola. Ecchecazzo! La deontologia professionale vieta di chiedere dei soldi per non scrivere un articolo che possa compromettere qualcuno. –

– Beh, per quello, vieta anche di accettarne.

– Insomma li vuoi o no i 100.000 Euro?

– Certo che li voglio! Mi servono per portare a cena Monica stasera, poi intendo anche passare il Natale con lei in crociera. Ti sei accorto che mi sono innamorato di lei? No eh? Sei il solito distratto.

Capitolo XII

Quando l'agente Marciano rientrò in Questura reduce dalla visita all'agenzia della Hertz di Vercelli, trovò il commissario Ventura e l'ispettore Sant'Agata intenti a leggere sul Corriere l'articolo che il Giacobini aveva scritto sul rapimento dei due studenti.

– È evidente che la fonte che il Giacobini definisce "molto attendibile e vicina ai rapitori" debba essere ricercata fra quei due del bar di Confienza, Gianni o Monica, e scommetto un coglione che la fonte del giornalista sia proprio la ragazza – disse l'ispettore – quello che non capisco è perché il Giacobini sia stato così preciso nel raccontare particolari che potevano essere conosciuti solo dai rapitori, come la modalità con cui è avvenuto il sequestro, ed invece abbia sorvolato su altri particolari giornalisticamente dirompenti, come quello del riscatto pagato solo in parte dall'ingegner Orombelli e quindi del ruolo di Paola nel sequestro del fratello.

– Secondo me il Giacobini ha voluto fare un grosso favore all'ingegnere e guadagnare la sua gratitudine. E su chi possa essere la fonte del giornalista sono d'accordo con te; ho una gran voglia di convocare Monica in Questura, di torchiarla per bene e, se non ci dirà tutto, ma proprio tutto quello che sa, di accusarla di intralcio alle indagini. Poteva dircelo subito, per esempio, che sapeva dove era stato tenuto prigioniero Edoardo e che il ragazzo era morto nell'incendio di quella cascina. – disse il commissario.

– Non lo farei se fossi in te. Mettere un indagato in galera e torchiarlo per farlo confessare o per fare il nome dei complici era una procedura che si poteva permettere solo Di Pietro. E poi i cinque componenti della banda di sequestratori li hai già tutti, sono Enrico, Mirko, Michele, Giovanni ed Eva.

– Eva? Non abbiamo niente su Eva, almeno per quanto riguarda il rapimento di Edoardo. L'agente Marciano ha detto che alla Hertz si è presentato l'agente Roncarolo ed ha ritirato tutta la documentazione del noleggio della C3, poi la documentazione è scomparsa perché sulla volante finita nella Sesia non c'era; inoltre l'impiegata che ha steso il contratto di noleggio non può essere interrogata perché si è messa in ferie ed è partita per una crociera nei Caraibi.

– Il Roncarolo deve aver dato la documentazione ad Eva per indurla a fuggire con lui ed il coglione si è privato dell'unico elemento con cui avrebbe potuto esercitare delle pressioni sulla ragazza.

– Dall'esame delle videocamere sappiamo che Eva è entrata con la sua Musa al casello di Vercelli Ovest, poi si è fermata nell'area di servizio di Saint Vincent ove ha fatto benzina e si è fatta aggiustare il finestrino rotto con un cartone, poi si è infilata nel tunnel del Monte Bianco alle 00.50 di sabato; ma tutto ciò è relativo alla scomparsa della borsa gialla col riscatto pagato dal Buscaglia, sul rapimento di Enrico non abbiamo nulla di certo a suo carico, solo dei sospetti.

– Allora perseguiamola per appropriazione indebita della borsa coi 200.000 Euro. Facciamola cercare dall'Interpol. – propose l'ispettore.

– Mai! Innanzi tutto non abbiamo prove che la borsa

l'abbia presa lei, potrebbe essere stata presa da chiunque altro. Inoltre faremmo la figura dei bischeri se dovessimo spiegare all'Interpol come si sono svolte le cose... il Roncarolo che ha rubato i soldi del riscatto e poi che forse se li è fatti fregare dall'amante... inoltre l'Interpol non moverebbe un dito per una appropriazione indebita di soli 200.000 Euro, ci riderebbero dietro – decise il commissario.

– Allora che cosa facciamo? Ho già incaricato una ditta di movimenti-terra di recarsi alla cascina bruciata e di rimuovere le macerie, dovrebbero cominciare nel pomeriggio. Ci andiamo anche noi?

– Certo! Così avrò modo di fare un'altra chiacchierata con Monica.

Il commissario e l'ispettore arrivarono al bar di Confienza all'una e salirono subito nella sala da pranzo, ove trovarono Monica intenta a mangiare con un uomo più anziano di lei. Monica, quando li vide entrare, li chiamò al suo tavolo e gli presentò il compagno:

– Oh! commissario, ispettore, vi presento Fabio Filiberti, giornalista e fotografo, da ieri mio folle amore; tu Fabio immagino che conosca già i signori.

– Vive congratulazioni ad entrambi. – disse il commissario con una punta di ironia, poi, rivolto a Monica, le disse con una chiara vena polemica: – Vedo che apprezzi i giornalisti molto più di quanto apprezzi i funzionari di polizia, visto che a loro hai dato un sacco di informazioni che hai taciuto a noi.

– È vero, non sono come Eva che predilige gli agenti di polizia, almeno secondo quanto lei sospetta. – rispose Monica con ironia – E poi il Corriere mi ha offerto un contratto per fare la corrispondente locale e voi non mi avete lasciato neppure la mancia quando siete venuti a mangiare qui.

– Non vorrei disturbare il vostro idillio, ma devo farti alcune domande, possiamo sedere con voi? Così ne approfitteremo anche noi per mangiare qualcosa.

– Prego, accomodatevi. Il convento oggi passa pasta e fagioli o lasagne al forno di primo e milanese o bollito misto di secondo, per il resto c'è il carrello. – poi Monica chiamò una giovane ragazza che si era affacciata nella sala – Lucrezia, vieni che ti presento a due valenti tutori dell'ordine, sii gentile con loro perché sono permalosetti, soprattutto se dovessero sospettare che tu stai nascondendogli qualcosa.

Ventura e Sant'Agata incassarono la battuta con spirito di sopportazione, ordinarono entrambi la pasta e fagioli ed il bollito misto, poi, mentre Sant'Agata prendeva dal carrello le verdure di contorno, il commissario affrontò gli argomenti che lo interessavano:

– Monica, perché non ci hai detto subito che sapevi dove i tuoi amici tenevano prigioniero Edoardo?

– Perché non lo sapevo ancora. – mentì Monica – Me ne ha parlato Eva la settimana scorsa dopo che eravate stati qua, insieme a tutti i particolari del rapimento; probabilmente lei li ha appresi da Mirko. Io, fin da subito, non ho voluto sapere niente di quella storia.

– Non ci hai detto che Edoardo era morto nell'incendio della cascina.

– Perché non lo sapevo e non lo sapeva neppure Eva. Enrico si era nascosto nel cascinotto in una stanza vicina a quella in cui era prigioniero Edoardo e quando è scoppiato l'incendio nessuno poteva sapere se Enrico, prima di fuggire, avesse liberato Edoardo o lo avesse portato con sé; perché a un certo punto pare che Enrico ed Edoardo si siano "alleati" per spillare all'Orombelli un nuovo e più consistente riscatto che poi si sarebbero diviso. Così almeno mi ha detto Eva.

– Come mai quest'ultima informazione non l'hai data al Giacobini?

– Ma io glie l'ho data. Forse non ne ha scritto perché prima voleva verificarla o forse per riguardo alla famiglia Orombelli. Comunque sul Corriere c'è scritto che nutrivo il forte sospetto che Edoardo fosse morto nell'incendio, non che lo sapessi per certo. Immagino che siate venuti per frugare fra le macerie del cascinotto.

– Sì, nel pomeriggio arriverà una ruspa.

– Allora verremo anche noi due. Io per scrivere il mio primo pezzo da corrispondente del Corriere per l'area di Robbio e paesi viciniori e Fabio per fornire la documentazione fotografica; e non provate neppure a pensare di poterci tenere alla larga.

– E sia. – concesse il Ventura, quindi continuò: – Quindi Eva, per sapere tanti dettagli sul sequestro, vi ha anche partecipato. È così?

– Può darsi. – rispose guardinga Monica – Lei a me non l'ha confessato esplicitamente e quanto ho riferito sul sequestro al Giacobini è nient'altro che un sentito dire. Commissario, adesso le porrò io qualche domanda: perché se sospettate di Eva non la fate cercare quale testimone alla conoscenza dei fatti? Ha a che fare con le domande che mi ha fatto sull'agente Roncarolo?

– È un'informazione che non ti posso dare, soprattutto non alla corrispondente locale del Corriere.

– Un maresciallo dei carabinieri di Robbio questa

mattina è entrato per prendere un caffè e mi ha detto che uno dei vostri agenti si è suicidato alla traversa del Roggione di Sartirana dopo aver spinto la sua volante nella Sesia. Gli rideva anche il buco del culo mentre me lo diceva. Dovrò scrivere un pezzo sull'argomento; mi dà lei qualche dritta o dovrò lavorare di fantasia?

– Per l'amor del cielo! Ti dirò tutto quello che abbiamo accertato, a patto che non faccia supposizioni tali da far fare una figuraccia alla polizia. – e il commissario le raccontò tutto ciò che sapeva per certo e ciò che sospettava fortemente, dall'appropriazione indebita della borsa col riscatto di Enrico da parte dell'agente Roncarolo alla sua visita ad Eva con i documenti del noleggio della C3, dalla sparatoria sull'argine contro la Musa di Eva al suicidio del Roncarolo, alle chiavi della Musa che costui aveva in tasca.

– Quindi Eva è in fuga coi 200.000 Euro che il Roncarolo le aveva caricato sull'auto perché voleva fuggire con lei? –

– Sì, poi è entrata in autostrada e l'ha percorsa fino al tunnel del Monte Bianco. Adesso è da qualche parte in Francia, ma non voglio farla cercare, perché non voglio fare una figura di merda con quelli dell'Interpol. Questo ovviamente non dovrai scriverlo.

– Promesso! – concesse Monica – Beh, dato che abbiamo finito tutti di mangiare potremmo andare al cascinotto.

Parcheggiarono al ponticello crollato e raggiunsero a piedi le rovine. Una ruspa era già all'opera e rimuoveva le macerie del tetto e dei solai crollati, dopo un'ora raggiunse il pavimento del pianoterra e cominciarono a venire alla luce dei reperti interessanti, che il

Filiberti fotografava diligentemente su indicazione dei due inquirenti.

– Questa sembra una stufetta a resistenza elettrica. – disse l'ispettore – E queste sono bombolette di butano squarciate da un'esplosione. Dovremmo trovarci nella stanza dove era tenuto segregato Edoardo.

– Qua c'è una borsa ventiquattrore e la carcassa di un televisore. – disse il commissario ad alcuni metri di distanza – Dovrebbe essere la camera in cui stava nascosto Enrico. La borsa è bruciacchiata, ma il contenuto si è salvato... Ehi, ma queste foto sono di Eva, è pressoché nuda, devono essere le foto con cui è stato adescato Edoardo in sala studenti. Finalmente ho la prova della sua partecipazione al sequestro! –

– Sta scherzando commissario? – disse Monica – Se invece della foto di Eva avesse trovato quella di Edvige Fenech o di centomila altre strafiche, mica le accuserebbe di aver partecipato ad un sequestro. Si rassegni, è ancora senza una prova indiscutibile della sua partecipazione al rapimento di Edoardo.

Poi la ruspa mosse una massa di plastica fusa in cui era annegato qualcosa di carbonizzato da cui pendeva una catena collegata ad un'altra massa carbonizzata. Un silenzio di tomba piombò sulla scena: Monica si allontanò disgustata, Fabio sparò una ventina di foto, Sant'Agata si fece il segno della croce, il commissario Ventura vomitò quanto aveva mangiato a pranzo. L'ispettore telefonò per far intervenire il medico legale, intanto il ruspista, con una grossa cesoia, aveva liberato il corpo carbonizzato di Edoardo dalla catena che lo vincolava al moncone bruciato di mangiatoia.

– Aspetti ancora un giorno prima di pubblicare sul Corriere la foto del corpo di Edoardo. – disse il com-

missario al Filiberti – Voglio preparare la famiglia
Orombelli prima che vedano sul Corriere la foto di
questo scempio. Le altre foto pubblicatele pure. Torniamo a Milano, Sant'Agata, non abbiamo più niente
da fare qui.

◊

Nei giorni successivi Monica, con l'aiuto di Fabio,
inviò al Giacobini le bozze di quattro articoli sul rapimento di Edoardo. Nel primo descrisse l'ambiente
del bar di paese in cui aveva preso forma il progetto criminale: scrisse dei titolari e delle cameriere,
dei clienti abituali e di quelli occasionali, delle mac-
chiette e dei commenti a quanto trasmetteva la TV,
fossero le esecuzioni effettuate dai miliziani dell'ISIS
o il resoconto dei lavori parlamentari. Scrisse degli
amorazzi che sbocciavano ai tavolini all'aperto, del
baccano che facevano gli spettatori che seguivano le
partite di Champion's League sul maxischermo della
TV, delle accanite partite di goriziana che si svolge-
vano in sala biliardo, delle prelibatezze della cucina
casalinga servita nel sala del piano superiore.
Nel secondo articolo scrisse di alcuni ragazzi di paese che progettavano di rapire un coetaneo, mentre
erano intenti a bere birra e mangiare toast nel salottino, e dei motivi che li aveva spinti ad imbarcarsi in
un'impresa tanto criminale. Scrisse che per Mirko la
motivazione era stata essenzialmente economica, essendo rimasto senza la patente di guida che gli serviva per fare il corriere; che per Michele alla motivazione economica si era aggiunto, fino a prendere il
sopravvento, il conflitto col padre e la volontà di in-

dipendenza dalla famiglia; che per Giovanni era stata determinante la volontà di realizzarsi in modo diverso da quanto pianificato dal padre, ovvero come suonatore di batteria anziché come agricoltore. Dovendo parlare delle motivazioni di Enrico e non essendo del tutto convinta di quanto le aveva detto il commissario sul suo curriculum universitario inventato di sana pianta, Monica indicò quelle che l'amico stesso aveva fornito, pur avanzando qualche dubbio sulla loro veridicità, e quindi scrisse della volontà del ragazzo, affetto da un male incurabile, di vivere alla grande il poco tempo che gli restava. Per rispetto all'amicizia che la legava con Eva, Monica non scrisse nulla sulle motivazioni di Eva, anzi avanzò molti dubbi sulla partecipazione dell'amica al rapimento.

Nel terzo articolo Monica scrisse dell'allestimento della prigione ove era stato relegato Edoardo: descrisse il cascinotto, la stanza ove Giovanni teneva la batteria, quella col letto ove trombava le ragazze che rimorchiava e quella sistemata per segregare Edoardo, con le balle di paglia per insonorizzare l'ambiente, la stufetta elettrica ed il WC chimico, la tenda canadese, il materasso di gommapiuma ed il sacco a pelo. Scrisse anche della catena che doveva vincolare Edoardo ad una pesante mangiatoia e, visto che era morto, attribuì la responsabilità di averla voluta a Giovanni. Concluse l'articolo scrivendo che, per quanto le avevano detto, Edoardo doveva uscire vivo e vegeto dal rapimento, perché gli altri rapitori avevano preteso delle garanzie in tal senso da parte di Enrico, l'ideatore del sequestro.

Nel quarto articolo Monica scrisse come si era svolto il rapimento: il noleggio di una Citroën C3 alla

Hertz di Vercelli, la sostituzione delle sue targhe con quelle di una Panda abbandonata, la ventiquattrore con le foto osé per adescare Edoardo e le patate per sabotare la sua auto, la cattura di Edoardo davanti all'istituto di chimica dei lipidi per mezzo di un fazzoletto intriso di cloroformio, il viaggio a Rogoredo per consegnare all'ingegner Orombelli la lettera con la richiesta di riscatto ed infine il viaggio fino al cascinotto di Robbio.

Monica, cui piaceva moltissimo il ruolo di corrispondente del Corriere, avrebbe voluto scrivere un quinto articolo su Enrico e sul suo finto rapimento, ma dovette accantonare l'idea per sopravvenute novità. Alcuni giorni prima infatti, l'Interpol aveva fatto pervenire alla Questura di Milano la lettera trovata nelle tasche di tal Esposito Bonafé, morto in un incidente stradale a pochi chilometri da Corinto, indirizzata a non precisati amici di Confienza, la quale segnalava che era in corso di svolgimento un grave reato che aveva già causato la morte di una persona. L'Interpol aveva anche comunicato che, dall'esame dei documenti del Bonafé, era risultato che la patente e la carta d'identità erano false e che il suo portafogli conteneva altri documenti intestati ad Enrico Buscaglia. Il commissario Ventura colse al volo l'occasione di poter sollevare la polizia italiana da ogni responsabilità relativa alla scomparsa del riscatto pagato dal Buscaglia e con una gran faccia tosta telefonò direttamente alla polizia greca per chiedere se fra i rottami dell'auto del Bonafé fosse stata anche rinvenuta una borsa contenente 200.000 Euro.

Alla scontata risposta negativa da parte di un indignato capitano della polizia ellenica, il commissario convocò presso la Questura di Milano una conferenza stampa per comunicare la morte di Enrico Buscaglia, alias Esposito Bonafé, in un incidente stradale avvenuto in Grecia.

Di fronte ad una quarantina di giornalisti di numerose testate giornalistiche e di reti televisive, ricostruì gli avvenimenti delle settimane precedenti e sostenne che Enrico si era nascosto per due giorni in una cappella del cimitero di Confienza, che aveva preso la borsa gialla col denaro del riscatto lasciata dal padre all'ingresso del cimitero, che aveva lasciato sul posto un'altra borsa gialla piena di libri e che successivamente tale borsa era stata presa da Giovanni Cortese, morto poco dopo in un incidente stradale mentre cercava di sfuggire alla polizia che lo stava inseguendo. Disse che nel frattempo Enrico era tornato a nascondersi nella cappella del cimitero fin quando la polizia aveva sgombrato la zona e quindi era fuggito su una Panda che aveva parcheggiato nei pressi dl cimitero e di cui nessuno sospettava l'esistenza. Il commissario non disse esplicitamente che la borsa col riscatto era stata rubata dai soccorritori greci accorsi sul luogo dell'incidente, ma lo lasciò chiaramente intendere.

Nessuno dei giornalisti presenti aveva fatto domande imbarazzanti e la versione fornita dal commissario era stata accettata da tutti con poche obiezioni, tranne che da Monica e da Fabio, sicuri che quella illustrata dal commissario fosse una versione di comodo per evitare di far emergere i misfatti del Roncarolo e la responsabilità della polizia italiana nella sparizione dei soldi.

– È vergognoso che l'unico a rimetterci in tutta questa vicenda sia quel povero diavolo del Buscaglia. – commentò Monica alla fine della conferenza stampa – Gli è morto un figlio che adorava, ha scoperto che razza di farabutto aveva allevato, ha avuto un collasso e la moglie, quando scoprirà cos'è successo, morrà di crepacuore; come se tutto ciò non bastasse la polizia ha trovato il modo di scrollarsi di dosso ogni responsabilità per il furto del riscatto operato dal Roncarolo.

– Come come? – chiese il Giacobini, che nulla sapeva di quella storia – Racconta quello che sai. Sei o non sei il nostro corrispondente? Vi invito entrambi a pranzo.

– Ti volevo inviare le bozze di un articolo sul finto rapimento di Enrico, ma la conferenza stampa di questa mattina mi ha convinta che è possibile fare uno *scoop* epocale che sommergerà di merda la polizia in generale ed il commissario Ventura in particolare. Io non sono in grado di scriverlo, per cui ti racconto i fatti, poi vedi tu come trattarli.

Monica gli raccontò tutto: che Enrico, contrariamente a quanto fatto credere agli amici ed a quanto aveva scritto di lui in un articolo precedente, non era affetto da una malattia incurabile, ma aveva deciso di scappare di casa prima che si scoprisse che aveva falsificato gran parte dei voti degli esami universitari che diceva di aver sostenuto; che per fuggire però aveva bisogno di soldi, da qui il rapimento di Edoardo e la lettera di riscatto al proprio padre per fargli credere di essere stato rapito insieme al compagno d'università; che il suo piano era andato in fumo con l'incendio del cascinotto, fatto questo che lo aveva costretto a fuggire; che Giovanni, a conoscenza del piano di Enrico, si era impossessato della borsa col riscatto pagato dal Buscaglia, ma era morto nel tentativo di sfuggire alla polizia che gli aveva teso una trappola; che l'agente Roncarolo si era impossessato della borsa col riscatto ed aveva ricattato Eva per indurla a fuggire con lui; che costei con un sotterfugio era riuscita a fuggire con la borsa col denaro mentre il Roncarolo spingeva la sua volante nella Sesia; che costui, per essere stato buggerato da una dilettante dopo essersi compromesso, si era suicidato sparandosi in bocca.

– Quindi quanto ha comunicato il commissario Ventura in conferenza stampa è falso... una scusa per non rispondere della scomparsa dei 200.000 Euro del riscatto recuperati dall'auto di Giovanni? – chiese il Giacobini incredulo che il commissario avesse compiuto un'azione tanto stupida.

– Proprio così. – confermò Fabio.

Intanto erano arrivati a Confienza ed avevano deciso di fermarsi a mangiare al bar Centrale, ove vennero accolti da una nuova cameriera, Marianna, splendida nella sua divisa assolutamente indecente, con minigonna inguinale ed una maglietta che le fasciava le tette come un preservativo, permettendo così ai capezzoli di svettare prepotentemente da sotto il tessuto.

– Oggi il convento passa spaghetti allo scoglio o al ragù, di secondo trote alla mugnaia o scaloppine al burro. Per il resto sapete già come fare. – cinguettò la ragazza.

Ordinarono tutti il menù di pesce, ma al bianco della casa, su suggerimento di Monica, preferirono chiedere una bottiglia di Vermentino d'Alghero, nessuno volle l'acqua. A servirli venne Lucrezia in una tenuta altrettanto provocante di quella dell'altra cameriera, con le grosse tette praticamente in piena vista, e quando si fu allontanata il Giacobini non poté trattenersi dal dire:

– Ma il titolare indice dei concorsi di bellezza per scegliere le cameriere? Perché se è così faccio subito un abbonamento e mi insedio qui in pianta stabile.

– Faresti un vero affare. – approvò Fabio – Io e Monica mangiamo qui quasi sempre. Ti stupirai di quanto sarà leggero il conto.

– Se poi tu intendessi batterla a qualcuna delle due, posso sempre mettere una buona parola. Chi ti piace? Marianna, la prima, o Lucrezia, la seconda? – chiese Monica.

– Sono indeciso, sono una più bella dell'altra. Ma torniamo a noi, dividiamo la storia che hai raccontato in tre parti: la prima è quella del finto rapimento di Enrico e della sua morte a Corinto, la seconda è quella dell'appropriazione del riscatto operata dal Roncarolo fino al suo suicidio, la terza è la ricostruzione fantasiosa dell'accaduto operata dalla polizia per non dover restituire i soldi del riscatto. Prima di scrivere dobbiamo verificare alcuni fatti, anche se per forza di cose dovremo accettare per buona la versione fornita da terzi, penso a quanto Eva ed il commissario hanno detto a Monica.

– Le dichiarazioni del commissario le ho sentite anch'io. – disse Fabio – L'ho registrato di nascosto mentre le faceva.

– Appena scriverete dell'appropriazione indebita operata dal Roncarolo vi tirerete addosso le ire del commissario, visto che vi eravate impegnati a non far fare brutta figura alla polizia, ed ancor di più quando sbugiarderete quanto affermato dal commissario in conferenza stampa, e per allora dovrete avere il culo ben coperto. Il modo migliore per tutelarsi e per semplificare indagini che altrimenti sarebbe complicato o impossibile da svolgere, è quello di coinvolgere i Carabinieri e sfruttare il naturale ed atavico antagonismo fra quest'Arma e la Polizia. In ogni caso gli articoli che scriverete li firmeremo io e Fabio, in modo da tenerti fuori da ogni rogna, Monica.

– Ci mancherebbe altro! E grazie per le premure che hai per me. – ringraziò Monica – Allora come ci muoviamo?

– Coi carabinieri parlerò io, almeno in un primo momento. Conosco un colonnello dell'Arma che sarà lietissimo di collaborare per far fare una figura di merda alla Polizia. Voi due invece farete un viaggetto a Corinto per raccogliere informazioni sull'incidente. Prima partite e meglio sarà.

Capitolo XIII

La relazione fra Monica e Fabio da una decina di giorni stava viaggiando col vento in poppa: la prima si era licenziata dal bar Centrale per aver più tempo di stare col nuovo amore e per svolgere, un po' sul serio ed un po' per gioco, il ruolo di "corrispondente dei paesi della Bassa" per conto del Corriere, il secondo apprezzava sempre più, oltre le grazie di Monica, presso cui si era insediato in pianta stabile, anche la comodità di vivere con lei in un piccolo paese: senza traffico né difficoltà di parcheggio, senza code, semafori, corsie preferenziali, autovelox e ZTL, senza drogati, barboni, zingari e Testimoni di Geova, con le vie pulite ed i cestini dei rifiuti svuotati con regolarità, con nessuna meretrice o travestito ad adescarti per strada.

Quando Fabio aveva ricevuto i 100.000 Euro dall'Orombelli e Monica i 150.000 dallo stesso, oltre ai 50.000 dal Corriere, entrambi avevano deciso di acquistare un rustico a Confienza, di ristrutturarlo e di abitarlo insieme. I lavori di ristrutturazione erano cominciati da alcuni giorni quando Fabio e Monica erano tornati dalla Grecia con grandi notizie per il Giacobini e per riferirgliele lo avevano invitato a pranzo al bar Centrale, anche per permettergli di lustrarsi la vista con le bellezze che vi lavoravano.

Quando entrarono nel bar videro che il Giacobini era già arrivato e stava bevendo un Negroni mentre chiacchierava amabilmente con Marianna, con gli occhi piantati nella vertiginosa scollatura che esibiva. Costei stava interessandosi allo stato civile del giornalista e, saputo che era divorziato, era uscita da dietro il bancone ed aveva pilotato il giornalista fino ai divanetti contrapposti del salone; qui si era seduta di fronte a lui ed aveva accavallato le gambe, permettendogli un'intrigante visione delle cosce fino alle microscopiche mutandine.

Per non disturbare Marianna nell'opera di adescamento e Massimo in quella di osservazione, Monica preparò gli aperitivi per sé e per Fabio, quindi si sedette ad un tavolino poco lontano, curiosa di ascoltare come si sviluppava l'idillio fra i due, ma il giornalista si avvide dei nuovi arrivati e di malavoglia pose fine al garbato corteggiamento.

– Marianna, mi duole moltissimo non poter proseguire a chiacchierare con te, ma il lavoro mi chiama e devo svolgerlo con Monica e con Fabio; quando potrai staccare però, vieni su anche tu per fermarti con noi, così vedrai come lavorano i giornalisti. – poi, mentre Marianna tornava dietro al bancone sbuffando, rivolto a Fabio ed a Monica chiese: – Com'è andata in Grecia?

– Meglio di così non poteva andare. Ti anticipo solo che teniamo il commissario per le palle. – rispose Fabio – Saliamo a mangiare che ti raccontiamo tutto.

Salirono in sala da pranzo e la trovarono deserta. Marianna venne a prendere le ordinazioni: spaghetti all'amatriciana e *paillard* per tutti, poi per coccolare il giornalista avvicinò al suo tavolo il carrello coi contorni e quello delle torte, in modo che non dovesse alzarsi per andare a servirsi.

– Siamo stati quattro giorni in Grecia e per tutto il tempo ci ha assistiti per ogni cosa il corrispondente del Corriere da Atene, così non abbiamo avuto problemi né con la lingua né con le autorità elleniche. – spiegò Fabio – Abbiamo scoperto che alle 23.10 di venerdì 13 novembre un tal Esposito Bonafé è uscito di strada con la sua Panda a pochi chilometri da Corinto, ha fatto un volo di una ventina di metri e si è schiantato alla base di una scarpata morendo sul colpo. La polizia è intervenuta dopo una ventina di minuti, ha trovato alcune automobili ferme sul luogo dell'incidente, ma solo un paio di persone erano scese nella scarpata per costatare lo stato del guidatore, a causa delle difficoltà di raggiungere la carcassa della Panda. Ovviamente nessuno dei soccorritori aveva trovato una borsa gialla, né avrebbe potuto impossessarsene e nasconderla sotto gli occhi delle altre persone rimaste sulla strada e quelli dei poliziotti sopraggiunti.

Nella tasca del Bonafé la polizia ha rinvenuto una lettera, indirizzata ai "padani sfigati" presso questo bar, e siccome parlava di un corpo carbonizzato e di riscatti da dividere, ha investito della cosa l'Interpol e l'ambasciata italiana. La prima ha informato la polizia italiana dell'accaduto e le ha trasmesso il materiale a sua disposizione: verbali, testimonianze, numero di targa, documenti d'identità, patente, ecc.; la seconda ha contattato i parenti del morto per concordare le modalità di rientro in Italia della salma.

– Avete preso la documentazione di tutto ciò? – chiese Massimo, che non stava più nella pelle dall'impazienza.

– Certo! Tutto in copie autenticate dalla polizia ellenica o dall'ambasciata italiana. – rispose Monica – Ho dovuto civettare non poco con una mezza dozzina di funzionari per ottenerle in fretta. Abbiamo il verbale della polizia intervenuta sul luogo dell'incidente, copia della patente e della carta d'identità del Bonafé, targa e documenti della Panda, ed infine copia degli altri documenti contenuti nel portafogli del morto: codice fiscale, tessera sanitaria, tesserino universitario ecc., tutti intestati ad Enrico Buscaglia.

– Adesso viene il bello. – continuò Fabio – Tutta la documentazione di cui sopra è stata trasmessa alla polizia italiana solo mercoledì 18, ma in essa non compare l'ora e la data in cui è avvenuto l'incidente, ovvero le 23.10 circa di venerdì 13, forse per una dimenticanza nella stesura del verbale da parte della polizia ellenica, e siccome questo è stato compilato solo il lunedì successivo 16 novembre, il commissario Ventura ha ritenuto che l'incidente si fosse verificato il giorno precedente, il 15 novembre.

– Allora il commissario, con la mente occupata a trovare il modo di giustificare la scomparsa dei 200.000 Euro prima che il Buscaglia potesse reclamarli una volta tornato dall'ospedale in cui era ricoverato, ha intravisto la maniera di sfangarla e di attribuire ai soccorritori la responsabilità di aver preso dalla carcassa della Panda la borsa coi soldi del riscatto. – proseguì Monica – Con una notevole faccia tosta ha chiesto alla polizia greca se nella Panda si fosse anche rinvenuta una borsa contenente 200.000 Euro e, ricevuta l'ovvia risposta negativa, si è affrettato a convocare la conferenza in cui ha fornito alla stampa la sua verità.

– Avresti dovuto sentire com'era incazzato il capitano di polizia quando mi ha parlato della telefonata ricevuta dal commissario Ventura: costui in pratica lo aveva quasi accusato di essersi impossessato del denaro e di averlo spartito con i suoi uomini e coi soccorritori. – raccontò Fabio – Mi ha chiesto se era consuetudine della polizia italiana saccheggiare le auto incidentate e derubare i morti. Era tanto incazzato che non ci siamo fidati a chiedergli se nel portafogli del Bonafé/Buscaglia ci fossero anche dei soldi e stavamo per andarcene quando, *sua sponte*, ci ha detto che i 9.800 Euro contenuti nel portafogli li aveva consegnati ad un funzionario dell'ambasciata italiana e, dopo aver rovistato nella scrivania, mi ha fatto vedere la ricevuta.

– Uau! I pitali di merda da rovesciare sulla testa del commissario aumentano. Avete fatto una copia della ricevuta? – chiese Massimo.

– Certo! È fra le carte che ti ho dato. – rispose Monica
– Adesso racconta tu. Cos'hai fatto in questi giorni, oltre che batterla alle cameriere di questo bar? Hai parlato col colonnello dei carabinieri che conoscevi?

– Sì, gli ho raccontato la storia per sommi capi. Ha detto che ci coprirà completamente nei confronti della polizia e mi ha messo a disposizione un maresciallo di Robbio, Antonio Mastrovito, con cui ho avuto un incontro preliminare proprio ieri. È un maresciallo che hai già visto, Monica, è lo stesso che ti ha raccontato del suicidio del Roncarolo dopo aver spinto la volante nella Sesia.

Dopo che gli ho detto su cosa indagavamo, mi ha raccontato che mercoledì 11, il giorno successivo all'incendio del cascinotto, ha raccolto la denuncia contro ignoti del sig. Giuseppe Alasia di Confienza, il quale lamentava che nottetempo erano state asportate le targhe alla sua Megane parcheggiata in una stradina alla periferia del paese. Vi lascio il numero di targa che mi ha dato. – e diede a Monica un pizzino.

– È chiaro come il sole che a togliere le targhe è stato Enrico per coprire quelle della sua BMW. – disse Monica – Non poteva sperare di riuscire ad espatriare con la BMW con le targhe autentiche e, dopo aver lasciato il cascinotto in fiamme, per prima cosa si è procurato delle altre targhe; poi si è liberato della BMW, dandola dentro per una Panda, perché doveva realizzare quanto più possibile dalla vendita della sua auto e disporre di abbastanza soldi per comprarsi falsi documenti d'identità ed un'auto con cui poter fuggire all'estero.

– Chi dispone di abbastanza soldi per fuggire all'estero? – si intromise Marianna, venuta a togliere i piatti ed a chiedere se volessero altro.

– Prendiamo il dolce solo se ti fermi a dividerlo con noi. – decise per tutti Massimo, cui si era illuminato lo sguardo quando l'aveva vista arrivare – Perché non dici al tuo boss che dei clienti pretendono la tua presenza e ti fai sostituire?

– Uau! Vado a dirglielo subito. – e volò via. Tornò dopo un minuto e mentre serviva una torta di noci disse: – Ho cambiato il mio turno con quello di Lucrezia, adesso sono tutta vostra, ma Massimo potrà esercitare il diritto di prelazione che ha acquisito.

– E gli è bastato fare il cascamorto con te per acquisirlo? – chiese ironicamente Fabio. – Io a Monica ho dovuto offrire una sontuosa cena.

– Ti raccomando quanto poteva essere sontuosa una cena in pizzeria... – riuscì a dire Monica prima di essere rudemente solleticata da Fabio.

– Va bene! – concesse Massimo – Stasera siete tutti invitati al ristorante che vorrete indicarmi. Ci troveremo qui alle 19 per l'aperitivo, perché voi due, Fabio e Monica, dovrete andare dai carabinieri di Robbio per conoscere il maresciallo. Sarei venuto anch'io per presentarvelo, ma vorrei farmi accompagnare da Marianna alla traversa sulla Sesia per poter descrivere meglio i luoghi avendo una conoscenza diretta degli stessi.

– Hai capito il marpione! E siccome sarà l'ora che volge all'occaso ed intenerisce agli amanti il core, penserà bene ad imbastire una camporella selvaggia.

– commentò Fabio, mentre Massimo arrossiva e Monica faceva l'occhietto a Marianna.

– Affrettatevi ad andare allora, finché c'è luce. – suggerì Monica con ironia – Così non correrete il rischio di perdervi nella Bassa e di passare la notte all'addiaccio. Massimo, nel caso c'è l'hai un *plaid* in auto?

– Certo! Quando ho comprato la Jaguar l'ho preteso al posto delle catene che volevano darmi in omaggio.

– Stai tranquilla Monica, se dovesse capitare, Massimo lo scalderò io. – promise Marianna, poi con Massimo scese dabbasso ed uscì dal bar.

Fabio e Monica rimasero per stendere la bozza dell'articolo sul finto rapimento di Enrico, seduti ad un tavolino appartato che era diventato il loro "ufficio" da quando si erano messi assieme. Venne Lucrezia a sparecchiare il tavolo su cui avevano pranzato e, quand'ebbe finito, un po' per scherzo ed un po' sul serio, chiese:

– Ehi Monica! Poi lo presenterai anche a me qualche buon partito? Un tipo come il Giacobini, maturo, aitante, divorziato e con una Jaguar, mi andrebbe proprio bene.

– Sicuramente sì, ma tu dovrai fare la tua parte. Per esempio dovrai limitarti nel darla ai giovani balordi del paese e selezionare meglio i soggetti da cui farti sbattere. – spiegò Monica facendo un'amorevole carezza a Fabio, poi cambiò discorso e chiese: – Senti Lucrezia, visto che sei di Robbio e che lavori qui, racconta cos'è successo di nuovo mentre eravamo in Grecia.

– Il signor Bruno Buscaglia è tornato dall'ospedale ed ha chiesto alla polizia di riavere i soldi del riscatto; quando ha realizzato che i soldi non gli sarebbero stati restituiti perché presi dal figlio e, quindi, in un certo senso rimasti in famiglia, e che successivamente erano stati rubati dall'auto incidentata del figlio stesso, si è incazzato moltissimo ed ha detto che avrebbe consultato un avvocato per essere consigliato su come muoversi. La signora Elena, quando ha saputo della morte di Enrico e delle sue malefatte, ha avuto un collasso nervoso ed è stata ricoverata in una clinica psichiatrica; pare che i medici siano pessimisti sul suo recupero.

Il professor Greco, dopo aver letto il tuo articolo su Michele, intende denunciarti per aver subornato il figlio ed averlo indotto a commettere un crimine pur di continuare a fruire delle tue grazie (ovviamente i termini con cui si è espresso erano molto più crudi e volgari). Poi ha detto che l'ingegner Orombelli, dopo i tuoi articoli sulla banda dei "padani sfigati", intende denunciarlo insieme ai genitori di Mirko, di Giovanni e di Enrico per i danni che la morte di Edoardo gli ha arrecato e chiedere un milione di Euro ciascuno di risarcimento.

I clienti del bar, in primis il signor Alasia ed il geometra Gariboldi, vanno in giro a dire che devi essere una gran stronza per aver scritto articoli così critici nei confronti di due bravi ragazzi com'erano Michele e Giovanni, dopo esserti fatta sbattere in lungo ed in largo da entrambi. La Viganò, che dicono essersi fidanzata col Gariboldi e che gli sta sempre attaccata come una cozza allo scoglio, gli ha dato man forte dicendo che le ragazze, invece di aprire le gambe con facilità, farebbero meglio a tenere la bocca chiusa... Era ovvio che si riferiva a te.

Queste le critiche, ma per molti qui in paese sei diventata un mito, io e Marianna fra questi. I titolari del bar ti adorano per la pubblicità che hai fatto al bar Centrale e per i nuovi clienti che hai attirato quando negli articoli hai elogiato la cucina casalinga che vi si prepara; le foto del locale e del salottino sono apparse su un quotidiano di rilevanza nazionale... ti rendi conto? – poi Lucrezia se ne andò perché richiamata al lavoro dal Rossino.

– Così la davi con *nonchalance* ai giovani balordi del paese. – costatò con un briciolo di tristezza Fabio.

– Non vorrai mica metterti a fare il geloso adesso. – gli rispose Monica – Io te l'ho detto subito com'ero fatta e mi pare che ti sia andata bene così com'ero; inoltre non ti ho chiesto niente dei tuoi trascorsi, per cui facciamola finita se non ti spiace.

– Okay, scusa. Mettiamoci a scrivere l'articolo sul finto rapimento di Enrico.

Così fecero e quando l'ebbero finito si recarono a Robbio per conoscere il maresciallo Mastrovito e per fornirgli i numeri di targa della Megane e della Panda. Costui assicurò che avrebbe impiegato un paio di giorni prima di visionare le registrazioni delle videocamere della rete autostradale fino a Brindisi, luogo d'imbarco dei traghetti per la Grecia.

Quando uscirono dalla caserma di Robbio per tornare a Confienza, Monica disse a Fabio:

– Non riesco ad accettare il fatto che l'ingegner Orombelli voglia spillare tanti soldi a Bruno Buscaglia ed a Giuseppe Cortese, per non parlare di quella tapina della madre di Mirko, quando non poca responsabilità per la morte di Edoardo l'ha quella vipera di sua figlia. Vorrei farlo desistere dall'intento, inoltre non ti nascondo che vorrei guadagnare qualcosa se, per mezzo dei nostri articoli, il Buscaglia riuscisse a farsi risarcire dallo Stato per la perdita dei soldi del riscatto.

– Far scucire dei soldi allo Stato italiano, anche disponendo delle migliori ragioni, sarà oltremodo difficile e sicuramente molto lungo e, quanto a far desistere l'Orombelli dal far causa ai genitori dei rapitori del figlio, la vedo molto dura, perché ti ricordo che ha comprato per 100.000 Euro a testa il nostro silenzio.

– Tu sei un giornalista *free lance*, non hai un contratto di esclusiva col Corriere, ed io risulto essere una collaboratrice saltuaria, meno di una scartina insomma.

– È vero, ma siamo entrambi moralmente vincolati a tenere riservate le malefatte di Paola, ne va del nostro futuro professionale. Comunque, *pour parler*, cosa ti ispira la tua coscienza leggera?

– Conosci qualcuno de La Repubblica?

– Sì, conosco bene Oreste Malaguti, eravamo compagni di scuola. È un reporter di prim'ordine, scapolo, ricco di suo, il partito ideale per Lucrezia.

– Allora sta a sentire: lo invitiamo qua, gli raccontiamo le malefatte di Paola e gli diciamo che l'Orombelli ci ha dato 300.000 Euro per non parlarne; poi veda lui come vuole trattare l'informazione, potrà chiedere altri soldi all'Orombelli, diciamo altri 300.000 Euro, ed in tal caso li dovrà dividere con noi, oppure vorrà ricavarci un articolo, così che parte delle ragioni dell'ingegnere per pretendere un risarcimento verranno a mancare.

– Sì, può funzionare; ma perché vuoi farlo venire qui?

– Per darlo in pasto a Lucrezia, è ovvio.

– Immagino che non sia solo per fare un favore ad un'amica in fregola e che tu abbia anche un secondo fine.

– Sì. Siccome non è opportuno che ci muoviamo noi due col Buscaglia, certo non dopo gli articoli che abbiamo scritto, Lucrezia dovrà convincere Oreste a trattare con lui per stabilire un premio se riuscirà a far decadere le pretese di risarcimento che l'Orombelli dovesse avanzare nei suoi confronti, nonché per fornirgli le prove che la Polizia è responsabile della scomparsa della borsa col riscatto che aveva portato al cimitero di Confienza. Penso che 200.000 Euro siano un premio giusto; metà ad Oreste e metà a noi.

– Non ti facevo così venale. Comunque per me va bene, perché dopotutto non infrangeremo la promessa fatta all'Orombelli di non scrivere delle malefatte della figlia; ma che dirà Massimo di tutto ciò, sarà d'accordo anche lui?

– Beh, ricordi cosa diceva sulla deontologia professionale? Non penso che rifiuterà di intascare senza muovere un dito una somma di tutta rilevanza, anche se ancora indeterminata; se dovesse titubare dirò a Marianna di usare le sue arti maliarde per convincerlo. Comunque per ora non gli diremo niente, prima dovremo accordarci col tuo amico giornalista.

Intanto erano arrivati al bar Centrale e qui trovarono Massimo e Marianna in amorevole colloquio nel salottino davanti a due aperitivi che dagli ornamenti sembravano dei Negroni. Fabio e Monica ordinarono a Lucrezia gli stessi aperitivi e si sedettero al loro tavolo notando subito, dall'aspetto sciupato che presentava Massimo e dal succhiotto sul collo di Marianna, che l'idillio fra i due, iniziato alcune ore prima, si era sviluppato nel migliore dei modi e la cosa non poteva passare senza un commento caustico nei loro confronti.

– Vedo che oltre ad impratichirti dei luoghi ti sei dedicato anche a saggiare la fauna autoctona. – costatò Fabio.

– Però sarebbe meglio dire... "assaggiare" un campione di femmina in età riproduttiva. – precisò Monica.

– Venendo da voi due, è una presa in giro del tutto ingiustificata, almeno per ora. – poi Massimo cambiò discorso e chiese: – Cosa vi ha detto il maresciallo Mastrovito?

– Che impiegherà un paio di giorni per ricostruire il percorso fatto da Enrico da qui a Brindisi, ma tenendo conto che domani e dopo sono festivi, fino a mercoledì non potrà dirci niente. – disse Fabio, poi gli diede una chiavetta con l'articolo del finto rapimento di Enrico ed aggiunse: – Dagli un'occhiata, fai le correzioni che ritieni opportune e poi trasmettilo in redazione.

– Perfetto! Allora possiamo darci appuntamento fra

cinque giorni col Mastrovito alla caserma di Robbio per vedere cos'ha da mostrarci; nel frattempo provate a stendere un articolo sulle malefatte del Roncarolo; vedete voi se tirare in ballo Eva o imputare ad una fantomatica "donna X" il furto definitivo della borsa col riscatto. Dopo la pizza che vi offrirò fra poco, io e Marianna partiremo per un viaggetto di alcuni giorni e siete pregati di non fare del facile umorismo, perché voi due siete gli ultimi che possano permetterselo.

– Evviva! Congratulazioni ad entrambi. – disse Monica sinceramente felice, poi aggiunse, rivolta a Marianna: – L'hai già detto al Rossino che dopo tre giorni scarsi di lavoro vuoi prendere una settimana di ferie?

– Sì, gliel'ho detto poco fa; si è incazzato moltissimo e mi ha licenziata. Ha detto che gestisce un bar, non un'agenzia matrimoniale, e la prossima cameriera che assumerà sarà una ciospa inguardabile, non una strafica in fregola. – rispose Marianna incapace di contenere la contentezza che provava.

Terminati gli aperitivi si trasferirono in una pizzeria poco lontano, El Füs, ove un egiziano pienamente omologato "padano" preparò la miglior pizza che avessero mai mangiato, cui seguirono dei sublimi spaghetti alle vongole veraci ed una colossale impepata di cozze; poi, satolli ed alquanto ebbri, i quattro si lasciarono: Massimo e Marianna partirono per la casa che il giornalista aveva a Milano a bordo della sua Jaguar, Fabio e Monica andarono a piedi nel vicino appartamento di costei, essendo ancora inabitabile il rustico che stavano ristrutturando a Confienza.

Capitolo XIV

Il giorno successivo Fabio telefonò all'amico reporter de La Repubblica e lo invitò a pranzo nel bar di Confienza.

– Fammi capire bene: mi proponi di piantare in asso tutto quello che sto facendo, di sbarbarmi 60 chilometri per precipitarmi lì allettato dall'offerta di un pranzo di lavoro e poi intendi cavartela invitandomi a mangiare in un bar?

– Non è solo per la qualità del cibo, che ti assicuro essere superiore alla media, ma è anche per farti dare un'occhiata alla cameriera che ti servirà; a meno che tu sia già troppo impegnato con le bellezze che ti orbitano attorno. Poi volevo proporti un affare che promette essere molto lucroso per entrambi.

– Quand'è così vengo subito, mi riferisco sia alla cameriera, sia all'affare. Spiegami dov'è il posto e dimmi come si chiama la ragazza.

Fabio glielo spiegò, poi con Monica si mise a scrivere l'articolo sul Roncarolo al tavolo della sala da pranzo che la coppia usava come ufficio. Venne Lucrezia a chiedere se volessero prendere il solito aperitivo e Monica colse l'occasione per dirle:

– Lucrezia, fra un'oretta arriverà qui un reporter de La Repubblica, Oreste Malaguti, ha l'età di Fabio e possiede tutte le caratteristiche che deve avere il tuo uomo ideale, vedi di non fartelo scappare.

– Uau! Grazie mille. Non pensavo proprio che me lo

avresti presentato così in fretta. Per quanto tempo si tratterrà qui? –

– Dovremo lavorare per un paio d'ore dopo pranzo, poi lo lasceremo tutto a te.

Appena entrato nel bar, giusto un'ora dopo aver ricevuto la telefonata di Fabio, Oreste individuò subito Lucrezia, stupenda nella sua divisa da adescamento, con la camicetta sbottonata quel tanto da rendere perfettamente visibili le tette da sballo, una minigonna inguinale e le labbra pitturate di un rosso sconvolgente; senza frapporre indugi le ordinò un vodka Martini, anche per vederle ballonzolare le tette mentre lo scèkerava, poi si mise a battergliela sfacciatamente facendole mille complimenti.

Sapendo che a mezzogiorno del sabato il bar si sarebbe riempito di clienti, Lucrezia aveva utilizzato l'ora a disposizione per trovare chi potesse sostituirla ed aveva comunicato al Rossino che, di lì a poco e per tutto il *week end*, si sarebbe assentata per indifferibili motivi di famiglia. Il Rossino aveva preso male la cosa e le aveva detto che non poteva rimanere senza cameriere per un intero *week end*, dato che aveva licenziato Marianna e gli mancava il tempo per trovare dei rimpiazzi. Lucrezia gli aveva risposto di non preoccuparsi perché ci aveva pensato già lei a trovarglieli: si chiamavano Sonia e Renata, erano sulla trentina, già pratiche del lavoro e di bella presenza, abitavano a Palestro e sarebbero arrivate a mezzogiorno.

Infatti le due bellone erano giunte al bar poco prima del Malaguti e si stavano intrattenendo nell'ufficio del titolare per ricevere le istruzioni su cosa dovessero fare, quando Gianni le aveva sollecitate a scendere dabbasso per dargli una mano poiché di lì a poco sarebbe rimasto solo.

Lucrezia impiegò poco tempo per far capire ad Oreste che sarebbe bastato un cortese corteggiamento perché gliela desse ed Oreste, che era rimasto molto colpito dalla bellezza della ragazza, volle sapere tutto di lei, soprattutto se fosse libera da impegni amorosi o similari.

– Ora come ora nessuno mi sta sbattendo o ha un'opzione per farlo, se è ciò che intendevi chiedermi, inoltre non ho familiari da accudire. Fabio ha detto che mi avrebbe presentato un collega che mi sarebbe piaciuto assai e ti ha dipinto come un eroe senza macchia né paura che ha affrontato innumerevoli situazioni perigliose uscendone sempre indenne. È vero? Le racconterai anche a me le tue avventure?

– Tutte balle! È sempre il solito esagerato. Dov'è adesso?

– È al piano di sopra, nella sala da pranzo che usa come ufficio da quando si è trasferito nell'appartamento di Monica. Prendi il bicchiere che ti accompagno di sopra, così ti presento anche il suo amore.

Oreste aveva seguito la ragazza sulla stretta scala proprio mentre scendevano Sonia e Renata, che nell'incrociarlo si erano strusciate contro di lui con la scusa che non si passava, mettendolo in piacevole imbarazzo.

– Non sapevo che in questo paese ci fossero ragazze tanto vogliose – disse Oreste quando furono passate.

– Quelle due hanno fama di essere delle gran troie, ma non dirlo al titolare, perché gliele ho spacciate come due povere disoccupate che avevano la necessità di guadagnare qualche soldo per non morire d'inedia.

– Perché gli hai detto una cosa del genere?

– Perché volevo avere il *week end* libero per potermi dedicare a te. – poi, raggiunti Fabio e Monica, disse loro: – Eccovi l'Oreste che aspettavate. Sulla scala ha già incontrato Sonia e Renata e, con la scusa che non si passava in due, si è strusciato indecentemente su di loro. Vi avevo chiesto di conoscere un efebo timidino e voi mi avete portato un vero satiro.

– Così impari a farti sostituire da due troie. – le disse Monica – comunque, visto che sono qui intendo intervistarle; magari salterà fuori un articolo che titolerò "L'ameno trastullo del rapitore".

– Sedetevi pure, vedo che vi siete già conosciuti. Scendo ad ordinare gli aperitivi per tutti, così magari incoccerò nelle due sciantose sulle scale. Intanto tu, Monica, comincia a raccontare ad Oreste la storia dal principio.

– Perché? Quanto tempo intendi impiegare per scendere, ordinare e salire senza batterla a nessuno? Ti do un minuto! – e cominciò a raccontare.

Gli aperitivi vennero serviti da Gianni, che vedendo Lucrezia seduta al tavolo intenta a far le fusa ad un cliente nuovo, non poté trattenersi dal chiederle:

– Ma tu non dovevi assentarti per improcrastinabili motivi familiari?

– Infatti sto brigando per essere la protagonista di una famiglia di nuova formazione. E poi cosa ti lamenti a fare? Mi sono fatta sostituire da due bellone molto disponibili. Scommetto che nel corso del *week end* riuscirai a trombarle tutte e due. – rispose Lucrezia.

Monica raccontò l'intera storia fino alla conferenza stampa del commissario, storia che sia Oreste che Lucrezia già in parte conoscevano, in più dissero dell'occhio di riguardo usato nei confronti dell'Orombelli per coprire le malefatte della figlia Paola e della situazione in cui era venuto a trovarsi il Buscaglia, con un figlio criminale morto in un incidente stradale, la polizia che aveva "perso" i soldi del riscatto dopo che li aveva recuperati e l'Orombelli che voleva chiedergli i danni per la morte del figlio Edoardo.

Intanto avevano ordinato il pranzo: paniscia e *paillard* per tutti. Alla fine del pranzo Oreste ebbe ben chiara la situazione e chiese:

– Bene, mi pare che abbiate fra le mani un paio di autentiche bombe da far scoppiare. Mi chiedo perché mi abbiate tirato in ballo, oltre che per presentarmi la splendida Lucrezia.

Fabio glielo spiegò in poche parole: avevano promesso all'ingegner Orombelli di non parlare del tentativo della figlia di far ammazzare il fratello, ma ritenevano cosa buona e giusta che Paola pagasse per ciò che aveva commesso e siccome la polizia teneva bordone all'ingegnere, chi meglio di un amico giornalista poteva far emergere la verità.

– Ma le promesse come quella che avete fatto all'Orombelli sono scritte sull'acqua, non sono da prendere sul serio. – obiettò Oreste.

– Non se l'Orombelli avesse comprato il nostro silenzio per 300.000 Euro. Dovessimo firmare un articolo che sputtanasse Paola, segnalerebbe all'Ordine dei giornalisti che abbiamo accettato del denaro per tacere una notizia clamorosa, i bonifici che ci ha fatto sono prove inconfutabili ed è facile che ci sbattano fuori dall'Ordine. Monica non ne sarà toccata perché è solo una collaboratrice saltuaria del Corriere, ma è coinvolto anche un collega che non ti dirò chi è.

– Ma anche se l'articolo dovessi firmarlo io ed apparisse su un'altra testata, nulla vieterebbe all'ingegnere di denunciarti all'Ordine; in pratica tu mi regali uno *scoop* che a Milano farà molto rumore e ti assumi tutti i rischi della reazione dell'ingegnere: non ha senso. Perché dovresti farlo?

– Riteniamo che se tu anticipassi all'ingegnere l'intenzione di scrivere un articolo sul piano criminale che la figlia stava attuando e gli dicessi che hai raccolto personalmente le prove esaminando le fotocamere della stazione Centrale ed intervistando uno dei componenti della banda di rapitori, farà anche a te l'offerta che ha fatto a noi: 2 o 300.000 Euro per non scrivere niente.

– E se non mi facesse nessuna offerta?

– In tal caso scriverai l'articolo su Paola basandoti sulle ulteriori notizie che ti daremo, per poter provare che le hai raccolto personalmente, e lo farai pubblicare su La Repubblica.

– Beh, 2 o 300.000 Euro sono più che sufficienti per tacitare la mia coscienza...

– Dimenticavo di dirti – lo interruppe Fabio – che la metà di quanto riuscirai a spuntare la girerai a noi. Acquista senso la nostra proposta ora?

– Certamente, anche se come provvigione la ritengo un po' esosa, ma d'altra parte immagino che la vostra fetta di torta la dovrete dividere in più parti.

– Infatti. Poi c'è un'altra questione che nel medio-lungo periodo potrà rivelarsi estremamente proficua. Noi non vogliamo occuparcene perché l'interessato conosce direttamente Monica per averla vista qui al bar e conosce me attraverso gli articoli che ho firmato insieme al Giacobini. Te la spiego brevemente. – e

Fabio gli raccontò della situazione in cui versava Bruno Buscaglia; finite le spiegazioni concluse: – Per cui se tu parlassi col Buscaglia, o con il suo avvocato, e gli dicessi che sei in grado di spuntare le ali alle velleità dell'Orombelli di fargli causa e di chiedergli un milione di Euro di danni ed inoltre che sei in grado di fornirgli le prove che la polizia ha "perso" i 200.000 Euro che aveva recuperato del riscatto pagato per il finto rapimento del figlio Enrico, ebbene ritengo che possa riconoscerti un premio, non meno di 100 o di 200.000 Euro, da corrisponderti quando l'Orombelli ritirerà la denuncia nei suoi confronti e quando lo Stato lo risarcirà del denaro "perso" dalla Polizia.

– Per quanto riguarda il risarcimento, occorreranno degli anni prima che lo Stato scucia qualcosa. Immagino che anche questa torta dovrà essere divisa in due e che abbiate tutte le prove per sostenere le accuse alla polizia.

– Esatto. Ma è urgente che tu prenda accordi prima col Buscaglia e poi con l'ingegner Orombelli prima che gli articoli che scriveremo, o che non scriveremo, appaiano sul Corriere o su La Repubblica. Sono due settimane che battiamo sul ferro caldo e se passasse troppo tempo l'argomento perderà di interesse.

– Ho capito tutto. Dove abita il signor Bruno Buscaglia? Ho intenzione di incontrarlo quanto prima per un contatto preliminare e per fissare un appuntamento col suo avvocato; perché poi volevo dedicarmi a Lucrezia: è tutto il giorno che sente parlare solo di lavoro.

– Ti accompagno io, caro. – si propose Lucrezia facendogli una carezza.

Poi le due coppie si lasciarono con l'intesa che si sarebbero sentite per telefono. Fabio e Monica stavano per uscire dal bar quando incocciarono nel commissario Ventura che vi stava entrando.

– Buongiorno. Speravo di trovare proprio voi. – esordì il commissario – Potete dedicarmi pochi minuti? Sì? Allora accomodiamoci dentro, nel salottino, che vi offro da bere.

– Com'è gentile oggi, commissario. – costatò Monica – Si è forse definitivamente convinto della mia innocenza?

– Tu sai troppe cose per essere innocente, ma sei troppo furba per farti incastrare. – intanto si erano accomodati nel salottino ed avevano ordinato ad una Renata particolarmente discinta dei punch al rum, poi il commissario aveva proseguito: – Volevo ringraziarvi per come avete trattato il suicidio del Roncarolo nell'articolo apparso questa mattina sul Corriere: avete descritto magistralmente lo stato d'animo in cui è venuto a trovarsi il tapino quando si è reso conto di essere stato buggerato da un'indiziata, la fantomatica "donna X", che stava traducendo in Questura. Siete riusciti a proteggere Eva, non rivelando che era lei la "donna X", ed al contempo a non far fare alla polizia una figura troppo barbina, anche se qualcuno potrà chiedersi perché per andare in Questura a Milano il Roncarolo si sia fermato in aperta campagna alla traversa sulla Sesia in comune di Langosco.

– Non ci sono prove che Eva sia la "donna X" e noi non pubblichiamo illazioni; anche per questo motivo non abbiamo imputato al Roncarolo l'aver spinto la volante nella Sesia. – disse Fabio.

– C'è una cosa che non mi è chiara però: in un articolo precedente avete descritto le motivazioni che Enrico aveva dato agli amici per voler far soldi mediante il rapimento di un compagno, ovvero che era malato e che gli rimanevano solo pochi anni di vita; nell'articolo di questa mattina avete corretto il tiro svelando le sue motivazioni autentiche, ovvero i voti falsificati sul libretto e le esagerate aspettative riposte in lui dai genitori, inoltre avete ben spiegato perché, dopo aver rapito Edoardo, aveva la necessità di star nascosto e fingere di essere stato rapito a sua volta. Avete scritto che si era nascosto in una stanza del cascinotto limitrofa a quella ove era segregato Edoardo, avete descritto la stanza citando alcuni particolari, come la TV portatile, la branda, il mobile coi liquori... insomma pare che di quella stanza tu, Monica, avessi una conoscenza diretta...

– Intende chiedermi se su quella branda mi sono fatta sbattere? – chiese Monica per nulla indignata dell'insinuazione – Ebbene sì, ma non da Enrico, bensì da Giovanni alcuni mesi prima, quando l'ho frequentato per alcuni giorni. È forse un reato?

– No, naturalmente; ma mi chiedevo perché, dopo aver snocciolato tanti particolari, avete chiuso l'articolo con la fuga di Enrico a bordo della sua BMW a causa dell'incendio e non avete scritto il seguito che ho illustrato nella conferenza stampa che ho tenuto una settimana fa. Ne hanno scritto tutti i giornali, tranne il Corriere.

– Prima di scrivere qualcosa in genere vogliamo verificarla, soprattutto se la fonte dell'informazione è un commissario preoccupato di non dover rispondere della sparizione del riscatto pagato dal Buscaglia. Quando avremo le prove che quanto ha affermato in conferenza stampa corrisponde al vero, stia tranquil-

lo che pubblicheremo il seguito dell'articolo di oggi.
– assicurò Fabio mostrando un palese disagio nel non poter ancora sbattere in faccia al commissario la verità.

Anche il commissario si dimenò sul sedile mostrando segni di insofferenza, poi ritenne opportuno cambiare discorso e disse:

– Sapete che è saltata fuori la Punto di Mirko? L'ha trovata la Gendarmerie abbandonata da molti giorni nella zona del porto di Marsiglia. Poi esaminando le registrazioni delle videocamere della stazione di Vercelli, abbiamo scoperto che Michele ha preso il TGV del pomeriggio il giorno 11 novembre. Devono essere scappati gambe in spalla non appena li hai avvisati che li stavamo cercando.

– Commissario, mi spiace di doverglielo dire, ma mi ha proprio rotto. – ciò detto Monica lo piantò in asso ed uscì dal bar seguita da Fabio.

– Su, non essere arrabbiata, era scontato che presto o tardi si sarebbe accorto che qualcuno li aveva avvertiti e francamente tu sei la persona maggiormente indiziata di averlo fatto. – disse Fabio.

– Non sono arrabbiata per quello. Fin dal giorno successivo alla loro fuga sospettava che io od Eva li avessimo avvertiti. Sono preoccupata perché Mirko e Michele, coglioni come sono, presto si faranno catturare, sicuramente quando avranno speso tutti gli 8.000 Euro che hanno con sé. Quando avverrà temo che confesseranno, oltre al fatto che Eva era della partita, anche che io sono andata a prendere Michele a Robbio e che l'ho accompagnato alla stazione di Vercelli; così finirò nella merda anch'io.

Oreste dovrà accelerare i tempi il più possibile con

l'Orombelli e col Buscaglia, e lo stesso dovrà fare il Mastrovito nel ricostruire la fuga di Enrico, perché non vedo l'ora di rovesciare un pitale di merda sulla testa del commissario. Magari lo solleveranno dal condurre quest'indagine e con un nuovo inquirente avrei maggiori possibilità di cavarmela.

◊

– Signor Buscaglia buongiorno. Sono Oreste Malaguti, reporter de La Repubblica, e la signorina è la mia assistente Lucrezia; mi duole non aver potuto preannunciare la mia visita, ma non sapevo come mettermi in contatto con lei. Ho urgenza di parlarle...
– Non ho nessuna intenzione di parlare con dei giornalisti: hanno dipinto il mio Enrico come un mostro. Anche il Corriere di recente gli ha dedicato due colonne... due colonne di fiele. Il fatto di aver tradito la mia fiducia falsificando i voti sul libretto riguarda solo questa famiglia ed anche il fatto di aver provato a derubarmi di 200.000 Euro riguarda solo me, perché dovrebbe interessare ad estranei? Perché tanto morboso interesse nei confronti di un ragazzo che ha trovato la morte nel pieno della giovinezza? Per cui non intendo parlare di Enrico né con voi né con altri.
– Non voglio parlarle di suo figlio Enrico, signor Buscaglia, ma dei soldi del finto riscatto che la polizia ha recuperato e che non vuole restituirle.
– Non so più cosa pensare di quel commissario! Prima mi ha assicurato che avrebbe catturato i rapitori mentre prendevano il denaro del riscatto, poi mi ha detto che Giovanni Cortese si era impossessato della borsa che avevo lasciato davanti alla porta del cimi-

tero, poi, dopo che sono tornato dall'ospedale, mi ha detto che la borsa che aveva recuperato dalla R4 di Giovanni era piena di libri perché Enrico si era nascosto in una cappella del cimitero ed aveva sostituito quella col denaro che avevo lasciato con un'altra identica, infine mi ha detto che i soccorritori greci accorsi sul luogo dell'incidente avevano rubato la borsa col denaro dai rottami dell'auto di Enrico. Io non ci capisco più niente...

– Se ci consente di entrare, che oltretutto qui fuori fa freddo, le spiegherò che razza di macchinazione sta mettendo in atto il commissario.

– Prego, entrate. – concesse il Buscaglia tirandosi da parte, quindi fece accomodare gli ospiti in soggiorno e disse: – Scusate per il disordine, ma mia moglie è stata ricoverata in una clinica; chissà quando potrà tornare... Ma mi dica, mi spieghi cosa intendeva per "macchinazione messa in atto dal commissario".

– Per farla breve, il commissario ha inventato di sana pianta la storia di Enrico nascosto in una cappella del cimitero e della sostituzione della borsa che lei aveva lasciato davanti all'ingresso con un'altra identica contenente dei libri ed ovviamente ha mentito quando le ha detto che il denaro è stato rubato dai soccorritori greci. Il fatto è che la borsa col denaro che aveva lasciato al cimitero è stata in un primo tempo presa da Giovanni Cortese, quindi recuperata dall'agente Roncarolo dalla R4 con cui Giovanni è finito in un canale inseguito dalla polizia. Il Roncarolo se la è fatta rubare a sua volta da una misteriosa "donna X", forse la sua amante, e poi, per una serie di motivi, non ultimo quello di essersi fatto fregare da una dilettante, si è suicidato sparandosi in bocca.

– Quindi la borsa col denaro l'ha rubata l'amante del Roncarolo? Perché il commissario mi ha detto il falso e lo ha ripetuto in una conferenza stampa?

– È probabile, ma non certo, che la borsa col denaro l'abbia presa la "donna X", ma quando la borsa è stata definitivamente trafugata, essa era già in custodia della polizia, che dunque ne era responsabile a tutti gli effetti. Il commissario ha mentito per evitare che si venisse a sapere che il Roncarolo intendeva tenersi il denaro e che la polizia dovesse rifonderla dei 200.000 Euro che aveva in custodia.

– Ha le prove di quanto mi ha detto?

– Sì, anche se dovrà passare qualche giorno prima di averle tutte. Non lavoro da solo, ho incaricato degli investigatori di raccoglierle e mi hanno detto che entro una settimana mi consegneranno quelle che ancora mancano.

– Lei cosa ci guadagna da questa storia? Oltre a scrivere un articolo che sotterrerà il commissario.

– Per raccogliere le prove abbiamo sostenuto molte spese e francamente ci aspettiamo un premio: un rimborso delle spese subito, il resto dopo che lo Stato l'avrà risarcita dei 200.000 Euro; purtroppo potranno occorrere degli anni. Nel caso fosse interessato a disporre delle prove, sarà bene incontrarci col suo avvocato per stendere un contratto in merito alla loro cessione ed anche per parlare di un'altra questione che immagino la preoccupi parecchio.

– Quale?

– So che l'ingegner Orombelli intende citare per danni i genitori dei rapitori del figlio, non potendo farlo, almeno per ora, nei confronti dei rapitori stessi. Non so quanto siano giustificate le sue pretese nei confronti dei genitori, né se sia congrua la richiesta di un milione di Euro che intende avanzare, ma indagando su questa vicenda ho scoperto un fatto che indebolisce di molto la posizione dell'ingegnere.

– Quale? Non mi tenga sulle spine.

– Non posso ancora dirglielo, ma penso di riuscire ad esercitare un po' di pressione sull'ingegnere e far sì che non la citi per danni o che riduca di molto le pretese. Anche in questo caso, se riuscissi nell'intento, mi aspetto un premio perché rischierò molto per far cambiare idea all'ingegnere.

– Telefono subito al mio avvocato, mi dia un ventaglio di giorni in cui potremmo incontrarci. Le va bene se ci incontrassimo qui? Sì? Bene. – e si allontanò per telefonare.

Lucrezia si avvicinò ad Oreste e gli sussurrò:

– Perché non hai accennato all'entità dei premi?

– Il prezzo del cammello si dice solo alla fine dell'esposizione delle sue qualità e solo se l'acquirente lo chiede, mostrando così il suo interesse ad acquistarlo, mai all'inizio della trattativa.

Tornò il Buscaglia, che comunicò agli ospiti che l'incontro con l'avvocato era fissato per venerdì mattina.

Oreste e Lucrezia lo salutarono ed uscirono, ripresero il Porsche Carrera con cui erano venuti e si avviarono per tornare a Confienza.

– Per oggi ho finito di lavorare, adesso sono tutto tuo. Sono le 18, dove vuoi andare a cenare? – chiese Oreste.

– Portami a Portofino, mi andrebbe una cena a base di pesce in un posticino romantico, o è troppo lontano?

– Tutt'altro. Con te andrei anche in capo al mondo.

Capitolo XV

Oreste lasciò Lucrezia ancora addormentata nel letto del suo appartamento milanese, un superattico in zona San Siro, e si preparò per recarsi alla villa in Brianza dell'ingegner Orombelli, cui aveva telefonato la sera prima per fissare un appuntamento. Mentre si radeva aveva ripensato a come era stato difficile ottenere un colloquio con l'ingegnere, che in un primo tempo aveva rifiutato di ricevere altri giornalisti e, solo quando il Malaguti aveva chiesto, in alternativa, di poter parlare con la madre o con la sorella del povero Edoardo, di malavoglia aveva acconsentito ad essere intervistato.

In bagno lo raggiunse Lucrezia, nuda come mamma l'aveva fatta, a distoglierlo da quei pensieri ed a fargli ripensare all'esaltante *week end* trascorso insieme: la corsa in Porsche fino a Portofino, la deliziosa cena a lume di candela in un romantico ristorante della piazzetta, la passeggiata fatta sfidando il freddo della sera che aveva inturgidito i capezzoli della ragazza, i baci appassionati col vento che le scompigliava i capelli, la notte di folle amore in un albergo di Santa Margherita, la domenica passata a scambiarsi confidenze e bacetti mentre gironzolavano nelle Cinque Terre ed infine il ritorno nell'attico di Milano a grufolare nel lettone.

Lucrezia si avvicinò a lui e gli si spiaccicò contro le terga, poi iniziò a strusciarsi indecentemente finché

Oreste si girò e, con la barba fatta a metà, la baciò con passione per un lungo e dolcissimo minuto, quindi la allontanò dicendole:

– Devo affrettarmi per non far tardi con l'ingegnere e, se continui a starmi vicino ed a strusciarti, difficilmente riuscirò a staccarmi da te.

– Sei prolisso. – gli rispose la ragazza con un sorriso mentre si toglieva la schiuma da barba dalla punta del naso – Bastava dirmi: "sta sü de doss"! Io cosa faccio mentre sei via?

– Quello che vuoi. Puoi stare qui ad aspettarmi come Penelope, puoi andare in centro a fare *shopping*...

– Sai quanto *shopping* potrò fare coi soldi che ho con me? Forse riuscirò a comprare un *foulard* dai cinesi di via Sarpi, delle scarpe od una borsa in via della Spiga no di certo.

Oreste cavò una Visa gold dal portafogli e gliela diede dicendo:

– Con questa non avrai problemi.

– Dai sempre una carta di credito alle ragazze che rimorchi?

– Solo a quelle di cui mi sono perdutamente innamorato.

Poi la baciò ancora e le disse che sarebbe tornato verso l'una, perché dopo la visita all'Orombelli avrebbe fatto un salto in redazione.

◊

Un domestico fece accomodare Oreste in un salottino e poco dopo giunse l'ingegnere mostrando un'aria fredda e staccata, tutt'altro che amichevole.

– Sbrighiamo in fretta questa formalità – disse l'Orombelli – Come ho già detto ad alcuni suoi colleghi e come può facilmente immaginare la mia famiglia è distrutta per quanto è accaduto: prima il rapimento, poi l'angosciosa attesa di notizie ed infine l'orribile morte di Edoardo in una trappola di fuoco. La foto del suo corpo carbonizzato apparsa sul Corriere ha fatto star male sia me che mia moglie, per cui capirà la mia ritrosia a ricevere dei giornalisti per parlarne.

– La capisco perfettamente, quella foto ha fatto star male anche me. A Paola però la foto non ha fatto lo stesso effetto. –

– Cosa c'entra mia figlia Paola? E cosa vuole insinuare? – chiese l'Orombelli con voce alterata.

– Vede ingegnere, contrariamente al Corriere che da una dozzina di giorni continua a tornare sul rapimento affrontandolo da differenti angolazioni: il carattere e le motivazioni dei rapitori, il bar di Confienza in cui è stato progettato, l'allestimento della prigione di Edoardo in una cascina della Bassa, la modalità con cui è avvenuto il rapimento, la lettera di richiesta di riscatto... immagino che li abbia letti tutti gli articoli firmati dal Giacobini e dal Filiberti... ebbene, contrariamente al Corriere, La Repubblica ha trattato solo marginalmente la vicenda, ma la mia redazione mi ha incaricato di indagare perché ha individuato alcune stranezze negli articoli del Corriere.

– Quali stranezze? Venga al dunque!

– La ricchezza di particolari forniti dal Corriere ci ha fatto pensare che il Giacobini ed il Filiberti avessero una fonte molto vicina ai rapitori, una fiancheggiatrice o forse una complice, e fin lì tutto sarebbe nella norma; ma ad un certo punto, sul più bello, quando si sarebbe potuto scrivere un bell'articolo sulla modalità e sul luogo di consegna del denaro del riscatto, il rubinetto delle informazioni si è chiuso perché nulla è stato pubblicato in merito. Perché? Era accaduto qualcosa alla fonte delle informazioni? Era forse fuggita quando la cascina ha preso fuoco per paura di essere coinvolta nella morte di Edoardo?

Con questa ipotesi di lavoro mi sono messo alla sua caccia. È stato difficile, perché la fonte, chiamiamola "Fonte X", si era rifugiata in capo al mondo, ma alla fine l'ho trovata ed ho potuto intervistarla. Così mi ha detto quanto sapevo già per averlo letto sul Corriere e quanto il Corriere non ha potuto o voluto scrivere, ovvero del ruolo avuto da sua figlia Paola nella vicenda. La Fonte X mi ha detto che il riscatto doveva essere di 500.000 Euro, che Michele e Giovanni si erano recati in testa al binario 11 della stazione Centrale per ritirarlo, che la borsa portata da Paola non conteneva 500.000 Euro ma solo 40.000, in modo che i rapitori, incazzati, si vendicassero mutilando Edoardo. Invece i rapitori le hanno telefonato per dirle cos'era successo e per darle tempo fino alle 19 del venerdì successivo per portare il resto del denaro al cimitero di Confienza. Purtroppo, la stessa notte della telefonata, il cascinotto ove suo figlio era tenuto prigioniero è andato a fuoco ed Edoardo ha trovato una terribile morte fra le fiamme, travalicando così di molto, seppur per caso, l'intento iniziale di Paola.

L'ingegnere, che si era man mano abbattuto mentre Oreste proseguiva nel discorso, alla fine disse mestamente:

– Immagino che lei intenda scrivere un articolo su questa sordida storia.

– Certo! Qualcuno dovrà pur scriverlo visto che il

Corriere non ha voluto farlo.

– E se le offrissi 100.000 Euro per non scriverlo?

– Sta scherzando? Fra le spese vive sostenute e quanto ha preteso la Fonte X per farsi intervistare ho speso di più.

– 200.000 Euro, e seppelliamo tutta la storia.

– Se arriva a 300.000 potrei dare un calcio alla deontologia professionale e seppellire tutto; inoltre la metterò al corrente di un sospetto che mi è venuto mentre indagavo, relativo ad un fatto che può esserle esiziale se non dovesse prendere le opportune contromisure.

– Aggiudicato allora, 300.000 Euro. Le faccio subito un assegno. Qual'è la cosa che sospetta essermi esiziale? – chiese l'ingegnere mentre compilava l'assegno.

– La Fonte X mi ha detto che i rapitori le hanno telefonato sul cellulare alle 15.30 circa di martedì 10 novembre, è corretto? –

– Sì, mi ha telefonato Edoardo e mi ha subito passato il capo dei rapitori, costui mi ha spiegato l'accaduto ed ha preteso il resto del riscatto, 460.000 Euro. Mi ha intimato di portarglieli il venerdì successivo al cimitero di Confienza.

– Ed è allora che ha deciso di rivolgersi alla polizia? Ed il venerdì successivo si è poi recato al cimitero di Confienza per consegnare il resto del riscatto?

– No ad entrambe le domande. Riguardo alla prima: ero tanto incazzato che per prima cosa ho tolto la pelle a Paola e le ho fatto sputare i soldi che aveva imboscato. Il commissario Ventura è arrivato attorno alle 17 nel bel mezzo del pestaggio. Mi ha detto che un informatore lo aveva avvisato che dei malavitosi progettavano un sequestro ai danni di un componente della mia famiglia, al che gli ho risposto che il sequestro era già avvenuto.

Riguardo alla seconda: il commissario mi ha detto, uno o due giorni dopo, che non era più necessario portare alcunché al cimitero di Confienza, perché avrebbe catturato alcuni dei rapitori quando questi si fossero avvicinati per prendere il riscatto pagato dal padre di un altro ragazzo rapito insieme ad Edoardo. Mi aveva assicurato che i catturati avrebbero avuto tutto da guadagnare a confessare dove erano tenuti prigionieri i due sequestrati. È una fortuna che non abbia portato il resto del riscatto al cimitero di Confienza: Edoardo era già morto da tre giorni ed il riscatto sarebbe stato rubato da quel farabutto di Enrico insieme a quello pagato da suo padre.

Perché mi fa queste domande?

– Perché il commissario si è presentato qui solo un'ora e mezza dopo la telefonata di Edoardo, inoltre dopo neppure ventiquattr'ore era a Confienza con le foto di due rapitori ed interrogava chiunque potesse riconoscerli. Quando mai ha visto la polizia muoversi con tanta rapidità ed efficienza?

– Beh, la polizia nel tardo pomeriggio di martedì aveva già visionato sia le registrazioni delle videocamere dell'istituto universitario ove si era recato Edoardo, sia quelle delle videocamere all'ingresso della mia azienda, ed ha dunque potuto disporre della fotografia di due dei rapitori e dell'auto che avevano usato; poi alle 8 di mercoledì la polizia è venuta a prendere Paola e l'ha portata in Questura per visionare i *videotape* della stazione Centrale e lei ha subito individuato altri due rapitori, questi giunti a prendere la borsa col riscatto; infine il commissario, la stessa mattina di mercoledì, ha parlato col direttore dell'istituto frequentato da mio figlio e costui ha riconosciuto in Enrico Buscaglia di Robbio lo studente che si era intrattenuto con Edoardo in sala studenti e che era uscito con lui dall'istituto prima di essere rapito. Non ci trovo nessuna forzatura temporale: una volta tanto la polizia si è mossa con efficienza e rapidità, solo per una maledetta serie di circostanze non è arrivata in tempo per liberare Edoardo.

– Io invece sospetto che il commissario Ventura, quando è venuto a trovarla alle 17 di martedì, fosse già al corrente del rapimento per averlo saputo dall'addetto alle intercettazioni del suo cellulare, ingegnere, e sapesse che i rapitori erano di Robbio o dei paesi viciniori perché la telefonata è durata tanto da permettere la sua localizzazione. Spero che non abbia fatto telefonate compromettenti nel recente passato col suo cellulare.

L'ingegnere sbiancò in volto e rimase senza parole. Oreste si accomiatò da lui ed uscì con l'assegno in tasca, diretto prima alla sua banca e quindi alla sua redazione.

Qui scrisse un lungo articolo su come la famiglia Orombelli aveva affrontato il rapimento e la successiva morte di Edoardo: prima rosa dall'angoscia, poi affranta dal dolore per l'orribile morte del primogenito, infine stretta attorno a Paola, che più di ogni altro aveva sofferto per la morte dell'amato fratello. Soddisfatto, perché riteneva che 300.000 Euro valessero ben un panegirico, all'una tornò a casa ove lo aspettava Lucrezia circondata da una mezza dozzina di borse e di pacchi.

– Ho comprato qualche straccetto perché non avevo nulla con cui cambiarmi, poi naturalmente ho dovuto comprare borsa e scarpe che si intonassero ai vestiti; però giuro che ho dovuto far forza su me stessa per non prendere anche della *lingerie* che potesse ringalluzzire la tua libido. – disse Lucrezia con un sorriso, restituendogli la Visa Gold.

– Hai fatto bene, anche perché ti preferisco senza. Quanto alla Visa, tienila pure, ché io userò le altre. Usciamo per festeggiare?

– A quanto hai venduto il cammello?

– A 300.000 Euro, ma dovrò darne una parte a Fabio ed a Monica. Comunque ne rimarrà abbastanza per regalarti un anellino, se lo desideri.

– Uau! Certo che lo desidero, ma guarda che dopo avermelo regalato non potrai più fare il cascamorto con le altre e neppure rimorchiarle qui.

– Non chiedo di meglio che avere solo te da adorare e poi come potrei rimorchiarle qui se ci sarai tu a gironzolare nuda per casa?

– Intendi dire che desideri che mi trasferisca qui?

– Sì, non posso fare il pendolare fra Milano e Robbio per vederti, per cui, se non hai impegni che ti vincolino diversamente, vorrei che ti trasferissi qui; oltretutto mi pare che ti piaccia la sistemazione e la città.

– Non hai idea di quanto mi piaccia – confessò Lucrezia, poi si avvicinò ad Oreste e gli diede un lungo e dolcissimo bacio; quando si staccò da lui gli disse:

– Dopo pranzo, se non hai altro da fare, andremo a Robbio a prendere le mie quattro cose e poi a Confienza per l'anellino e per licenziarmi dal bar, così se dovessimo incontrare Fabio e Monica potrai dargli quanto gli spetta della vendita del cammello.

Pranzarono in un ristorante sul naviglio celiando fra un boccone e l'altro e promettendosi eterno amore, quando finirono si recarono a Robbio ove Lucrezia riempì due valige coi suoi vestiti e con gli oggetti che non voleva abbandonare, poi disdettò l'appartamento e regalò all'affittacamere le cianfrusaglie che aveva lasciato.

A Confienza si recarono in una gioielleria che Lucrezia sosteneva essere molto più conveniente di quelle di Milano e qui scelse uno zaffiro piuttosto economico rispetto alla caratura ed a quanto Oreste si era aspettato di spendere. Lucrezia era raggiante quando giunsero al bar Centrale e per prima cosa fece vedere l'anello a tutti i presenti, in primis a Monica, a Fabio ed al signor Rossino, che le disse:

– Complimenti! Immagino che non voglia più riprendere il lavoro qui, così mi troverò di nuovo senza personale.

– Ma come? Sabato, prima di assentarmi, le ho trovato due validissime sostitute...

– Mi hai trovato due grandissime troie. Hanno passato il *week end* ad adescare i miei clienti... dovevi vederle... si strusciavano su di loro come gatte in amore, poi usciva Sonia con un mio cliente e tornava dopo mezz'ora tutta in disordine, allora usciva Renata con un altro... insomma alla fine le ho licenziate, ellamadonna, io gestisco un bar, non un bordello.

Lucrezia e Monica l'avevano ascoltato sbellicandosi dalle risate, anche perché nel capannello di persone che le stava attorno era apparso Gianni e le aveva fatto l'occhietto, significando così che una ripassata alle due bellone l'aveva data anche lui.

Nella sala superiore Oreste raccontò a Fabio come si

era svolto il colloquio con l'Orombelli, poi gli chiese come voleva i 150.000 Euro che gli spettavano e se avrebbe diviso la torta anche con il Giacobini.

– No. Il Giacobini non deve sapere niente della nostra iniziativa. Dividerò solo con Monica. Fammi due assegni da 75.000 Euro.

Oreste eseguì, ed intanto chiese a Fabio:

– Allora hai deciso di lasciare Milano e di trasferirti qui, in culo ai lupi; Monica deve averla d'oro per averti indotto a fare una scelta del genere.

– Non si tratta solo della farfallina di Monica, anche l'habitat ha giocato un ruolo determinante. Sai quanto ci costerà alla fine il rustico che stiamo ristrutturando? Quanto il bagno e la cucina del tuo attico. Sai quanto spendiamo per mangiare qui due volte al giorno, più gli aperitivi e la colazione? Meno di 50 Euro a testa. E poi hai visto anche tu quanto tempo hai impiegato per parcheggiare l'auto.

– Non riuscirai mai ad indurmi a lasciare Milano. Comunque grazie per avermi fatto conoscere Lucrezia. Questi paesi della bassa saranno anche paesi di balordi, ma quel che è certo è che pullulano di strafiche. Ti saluto e teniamoci in contatto per quanto riguarda la storia del Buscaglia; in ogni caso venerdì ci sarò anch'io dal suo avvocato – ciò detto andò dabbasso a riprendere Lucrezia e con lei tornò a Milano.

◊

In quelle ore Mirko, desideroso di tranquillizzare la madre sulla sua sorte, commise un errore imperdonabile: le scrisse una lettera in cui diceva che stava bene di salute, che aveva un lavoro da cameriere, che abitava in una casa decorosa e che aveva una ragazza di nome Marie che lo amava tanto. Però non indirizzò la lettera alla madre, non era pirla fino a quel punto, bensì ai vicini, ed aveva scritto su un foglietto allegato la preghiera di fargliela avere. La furbata funzionò a metà, perché i vicini consegnarono sì alla signora Roberta la lettera del figlio, ma l'ufficio postale, allertato di segnalare ogni corrispondenza proveniente dall'estero e diretta a quell'indirizzo, mercoledì 2 dicembre comunicò alla polizia che probabilmente Mirko Agazzone si era fatto vivo con una lettera spedita da Ajaccio.

Il giorno successivo l'ispettore Sant'Agata si recò a Robbio dalla signora Roberta per prendere visione della lettera ricevuta, con la speranza che Mirko avesse comunicato, se non l'indirizzo, almeno il modo per tenersi in contatto. Quando vide che non era così, invece di tornare subito a Milano decise di far tappa al bar di Confienza e di fermarsi a pranzare, vuoi per far durare più a lungo la missione, vuoi per dare una sbirciata alle tette delle ragazze che vi lavoravano.

La sua delusione fu somma, perché le bellezze che sperava di ammirare erano state sostituite da due ciospe intrombabili, come le avrebbe definite Berlusconi; tuttavia, adocchiata Monica che pranzava da sola, le chiese se poteva farle compagnia.

– Certo ispettore, si accomodi. – cinguettò Monica – Come mai non c'è il suo boss a farle ombra oggi?

– Lui si muove solo quando c'è da far bella figura coi telecronisti, come ha potuto costatare durante l'ultima conferenza stampa. – spiegò il Sant'Agata sedendosi di fronte alla ragazza – Il lavoro di gambe lo fa fare ai subalterni. Cosa passa il convento oggi?

– Le consiglio le orecchiette con le cime di rapa e l'insalata di polipi e di patate – attese che l'ispettore passasse l'ordine alla cameriera e continuò: – Come mai le sue gambe l'hanno portata ancora qui?

– Sono andato a Robbio per interrogare la madre di Mirko. Non ci crederà, ma il ragazzo ha voluto rassicurare la madre sulla sua condizione e le ha scritto una lettera indirizzandola ai vicini di casa con la preghiera di fargliela avere. Ora sappiamo dove si nasconde, ma non cerchi di farmi dire dove.

– Allora non glielo chiederò, tanto lo verrò a sapere quando il commissario riuscirà ad acciuffarlo e convocherà una conferenza stampa, spero solo che essa sia meno fantasiosa di quella in cui ha sostenuto che Enrico è rimasto nascosto per alcuni giorni in una cappella del cimitero di Confienza.

– Perché dice così? Nutre forse dei dubbi sulla ricostruzione dei fatti fatta dal commissario? E scusi il bisticcio di parole.

– Fatti? Piuttosto delle panzane colossali al fine di scrollare di dosso dalla polizia la responsabilità di aver perso i 200.000 Euro pagati dal Buscaglia.

– Mi permetta di ricordarle che ha contribuito a scrivere un articolo, apparso sul Corriere sabato scorso, in cui sollevava la polizia da quella responsabilità; cos'è successo di nuovo per farle cambiare idea?

– Innanzi tutto l'articolo di sabato scorso parlava solo del Roncarolo e del suo comportamento alquanto criticabile con la "donna X" e fino a prova contraria il Roncarolo era un agente di polizia che aveva in consegna i 200.000 Euro del Buscaglia e che se li è fatti fregare. Quanto agli elementi nuovi emersi, li leggerà domattina sul Corriere. Se fossi in lei, ispettore

Sant'Agata, proverei a pararmi il culo dissociandomi il più possibile dalle malefatte del commissario Ventura; lo dico nel suo esclusivo interesse. La saluto ispettore, devo andare a controllare i lavori di ristrutturazione del mio rustico.

L'ispettore Sant'Agata, quando tornò a Milano per riferire al commissario della lettera di Mirko, non fece alcun cenno al colloquio avuto con Monica e si dedicò a far sparire ogni traccia della parte svolta in prima persona nel fabbricare le prove a sostegno della teoria esposta dal commissario nella conferenza stampa di due settimane prima.

Monica invece telefonò a Fabio, in quel momento intento ad esaminare col maresciallo Mastrovito le foto più significative tratte dalle videocamere che monitoravano la rete autostradale, e lo avvisò del colloquio avuto con l'ispettore e della probabile imminente cattura di Mirko.

– Non ho idea di quanto tempo passerà prima che il commissario possa interrogare Mirko e costui, messo alle strette, faccia il nome di Eva.

– E con questo? Tanto lei è già uccel di bosco.

– Ho pensato che potremmo rafforzare le prove che abbiamo a carico della polizia circa la scomparsa della borsa col riscatto: tu stesso hai detto che quanto hai scritto sulla "donna X" non basta, trattandosi di semplici illazioni.

– Se ben ricordo ho scritto così perché mi avevi chiesto di tutelare Eva e perché non eravamo ancora pronti per attaccare frontalmente le menzogne propinate dal commissario nella conferenza stampa. Comunque cosa proponi?

– Diamo un nome e cognome alla "donna X", tanto

Eva fra breve sarà bruciata, e diciamo di averla rintracciata ed intervistata, dopotutto siamo mancati da Confienza per una settimana.

– Non basta dirlo, dovremmo disporre di una registrazione dell'intervista come prova.

– E noi fabbrichiamola! Poi ne farai delle copie e ne offrirai una al Buscaglia, ovviamente in cambio di un cospicuo rimborso delle spese sostenute, così che possa incastrare più facilmente la polizia.

– E chi impersonerà Eva nella registrazione? Tu?

– Io no! Deve essere una voce che la polizia non possa confrontare con altre che può avere registrato. Telefona ad Oreste e digli di venire qui con Lucrezia e quanto occorre per fare una buona registrazione. Io intanto stenderò una traccia dell'intervista. Ci vedremo al bar.

Capitolo XVI

La mattina successiva, venerdì 4 dicembre, Fabio ed Oreste si trovavano alla cascina Nuova di Robbio con il signor Buscaglia ed il suo avvocato per accordarsi sul premio da riconoscere ai due giornalisti nel caso l'Orombelli avesse rinunciato a citare per danni i responsabili della morte di Edoardo, e quello per fornire le prove necessarie per citare in giudizio lo Stato per la perdita del riscatto che la polizia aveva in custodia.

A quella riunione doveva partecipare anche il Giacobini, ma costui era tanto preso dall'idillio con Marianna che aveva telefonato dalla Danimarca per comunicare che avrebbe continuato la vacanza per un'altra settimana ed aveva delegato a Fabio sia il compito di trattare col Buscaglia il premio per le informazioni che gli avrebbero consentito di far causa allo Stato, sia la stesura degli articoli per confutare la verità fornita dal commissario Ventura nella conferenza stampa del 19 novembre.

Fabio e Monica, che avevano ascoltato la telefonata del Giacobini in vivavoce, si erano divertiti moltissimo a sentire le indecenti proposte che Marianna rivolgeva all'amato mentre parlava al telefono ed al contempo cercava di allontanarla da sé e per non trattenerlo troppo a lungo, ché la fregola di Marianna poteva passare, non gli avevano detto che il Malaguti de La Repubblica si era inserito nell'intera vicenda.

L'avvocato del Buscaglia, un anziano azzeccagarbugli di Robbio, fin dall'inizio della riunione aveva affermato che non temeva alcuna azione legale da parte dell'Orombelli e quindi non avrebbe elargito alcun premio se questi avesse desistito dall'intento di chiedere un risarcimento per la morte di Edoardo, mentre era molto interessato a conoscere le prove che gli avrebbero consentito di far causa allo Stato.

Oreste lasciò che fosse Fabio a parlare delle prove e costui disse, in parte mentendo:

– Domani potrà leggere sul Corriere la vera storia della fuga di Enrico dal cascinotto, quella del furto del riscatto pagato dal Buscaglia operato da un agente di polizia e di come il commissario Ventura abbia distorto i fatti per allontanare dalla polizia la responsabilità della perdita di 200.000 Euro. Ovviamente per ognuna di queste storie disponiamo delle relative prove, ma siccome per denunciare lo Stato non le basterà far riferimento a quanto scritto su un giornale, siamo disponibili a fornirle copia delle prove in nostro possesso, fra cui la registrazione dell'intervista ad un testimone oculare dei fatti accaduti. Chiediamo un concorso nelle spese che abbiamo sostenuto per raccogliere le prove: 100.000 Euro non trattabili da corrisponderci non appena appariranno gli articoli sul Corriere. Ricevuto il denaro, le forniremo copia di quanto in nostro possesso.

– Voglio sentire quella registrazione. – disse l'avvocato.

Fabio tolse di tasca un registratore e lo accese, ne emerse la voce argentina di Lucrezia che diceva:

– *Mi chiamo Eva Vandone, nata a Mortara il 25 agosto 1991. La sera del 13 novembre ero nel mio appartamento di Confienza quando, attorno alle 21, si è presentato l'agente Roncarolo dicendomi che aveva le prove che avevo noleggiato alla Hertz di Vercelli la Citroën C3 con la quale era stato rapito Edoardo Orombelli. Poi ha detto che si era invaghito di me e che, se mi fossi messa con lui e l'avessi seguito all'estero, avrebbe distrutto le prove della mia partecipazione al rapimento. Gli ho risposto che non poteva disporre di nessuna prova perché non avevo fatto nulla di male, tranne avvisare Mirko che la polizia disponeva di una sua fotografia e che lo stava cercando per interrogarlo; gli ho anche detto che ero lusingata del fatto di piacergli e che anche lui mi piaceva, ma che non intendevo legarmi ad un uomo che non potesse mantenermi adeguatamente. Allora mi ha detto che si era impossessato dell'intero riscatto pagato dal signor Buscaglia per il finto rapimento di Enrico; ha parlato di 200.000 Euro contenuti in una borsa gialla che aveva recuperato dalla Renault 4 di Giovanni Cortese uscita di strada poco dopo le 19 sulla strada per Casalino. Ho finto di assecondare la sua offerta perché avevo paura che potesse farmi del male, gli ho fatto due moine e l'ho baciato, ma lui mi ha sollecitata a preparare due borse per metterci le mie cose perché dovevamo fuggire in fretta e mi ha chiesto di fargli da guida fino ad un posto in cui nascondere la volante con cui era venuto. Dieci minuti dopo siamo usciti dal mio appartamento e con la mia Lancia Musa gli ho fatto strada fino alla traversa sulla Sesia a sostegno del Roggione di Sartirana; io mi sono fermata ad una trentina di metri dall'argine mentre lui ci è arrivato quasi a ridosso. Ha preso una borsa gialla dal baga-*

gliaio della volante e l'ha messa nella Musa, poi mi ha chiesto di aiutarlo a spingere la volante in acqua, ma io intanto avevo pensato a come fare per liberarmi di lui: sono uscita dalla Musa, ma dopo pochi passi sui ciottoli della sponda ho finto di cadere e di essermi fatta male ad una caviglia. Lui mi ha aiutata a rientrare in auto, ma si è tenuto le chiavi di accensione, poi ha cercato un sasso e glielo ho visto mettere nella volante, con ogni probabilità sull'acceleratore. Io intanto ho preso le chiavi di riserva che tenevo in uno scatolino magnetico sotto al pianale della Musa. Quando ha acceso il motore della volante, che è andato violentemente su di giri, io ho acceso quello della Musa ed ho fatto manovra per fuggire; avevo quasi completato la manovra quando ho sentito molti spari ed un colpo ha mandato in frantumi uno dei vetri. Mi sono quasi pisciata addosso dalla paura e mi sono allontanata in fretta. Non sapevo più cosa fare, temevo che se fossi tornata a Confienza avrei corso il rischio di ritrovarmelo davanti tutto incazzato per essersi fatto buggerare, allora ho preso l'autostrada al casello di Vercelli Ovest. Alla prima occasione ho controllato il contenuto della borsa gialla ed ho visto che era piena di denaro. Ho deciso di tenerlo quale risarcimento per lo spavento che mi aveva fatto prendere e per i danni alla Musa. Ho fatto riparare alla bell'e meglio il finestrino rotto in un'area di servizio, poi mi sono infilata nel tunnel del Monte Bianco e by by Italia.

Fabio spense il registratore e l'avvocato si dichiarò molto soddisfatto, poi gli chiese come aveva fatto a trovare Eva in così poco tempo quando la polizia non ci era riuscita.

– Perché non la stava cercando, aveva paura che potesse fare le dichiarazioni che ha sentito. Mi aspetto di ricevere i 100.000 Euro al più tardi martedì prossimo.

– Li avrà. – assicurò il Buscaglia, ponendo termine alla riunione.

Fabio ed Oreste tornarono a Confienza ed al bar Centrale trovarono Monica e Lucrezia già sedute in sala da pranzo intente a prendere un aperitivo, ne ordinarono uno anche loro e ragguagliarono le compagne sull'esito della riunione.

– Entro martedì il Buscaglia mi darà 100.000 Euro, 50.000 a coppia. La tua intervista/confessione, Lucrezia, è stata la briscola che ci ha fatto vincere la mano: sei stata bravissima. –

Lucrezia gongolava, si complimentò con Monica per il testo che le aveva preparato e le chiese:

– Come facevi a sapere come si sono svolti i fatti? Eva non l'hai più vista da quando erano accaduti.

– Beh, conoscevo Eva molto bene ed ho immaginato come si sarebbe comportata in un frangente del genere; sapevo che teneva le chiavi di riserva in uno scatolino magnetico, poi alcune cose le ho dedotte dalle domande e dalle indiscrezioni che il commissario mi ha fatto nelle occasioni in cui mi ha interrogata, inoltre Eva ha telefonato a Gianni dalla Francia di primo mattino del giorno successivo a quello della sua fuga... ed infine ho edulcorato un po' la "confessione".

Saltarono il pranzo e, bevuti gli aperitivi, si misero a scrivere gli articoli che sarebbe apparsi su La Repubblica e sul Corriere del giorno dopo.

Il primo articolo avrebbe occupato mezza pagina ed

era un sunto dell'intera vicenda che aveva preso avvio dalla decisione di un gruppo di balordi di paese, i "padani sfigati", di rapire Edoardo Orombelli, di fingere il rapimento di uno di loro stessi, Enrico Buscaglia, e di chiedere alle famiglie un duplice riscatto. In esso si parlava delle indagini condotte dalla polizia, della drammatica morte di Edoardo nell'incendio della cascina in cui era tenuto prigioniero, della conseguente fuga in BMW di Enrico, che non poteva più restare nascosto nella cascina andata a fuoco, e della morte di Enrico in un incidente stradale presso Corinto. Si evidenziava come questo fosse avvenuto proprio nelle stesse ore in cui a Confienza un componente della banda di rapitori, Giovanni Cortese, ritirava una borsa contenente 200.000 Euro, il riscatto del finto rapimento di Enrico, lasciata davanti all'ingresso del cimitero dal signor Buscaglia. Si raccontava come la polizia, al corrente della modalità di consegna del riscatto, avesse inseguito la R4 di Giovanni per alcuni chilometri finché essa era finita in un canale vuoto d'acqua causando la morte di Giovanni. Si diceva dell'agente Roncarolo, che aveva sì recuperato la borsa col riscatto dal rottame della R4, ma che invece di portarla in Questura o di restituirla al Buscaglia, aveva deciso di tenere per sé i 200.000 Euro e di fuggire all'estero con l'amante, tal Eva Vandone. Si narrava come costei, dopo che il Roncarolo aveva trasferito la borsa col denaro sulla sua Musa, avesse abbindolato l'agente mentre era intento a disfarsi della volante della polizia gettandola nella Sesia, e fosse fuggita di gran carriera lasciandosi alle spalle un agente/ex-amante furioso per il tradimento. Infine si diceva come l'agente, dopo averle sparato contro parecchi colpi di pistola senza colpirla, conscio di non potersi più giustificare in alcun modo di fronte ai superiori, si fosse disperato tanto da suicidarsi con una pistolettata in bocca.

Si elencavano infine le frottole propinate dal commissario Ventura durante la conferenza stampa convocata per allontanare dalla polizia la responsabilità di aver "smarrito" il denaro che avrebbe dovuto custodire e restituire al signor Buscaglia. In quest'ultima parte l'operato del commissario Ventura veniva stigmatizzato tanto da chiedere l'adozione di seri provvedimenti disciplinari nei suoi confronti.

Gli articoli sul Corriere, destinati ad occupare una intera pagina e che giungevano ai lettori dopo che il rapimento di Edoardo ed il finto rapimento di Enrico erano già stati trattati sotto diverse angolature, consistevano nella ricostruzione della fuga di Enrico a partire dal cascinotto in fiamme fino all'uscita di strada dell'auto con cui viaggiava presso Corinto, nell'intervista alla "donna X", in cui si dava un nome alla stessa e si ricostruivano gli avvenimenti che avevano portato alla scomparsa dei 200.000 Euro recuperati dall'agente Roncarolo, e nella confutazione di quanto spacciato dal commissario Ventura nella conferenza stampa del 19 novembre.

L'articolo sulla fuga di Enrico forniva la cronologia degli avvenimenti ed era corredato con alcune fotografie, con sovraimpressi i nomi delle località, l'ora ed il giorno cui si riferivano le stesse, tratte dalle videocamere che monitoravano la rete autostradale della penisola:

Ora 01.15 circa di mercoledì 11 novembre – Enrico fugge dal cascinotto in fiamme a bordo della sua

BMW X3, nell'attraversare Confienza si ferma per rubare le targhe ad una Renault Megane parcheggiata in una via buia e le applica sopra le sue con del nastro adesivo trasparente.

Ora 02.10 – La X3 con le targhe della Megane entra nell'A4 (risulta chiaro all'obbiettivo delle telecamere come le targhe ricoperte di nastro adesivo trasparente riflettano diversamente la luce).

Ora 02.40 – La X3 entra nella Tangenziale Ovest di Milano.

Ora 02.50 – Enrico si ferma in un'area di servizio per fare rifornimento di benzina.

Ora 03.20 – La X3 entra nell'Autosole.

Ora 07.05 – La X3 esce al casello di Barberino.

Ora 19.00 – Trascorse le ore di luce, la X3 rientra in autostrada al casello di Barberino.

Ora 21.30 – La X3 entra nel GRA di Roma in direzione Sud.

Ora 22.10 – La X3 entra nella Roma-Napoli.

Ora 00.50 di giovedì 12 novembre – La X3 esce al casello di Caserta Nord.

Ora 09.40 – La Panda di Enrico (evidentemente scambiata con la X3 nell'hinterland partenopeo in quanto Enrico aveva la necessità di disporre di un'auto che non fosse ricercata, di dotarsi di falsi documenti di identità e di procurarsi del denaro poiché aveva con sé solo una parte del riscatto ottenuto dal rapimento di Edoardo Orombelli) entra nell'autostrada Napoli-Bari al casello di Benevento.

Ora 12.50 – La Panda esce dall'autostrada alla barriera di Bari.

Ora 11.00 di venerdì 13 novembre – La Panda si imbarca a Brindisi sul traghetto per Patrasso.

Ora 23.10 – La Panda esce di strada a pochi chilometri da Corinto ed Enrico trova la morte tra le lamiere contorte.

Ora 23.30 – La polizia ellenica interviene sul luogo dell'incidente ed accerta che la vittima aveva nel portafogli documenti intestati sia a tal Esposito Bonafé di Torre del Greco, sia ad Enrico Buscaglia, inoltre trova nel portafogli 9.800 Euro (che consegnerà all'ambasciata italiana) ma non trova nel rottame di Panda nessuna borsa gialla contenente 200.000 Euro. Al contrario rinviene nelle tasche del Bonafé/Buscaglia una lettera indirizzata ai complici del rapimento (chiamati spiritosamente "padani sfigati") in cui rivendica la sua parte dei riscatti per il finto rapimento di sé stesso e per il rapimento di Edoardo Orombelli.

L'articolo proseguiva spiegando che il verbale dell'incidente era stato redatto dalla polizia ellenica in data 16 novembre, ed era pervenuto al commissario Ventura il giorno 18 novembre. Costui, avendo ravvisato la possibilità di attribuire a terzi la responsabilità della scomparsa della borsa coi 200.000 Euro presa dall'agente Roncarolo, aveva telefonato alla polizia di Corinto ipotizzando subdolamente che la borsa col denaro fosse stata presa dai soccorritori accorsi sul luogo dell'incidente, suscitando una rabbiosa e sdegnata reazione da parte della polizia ellenica.

L'articolo si concludeva dicendo che il giorno successivo, giovedì 19 novembre, il commissario Ventura, convinto che la morte di Enrico fosse avvenuta la domenica 15 e che quindi Enrico avesse avuto tutto il tempo per raggiungere la Grecia partendo da Confienza poco dopo le 19 di venerdì 13, aveva indetto una conferenza stampa ove aveva fornito la sua versione dei fatti per giustificare la scomparsa dei 200.000 Euro e per sollevare la polizia italiana da ogni responsabilità.

Un altro articolo raccontava, inventandole di sana pianta, le peripezie affrontate per trovare dove si era nascosta Eva: in una isolata località della Lapponia di cui non si faceva il nome, e riportava integralmente le sue dichiarazioni su come si erano svolti i fatti col Roncarolo. L'articolo si concludeva con le parole che Eva aveva pronunciato quando le era stato detto che il Roncarolo, dopo averle sparato contro alcuni colpi di pistola, preso dallo sconforto per essere stato buggerato si era tolto la vita sparandosi in bocca: "Ben gli sta. Se voleva che gliela dessi, bastava che mi corteggiasse educatamente, senza cercare di corrompermi offrendomi di dividere con lui i soldi che aveva rubato; ecchecazzo, per chi mi aveva presa?"

Se nel primo articolo Fabio aveva dimostrato che Enrico non poteva trovarsi nascosto in una cappella del cimitero di Confienza mentre in auto percorreva la rete autostradale da Galliate a Bari ed oltre, e nel secondo articolo aveva prodotto la testimonianza, seppur fasulla, della donna che si era impossessata dei 200.000 Euro, nell'ultimo articolo Fabio aveva smontato le altre menzogne sostenute dal commissario Ventura durante la conferenza stampa di due settimane prima ed aveva evidenziato le incongruenze della sua ricostruzione dei fatti; il tutto con frasi concise che sembravano chiodi con cui crocifiggere il commissario.

Dove aveva nascosto la sua BMW Enrico nelle prime ore del 12 novembre?

Dove aveva trovato la Panda con la quale era fuggito dal cimitero quando la polizia se n'era andata?

Perché la suddetta Panda non ha lasciato traccia di sé da Galliate a Caserta ed è apparsa solo da Benevento in poi?

In quale negozio Enrico aveva comprato da mangiare e da bere prima di nascondersi per tre giorni in una cappella del cimitero di Confienza?

Come ha fatto Enrico ad entrare ed uscire per ben due volte dal cimitero senza farsi vedere da nessuno se il cancello di questo viene chiuso dalle 8 alle 17?

Come ha fatto a trovare una cappella aperta se queste di norma sono chiuse?

Come ha fatto a rimanere nascosto in una cappella per tre giorni senza lasciare tracce della sua presenza?

Come ha fatto a dotarsi di una borsa gialla piena di libri da scambiare con quella gialla piena dei soldi lasciata dal padre davanti all'ingresso del cimitero alle ore 19 di venerdì 13?

Come ha fatto Enrico a partire da Confienza dopo le ore 19 di venerdì ed uscire di strada a Corinto alle 23.10 dello stesso giorno?

Dove ha trovato il tempo per dotarsi di documenti falsi e per permutare la sua BMW X3 con una Panda?

L'articolo si concludeva dicendo che neppure Mandrake ci sarebbe riuscito e sfidava il commissario a dimostrare il contrario.

Soddisfatti del lavoro che avevano svolto e dopo aver inviato alle rispettive redazioni gli articoli per e-mail, le due coppie uscirono dal bar ed andarono nella vicina pizzeria per gratificarsi con una abbuffata colossale a base di pizza, di calamaretti fritti ed insalata di polipi e cozze. Alle dieci Oreste e Lucrezia, nel salutare Fabio e Monica, gli dissero che nelle settimane successive avrebbero fatto un lungo giro all'estero, ma che sarebbero tornati prima di Natale.

– Il casino che accadrà domani quando i giornali saranno in edicola lo lascio tutto a voi due. Tenetemi da parte i 50.000 Euro del Buscaglia quando ve li darà ed in bocca al lupo. – disse Oreste, quindi con Lucrezia tornò a Milano.

Fabio e Monica rientrarono nell'appartamentino di costei e festeggiarono con una scopata selvaggia che li tenne occupati fin quando si addormentarono uno nelle braccia dell'altra.

◊

Se nella Questura di Milano gli articoli apparsi sul Corriere di sabato ebbero l'effetto di una bomba, gli echi dello scoppio raggiunsero Confienza martedì attorno al mezzogiorno sotto forma di una visita dell'ispettore Sant'Agata, che irruppe nel bar Centrale mentre Fabio e Monica vi stavano pranzando. La coppia stava festeggiando per l'assegno di 100.000 Euro che il Buscaglia aveva consegnato a Fabio in cambio delle prove di quanto scritto negli articoli, fra cui la copia delle foto tratte dalle videocamere dei caselli autostradali, la copia del nastro magnetico con la registrazione della falsa Eva Vandone e la copia del verbale dell'incidente stilato dalla polizia di Corinto. L'ispettore Sant'Agata chiese se poteva sedersi al loro tavolo, ché aveva delle novità da riferire, e Monica acconsentì di buon grado, quindi l'ispettore, dopo aver ordinato pasta al ragù e cotoletta alla milanese, chiese:

– Che fine hanno fatto le bellezze che una volta facevano le cameriere in questo bar?

– Una ce l'ha davanti, ma si è licenziata quando ha trovato una sistemazione migliore, altre sono state licenziate... diciamo per eccessive attenzioni nei riguardi dei clienti. Lei, come mai è solo?

– Non ha idea del putiferio che hanno causato i suoi articoli, signor Filiberti, il Questore ha dato fuori di brutto, il ministro Alfano si è fatto sentire appena letto il Corriere ed ha disposto un'ispezione, il commissario Ventura è stato costretto a prendere un mese di ferie in attesa che si chiariscano le sue responsabilità; io l'ho sfangata per un pelo grazie a lei, Monica, perché dopo il nostro colloquio di sabato ho eliminato tutto ciò che avrebbe potuto compromettermi. È anche per ringraziarla che sono venuto.

– Non c'è di che, si figuri. – disse Monica conciliante – Se le promettiamo di tenere riservata la cosa, ci dice quali cose ha dovuto eliminare?

– I documenti interni afferenti alle prove che il commissario aveva ordinato di fabbricare per attestare che Enrico aveva passato alcuni giorni in una cappella del cimitero: verbale per lo scassinamento del cancello d'ingresso e della porta di una cappella, verbale del ritrovamento di due bottiglie d'acqua vuote, di briciole di pane e di avanzi di patatine sul pavimento della stessa, falsificazione dell'inventario di quanto recuperato nella R4 di Giovanni finita in un canale, fra cui una borsa gialla piena di libri... tutte cose che il Ventura aveva commissionato a me ed all'agente Marciano. Confidenza per confidenza, non siete andati fino in Lapponia per intervistare Eva Vandone, vero? Perché vorrei evitare di dovermici recare in pieno inverno per cercarla.

– Di dov'è la sua famiglia, ispettore? – chiese Monica.

– Di Catania. Perché?

– Allora le consiglio di andarla a trovare per Natale. Avrà più probabilità di trovare Eva lì che non in Lapponia, oltretutto godrà di un clima più clemente. – rispose Monica ridacchiando.

– Mi chiedo come siate riusciti, in una sola settimana, ad andare in Grecia per parlare con la polizia di Corinto e nel contempo abbiate rintracciato Eva nascosta chissà dove. Confessate che, prima di sparire, Eva vi ha detto dove si sarebbe nascosta.

– Controlli la tempistica, ispettore, non ne avrebbe avuto il tempo; inoltre quando ha telefonato qui il giorno dopo quello della sua fuga ha parlato con Gianni. Provi a rivolgere la domanda a lui. – rispose Monica con fare beffardo.

– L'ho già fatto e ovviamente ha negato con energia. Sapete, quando interrogo le persone di questo paese mi sembra di sbattere contro un muro di gomma.

– La polizia francese ha poi trovato Mirko? – chiese Fabio, anche per cambiar discorso.

– Figuriamoci se si danneranno l'anima per cercarlo quelli. –

– E di Michele avete delle notizie?

– È arrivato a Parigi la sera stessa della sua fuga, poi se ne sono perse le tracce. Nei suoi confronti le autorità francesi sono ancor più abbottonate che per Mirko. Penso che verranno processati entrambi in contumacia, sempre che si arrivi ad un processo.

– Perché? Dubita che possa aver luogo?

– Mah! Non siete gli unici ad aver tenuto la mano leggera nei confronti di Paola Orombelli. Pare che sia circondata di angeli custodi quella ragazza. Vi lascio, signori, devo recarmi dal Buscaglia per cercare di rabbonirlo. – e si alzò dal tavolo.

– Allora auguri. Ne avrà bisogno. – gli augurò Fabio.

Capitolo XVII

Oreste e Lucrezia erano in viaggio con la Porsche Carrera da più di una settimana quando giunsero a Siviglia. Avevano visitato Marsiglia e Perpignano, si erano fermati due giorni a Barcellona ed altrettanti a Madrid ed a Còrdoba, pernottando nei migliori alberghi e mangiando in raffinati ristoranti; avevano scopato come grilli e si erano amati dolcemente mentre visitavano frettolosamente posti che avrebbero meritato una ben maggiore attenzione. Volevano raggiungere Gibilterra per poi tornare in Italia per Natale costeggiando la sponda del Mediterraneo, magari facendo qualche altra sosta a Malaga ed a Valencia.

Si erano appena seduti al tavolo di un ristorante quando il cameriere pilotò una coppia ad un tavolo vicino. Lucrezia riconobbe nella giovane donna, molto elegante nella sua *mise*, una vecchia conoscenza; non si trattenne e la chiamò:

– Ciao Eva, mai più avrei pensato di trovarti qui, credevo che tu fossi in Lapponia.

Eva, che seppure in differita di un giorno aveva seguito sul Corriere le vicende che la riguardavano, dopo un istante di smarrimento si riebbe dalla sorpresa e salutò calorosamente l'amica coi canonici finti baci sulle gote, poi presentò l'uomo che era con lei, un pingue cinquantenne di nome Xavier Ortega, come il suo ultimo e ricchissimo compagno. Lucrezia fece altrettanto con Oreste ed invitò la coppia a sedersi al suo tavolo. Il cameriere eseguì, portò gli aperitivi per tutti e dopo poche frasi di circostanza il discorso cadde inevitabilmente sugli articoli apparsi sul Corriere a firma Filiberti e Giacobini.

– Fabio Filiberti è il nuovo e definitivo uomo di Monica, almeno spero, perché hanno comperato un rustico a Confienza e lo stanno ristrutturando. Vivono praticamente in simbiosi: lavorano nella sala da pranzo del bar e quando non lavorano scopano come grilli nell'appartamento che lei ha a Confienza, penso che siano molto felici. Massimo Giacobini è la ricchissima preda che Marianna ha catturato con le sue arti maliarde, lei si è trasferita nel suo appartamento di Milano e da due settimane gira con lui per l'Europa. Tu cosa hai fatto quando sei scappata?

– Ho raggiunto Santiago de Compostela in alcune tappe e mi sono fermata lì per una settimana cercando di imparare lo spagnolo. Poi ho conosciuto Xavier e ci siamo innamorati follemente. – Eva fece una carezza al suo amore, intento a chiacchierare in francese con Oreste – Gli ho raccontato tutto, beh, quasi tutto, e lui in pochi giorni è riuscito a fornirmi tutti i documenti falsi che potrebbero servirmi, per cui adesso sono Evita Cardoso, nata a Buenos Aires ma cittadina spagnola. Quando torneremo dalla nostra "luna di miele" vivremo in una villa presso Granada; ma guai a voi se scriverete una parola di quanto ho detto.

– Non c'è il minimo rischio che possa succedere. – assicurò Lucrezia – Hai letto dell'intervista che ti abbiamo fatto e della sua registrazione su nastro?

– Sì, mi sono divertita moltissimo. Immagino che sia

stata Monica a prestarmi la voce.

– No, sono stata io, Monica ha però steso il testo che dovevo leggere. Temevamo che la polizia potesse disporre della voce di Monica, magari presa da una registrazione fatta durante una delle numerose volte che è venuta al bar, mentre non sa della mia esistenza.

– Quanto avete fatto scucire all'Orombelli per non scrivere nulla delle prodezze di sua figlia?

– 600.000 Euro in due *tranche*, ma a me e ad Oreste ne sono toccati solo 150.000, gli altri se li sono divisi Monica, il Filiberti ed il Giacobini. Poi l'Orombelli ha pagato a Monica 50.000 Euro come premio per aver svelato dove si trovava il cadavere di Edoardo e il Buscaglia ha pagato 100.000 Euro a noi ed al Filiberti per avere le prove che gli consentiranno di denunciare la polizia per aver "smarrito" i 200.000 Euro che hai rubato.

– Ehi, non scherziamo! Io non ho rubato niente. Diciamo che sono fuggita ad un agente impazzito che voleva rapirmi e non mi sono accorta che questi aveva messo nella mia auto una borsa piena di denaro. Non hai letto La Repubblica?

– Provi un po' di nostalgia di Monica e di Confienza?

– Da morire, ma non posso tornare, neanche con un nuovo documento d'identità, ho troppa paura.

– Beh, potrei provare ad organizzare una rimpatriata delle ex-cameriere del bar Centrale in Svizzera, ovviamente accompagnate dai rispettivi compagni. Cosa dici se la facessimo l'ultimo dell'anno in un albergo di Locarno?

– Sarebbe bellissimo. Scambiamoci i numeri di telefono, ma non scrivere il mio numero sul tuo cellulare, scrivilo su un "pizzino". Fare la latitante comporta dover prendere molte precauzioni anche per le cose più banali.

Il pranzo proseguì in un clima di spensierata allegria, Xavier ed Oreste scoprirono di avere molti interessi in comune, non ultimi alcuni investimenti finanziari, ed anch'essi prima di accomiatarsi si scambiarono indirizzi e numeri di cellulare.

Rientrata a Milano, dopo aver verificato cosa offrivano gli alberghi di Locarno per l'ultimo dell'anno, Lucrezia contattò Marianna, anch'essa reduce da un lungo giro eno-sesso-gastronomico dell'Europa centro-settentrionale, e Monica, intenta a traslocare nella nuova casa appena ristrutturata, per metterle al corrente della rimpatriata che stava organizzando.

– Per me va bene. – aveva risposto Monica parlando anche per Fabio – Ma perché a Locarno? Gli svizzeri non brillano proprio per organizzare festeggiamenti sfrenati, ci sono un sacco di posti più a portata di mano ove ci sarà ugualmente da divertirsi; alle Rotonde di Garlasco so che ci sarà...

– Sei rimasta la solita "ragazza di campagna". Vuoi mettere lo spettacolo pirotecnico sul lago, la festa rigorosamente in costume... poi ci sarà una sorpresa che non ti posso dire.

– Va bene, dimenticavo che sei diventata una "ragazza del jet set", mi hai convinta. Tu che costume indosserai?

– Io mi travestirò da Lucrezia Borgia, Oreste si travestirà da cardinale Richelieu. Voi cosa farete per Natale?

– Natale coi miei genitori nel Canavese e santo Stefano coi suoi in Romagna per conoscere i rispettivi futuri suoceri.

– Quando intendete sposarvi? Mi farai fare da testimone?

– Nella tarda primavera e certo che ti farò fare da testimone, sennò chi me lo farà un regalo megagalattico. Ciao Lucrezia, telefonami ancora per dirmi dove e quando trovarci a Locarno, e non sciupare troppo Oreste.

◊

L'ispettore Sant'Agata stava trascorrendo le feste di Natale a Catania con la sorella e con gli anziani genitori, quando fu raggiunto da una telefonata dell'agente Marciano mentre era intento a farsi una colossale scorpacciata di frutti di mare al ristorante "Il Ciclope" di Aci Trezza.

– Ispettore, qui in Questura sta scoppiando una grana dietro l'altra. Il Vice-prefetto mandato da Alfano sta rivoltando come un calzino l'operato del commissario ed ha scoperto che, oltre a falsificare le prove per non riconoscere le responsabilità della polizia nella scomparsa dei 200.000 Euro del Buscaglia, il Ventura aveva ordinato delle intercettazioni telefoniche senza avere l'autorizzazione preventiva di un magistrato. –

– Eccheminchia! Da Roma doveva venire *iddu* per scoprire l'acqua calda! Sai quanti reati riusciremmo a scoprire se non prendessimo alcune scorciatoie nelle indagini? Nessuno! Intercettando senza autorizzazione il cellulare di Enrico, il commissario ha scoperto che i rapitori di Edoardo si nascondevano certamente a Robbio e dintorni.

– Il fatto è che il commissario aveva anche disposto di intercettare il cellulare di Monica dopo averne ottenuto il numero con un sotterfugio.

– Embeh? Era sospettata di aver favorito la fuga di due dei rapitori ed era senza dubbio reticente quando sosteneva di non sapere dove fosse Eva.

– Gliel'ho spiegato al mastino di Alfano, ma mi ha risposto che tali sospetti non sarebbero bastati ad un magistrato per autorizzare le intercettazioni e per evitare di essere accusati di aver intercettato per ripicca la compagna del giornalista che ci ha sputtanati in lungo ed in largo, non potendo intercettare direttamente i giornalisti del Corriere, ha ordinato all'ufficio intercettazioni di distruggere tutte le registrazioni illegali.

– Bene! La legalità innanzi tutto. Sai bene che se avessi coordinato io le indagini le avrei mantenute nell'alveo della più stretta legalità, sia nel caso delle intercettazioni, sia per quanto riguarda quella carogna di Paola Orombelli. È per cosi poco che mi stai facendo raffreddare i cannolicchi?

– Lasci raffreddare i cannolicchi ispettore e mi ascolti: un mio amico dell'ufficio intercettazioni ha conservato un nastro relativo a Monica registrato in data 22 dicembre, poi ha confrontato la voce dell'interlocutrice con quella della donna che ha rilasciato l'intervista al Filiberti e che risulta nel nastro che il giornalista stesso ci ha fornito a sostegno dei suoi articoli.

– Stai parlando di Eva Vandone, dunque Eva ha telefonato a Monica ed ora conosciamo il suo numero di cellulare...

– No, ispettore. La voce era quella di una certa Lucrezia e parlava da Milano, zona San Siro. Le voci sui due nastri corrispondono alla perfezione, senza possibilità di dubbi.

– Stai dicendomi che il Filiberti ha fabbricato una prova facendo interpretare a Lucrezia la parte di Eva?

– Esattamente ispettore.

– Hai tenuto quel nastro, vero Marciano? Non l'hai fatto sentire a nessuno, vero? Possiamo fidarci di quel tuo amico dell'ufficio intercettazioni?

– Certo ispettore, il nastro l'ho portato a casa e l'abbiamo sentito solo io ed il mio amico. Le anticipo che costui si aspetta una qualche forma di gratificazione, non necessariamente monetaria; come anch'io d'altra parte, dato che il Vicequestore mi ha sospeso per un mese per aver partecipato col commissario alla fabbricazione delle prove.

– Tranquillo Marciano, ci penserò io. Torno subito a Milano, ci vedremo il mattino del 28 a casa tua.

La mattina del 28 dicembre, come d'accordo, l'ispettore era nell'appartamento del Marciano a Lampugnano e stava ascoltando il nastro delle telefonate di Lucrezia a Monica, la prima in cui Lucrezia invitava l'amica alla rimpatriata di fine anno a Locarno, la seconda in cui Lucrezia precisava il nome dell'albergo in cui si sarebbe tenuta la festa in maschera e l'ora del ritrovo degli amici al bar dell'albergo.

– Marciano, sai già dove trascorrere l'ultimo dell'anno? Hai un programma per i prossimi giorni? – chiese l'ispettore.

– No ispettore ed essendo stato sospeso dal servizio dovrò fare attenzione alle spese. Finirà che festeggerò l'anno nuovo con una bicchierata al bar qui sotto. Lei come ha fatto a sfangarla col mastino che ci ha mandato Alfano?

– Quella di pararsi il culo e di lasciarsi sempre aperta una porta da cui sgusciare è un'arte che uno giovane come te deve ancora apprendere. Dammi quei nastri, li conserverò io. Da questo momento siamo compari, per cui non preoccuparti delle spese, ché ti finanzierò io, almeno fino a capodanno. Adesso andiamo a Confienza.

– Cosa ci andiamo a fare, ispettore?

– Per mangiare in un posto economico e per procurarci un paio di donnine dalla bella presenza e dalla coscienza leggera; a meno che tu sia sentimentalmente legato...

– Sono liberissimo, ispettore. – lo interruppe il Marciano, ed entrambi uscirono dall'appartamento e salirono sull'auto personale dell'ispettore, una Ford Focus un po' datata.

Arrivarono al bar Centrale che era l'ora degli aperitivi, serviti però non dalle bellezze discinte che si erano aspettati di trovare, ma da cameriere ciospe come poche, e stavano già per rassegnarsi e rinunciare al programma che si erano dati, quando entrarono Sonia e Renata in tenuta da adescamento.

Le due bellone si avvidero subito dei nuovi clienti ed impiegarono pochissimo tempo ad ammaliare chi non aspettava altro che di battergliela: accettarono con eccessive espressioni di ringraziamento l'aperitivo che il Sant'Agata le offrì, lo sorseggiarono umettandosi spesso le labbra con la lingua, mugolarono di finto disappunto per quanto essi erano alcolici, ci tennero a precisare che l'alcool le avrebbe allentato i freni inibitori ed a dimostrazione di ciò cominciarono a ridere per dei nonnulla e ad appoggiarsi ai due poliziotti in borghese per essere sostenute e/o palpeggiate. Al secondo giro di aperitivi presero a strusciarsi indecentemente contro i due ganimedi ed a miagolare che se avessero continuato a bere a stomaco vuoto avrebbero perso la testa e fatto qualche pazzia. Sant'Agata capì l'antifona e le invitò a mangiare un boccone nel salone di sopra, le due sciantose accettarono prontamente e precedettero i cavalieri sulla stretta scala.

Nella sala da pranzo Monica e Fabio avevano appena finito di pranzare e si accingevano ad uscire per sistemare i mobili di casa, ancora tutta sottosopra, quando videro sopraggiungere le due bellone accompagnate dai due uomini che avevano adescato, fra cui l'ispettore Sant'Agata. Costui, quando vide chi c'era nella sala, disse:

– Buongiorno signorina, signor Filiberti... speravo proprio di incontrarvi. – esordì l'ispettore, quindi presentò l'agente Aldo Marciano e, indicando le compagne, aggiunse: – Immagino conosciate già le signorine che sono con noi.

– Le conosciamo bene ispettore, erano delle buone amiche di Enrico e di Giovanni; ma se intende interrogarle su di loro, perché sperava incontrare anche noi? – chiese Monica mentre Sonia e Renata le facevano la linguaccia per il disappunto di essere state associate ad Enrico ed a Giovanni.

– Mi spiego meglio: eravamo venuti qui per parlare con voi, ma poi abbiamo conosciuto queste due splendide ragazze e ci è passato di mente il motivo per cui volevamo vedervi. – mentì l'ispettore – Però sono risentito con lei, Monica: le conosceva e non me le ha presentate prima.

– Me ne è mancato il tempo e l'occasione. D'altra parte lei ed il commissario eravate tanto presi dal cercare di incastrare me ed Eva, che non vi è rimasto il tempo per guardarvi attorno.

– Già, Eva. – mormorò l'ispettore – Avete più saputo nulla di lei? Ha più telefonato qui al bar? magari per fare gli auguri di Natale.

– No ispettore, di Eva non ho saputo più nulla, glielo avevo già detto; per quanto riguarda le telefonate dirette al bar deve chiedere al signor Rossino od a Gianni. Ora, se non le spiace, la lascio alle sue "splendide ragazze" perché io e Fabio abbiamo molto da fare. Felice anno nuovo a tutti. – ciò detto Monica scese dabbasso seguita da Fabio.

Le due coppie rimaste si accomodarono ad un tavolo ed ordinarono alla cameriera ciospa che si era avvicinata con la carta di quel che passava il convento, poi ripresero l'opera di seduzione dal punto in cui l'avevano interrotta, gli uni a battergliela insistentemente e le altre ad accettare con falsi pudori e false proteste le battute intriganti, le insinuazioni maliziose ed i palpeggiamenti che si facevano sempre più audaci. Fra un boccone e l'altro però, anche per non anticipare troppo i tempi, il Sant'Agata volle chiedere alle ragazze di Enrico e di Giovanni.

– Sì, li conoscevamo. Alcune volte siamo andate con loro a mangiare la pizza od a ballare al Globo e li abbiamo ospitati a casa nostra a Palestro quando avevano bevuto troppo per guidare, ma non gliela abbiamo mai data, anche se erano due ottimi partiti – mentirono sfacciatamente.

– Conoscete anche una certa Lucrezia? – chiese il Sant'Agata mentre con una mano accarezzava una coscia di Renata.

– Sì, era una ragazza di Robbio che ha lavorato al bar per pochi giorni, poi ha conosciuto un giornalista ricchissimo, pensate che ha una Porsche, e lo ha accalappiato. Si è licenziata e si è trasferita nel suo attico di Milano. – rispose Renata spostando la gamba per facilitare le manovre dell'ispettore.

– Ed Eva, la ragazza che lavorava al bar insieme a Monica, conoscevate anche lei? – chiese il Marciano sporgendosi verso Sonia per infilare la mano nella sua generosa scollatura.

– Certo, era anch'essa di Robbio e se la faceva con un certo Mirko che frequentava questo bar. Poi è sparita dalla circolazione e dicono che si sia appropriata di 200.000 Euro soffiandoli ad un pirla della polizia che si era invaghito di lei – rispose Sonia slacciandosi un bottone della camicetta per consentire all'agente di palparle una tetta più agevolmente.

– Sapreste riconoscerle se le vedeste travestite ed in maschera? – chiese il Sant'Agata infilando decisamente la mano nelle mutandine di Renata.

– Beh, penso di sì, a meno che indossino un costume intero da gorilla – disse Renata con un mugolio e scivolando in avanti sulla sedia per farsi penetrare meglio.

– Perché vi interessate tanto ad Eva ed a Lucrezia? Non vi bastiamo noi due? – si lamentò Sonia che, avendo visto entrare nella sala altri clienti aveva allontanato la mano di Marciano dalla tetta che le stava brancicando.

Anche l'ispettore tolse la mano dalle mutandine di Renata mostrando un certo disappunto e quando si ricompose disse:

– Ragazze, siete tanto belle e simpatiche che vogliamo invitarvi a trascorrere l'ultimo dell'anno con noi in un albergo a 5 stelle di Locarno: cenone raffinato, ballo in maschera, fuochi artificiali sul lago, champagne a volontà, canne e sesso sfrenato in camera. Non ditemi che siete già impegnate.

– Uau! Siamo liberissime e l'idea ci piace assai – risposero insieme le due *escort*. – Dovremo metterci in costume anche noi? Cosa c'entrano Eva e Lucrezia con la festa in maschera?

– Sì, anche voi dovrete essere in costume, domani andremo ad affittarli e durante la festa dovrete indicarmi Eva e Lucrezia in modo che Aldo le possa fotografare. Poi ci sarà solo da divertirsi. – rispose l'ispettore alzandosi da tavola.

– E prima di allora che programma hai? A parte andare a noleggiare i costumi. – chiese maliziosamente Renata alzandosi anch'essa per indossare una giacca a vento.

– Prova ad indovinare. – le suggerì il Sant'Agata mentre la aiutava ad indossarla e la baciava sul collo, poi chiese: – Dove avete detto di abitare?

– A Palestro, a circa 5 chilometri da qui. – rispose Sonia scendendo le scale abbarbicata al Marciano – Come ci sistemiamo? Io porterò Aldo con la Aygo, così vi farò strada.

– Allora io mi farò portare da Vincenzo. – disse Renata stringendosi al Sant'Agata ed uscendo dal bar.

A Palestro le due coppie giunsero in uno stadio di avanzato arrapamento e non frapposero indugi in inutili preliminari: si svestirono in fretta e furia e si infilarono a letto dando la stura ad una teoria di scopate selvagge che si protrasse fino all'ora di cena, questa consumata in una vicina pizzeria, per riprendere con maggior lena quando rientrarono nell'appartamento delle *escort*.

Capitolo XVIII

All'albergo quattro stelle Belvedere di Locarno, Vincenzo e Renata giunsero con la Focus dell'ispettore alle 18.30 dell'ultimo dell'anno, seguiti poco dopo da Aldo e Sonia sulla Aygo della ragazza. Il Sant'Agata, per rimanere nel ruolo, si era travestito da ispettore Clouseau della Sureté, mentre il Marciano, dovendo fotografare Eva senza dare nell'occhio, avrebbe interpretato il ruolo di fotoreporter sfoggiando una voluminosa Minolta, un grosso flash anni '50 ed una ingombrante borsa a tracolla coi ricambi. Renata si era travestita da Salomé e quasi spariva sotto una coltre di veli trasparenti, che tuttavia non la proteggevano per nulla dal freddo pungente ed alla tapina era venuta la pelle d'oca. Sonia, che aveva scelto un costume da danzatrice del ventre, ovvero un gonnellino ed un top di catenelle e di sonagli, era di un colorito ceruleo dal gran freddo e ad ogni passo faceva più baccano di un gregge di pecore.

Appena entrarono nell'hotel si diressero al bar e lo trovarono già affollato di gente in costume: c'era chi si era vestito da Zorro, un altro da pirata Barbanera, ma entrambi, per fortuna, avevano tralasciato di munirsi di spada e di scimitarra; un terzo, intento a sorseggiare un Hemingway, si era travestito da Papa ed impartiva benedizioni *urbi et orbi* con la voce già impastata dall'alcool; le donne erano state condizionate fortemente dall'età e dalla stazza nella scelta del costume del personaggio da interpretare, per cui una anziana tutta avvizzita si era travestita da Madre Teresa di Calcutta, una giovinetta anoressica da Pippi Calzelunghe ed una prosperosa signora di mezz'età da soprano, intenta ad interpretare il ruolo di Brunilde.

Nessuna delle donne presenti aveva ancora indossato la mascherina a celarle il viso, così che il Marciano, visto che né Lucrezia né Eva erano ancora arrivate, poté sistemarsi nel luogo più opportuno per poter fotografare chi si fosse affacciato al bar, mentre il Sant'Agata aveva pilotato la sua Salomé e la danzatrice del ventre al bancone del bar per permetterle di riscaldarsi con un punch al rum.

Poco dopo entrarono Monica e Fabio, lei vestita da Wonder Woman e lui da Arlecchino, accompagnate da Marianna e da Massimo, la prima travestita da Giovanna d'Arco ed il secondo da Abramo Lincoln. Le due coppie si sistemarono sui divani contrapposti di un salottino appartato ed un cameriere portò loro gli aperitivi che avevano ordinato *en passant*.

Passarono solo cinque minuti e si affacciarono al bar altre due coppie, Lucrezia con Oreste ed Eva con Xavier, che dopo essersi guardate attorno si diressero decise nel salottino per raggiungere Monica e compagni. Lucrezia impersonava l'omonima Borgia, come aveva anticipato, indossava un abito riccamente ornato lungo fino alle caviglie ed una scollatura tanto ampia da non lasciare nulla all'immaginazione, Oreste era decisamente imponente nella tenuta da cardinale Richelieu che indossava. Eva aveva deciso di impersonare Cleopatra, ed era stupenda nella sua tunica di organza che permetteva una chiara visione delle sue spettacolari tette, mentre Xavier, per restare in tema, si era travestito da Giulio Cesare, con tanto di serto di alloro a cingergli la fronte.

L'ispettore riconobbe Eva, più che dal viso che aveva potuto vedere una volta sola e per pochissimo tempo, dalle fantastiche tette che nella stessa occasione aveva avuto modo di osservare ben più insistentemente, ed ordinò al Marciano, che non l'aveva mai vista, di fotografarla prima che potesse coprire il viso con la mascherina che aveva in fronte; quindi si avvicinò di soppiatto al gruppo di amiche per cogliere qualche parola di troppo sfuggita in un momento così particolare della loro vita, quello in cui ritrovavano una di loro dopo un mese e mezzo di latitanza.

Eva fu salutata dalle amiche con mille effusioni e, da parte di Monica, anche con un po' di commozione; poi Eva presentò a tutti Xavier e Lucrezia presentò Oreste a chi ancora non lo conosceva. Venne il cameriere a raccogliere le ordinazioni dei nuovi venuti e gli altri ne approfittarono per un altro giro di aperitivi; in breve tempo il salottino si riempì di euforia, con gli strepiti, gli urletti e le risa di quattro amiche appena ritrovate.

L'ispettore Sant'Agata, che nel frattempo era stato raggiunto dal Marciano e dalle due odalische, ritenne che fosse giunto il momento adatto per irrompere in scena:

– Buongiorno a tutti, signore e signori. – salutò trasudante giovialità – Soprattutto buongiorno a te, Eva, finalmente ti ritrovo. Possiamo aggregarci alla vostra allegra compagnia? –

Le ragazze ammutolirono per un lungo istante, poi Eva fu la prima a riprendersi dallo sgomento che l'aveva pervasa e, rinunciando alla balzana idea di sostenere con l'ispettore di non essere Eva, ma di chiamarsi Evita Cardoso, disse accomodante:

– Venga qui con noi, ispettore Clouseau, immagino che il paparazzo sia l'agente che mi metterà le manette; faccia portare altre sedie, così che possano accomodarsi anche le baiadere. Santo cielo, c'è qui tanta di quella gente di Robbio e dintorni, che mi sembra di essere tornata a casa.

– Nessuno ti metterà le manette, almeno non qui e non oggi, siamo fuori dalla mia giurisdizione e sono convinto che abbia con te documenti che ti qualificano altrimenti che come Eva Vandone. Il paparazzo si chiama Aldo Marciano ed è l'agente che doveva fotografare te e Lucrezia intente a conversare ed a divertirvi per dimostrare che vi conoscete. Le odalische dovevano indicarmi te e Lucrezia nel caso foste arrivate col viso già coperto dalla mascherina. Mi presenti le persone che non conosco?

Eva gli fece conoscere il compagno Xavier Ortega, Fabio gli presentò Marianna col compagno Massimo Giacobini e Lucrezia il compagno Oreste Malaguti; poi toccò a Monica completare le presentazioni:

– Travestimenti a parte, l'ispettore non si chiama Clouseau bensì Vincenzo Sant'Agata, della Questura di Milano; Salomé in realtà si chiama Renata e la danzatrice del ventre Sonia, entrambe di Palestro. Come potete costatare, per averle scelte come compagne, la Bassa pullula di belle ragazze molto disponibili, e metto me tra queste.

– Non ditemi che siete venuti fin qua per fotografare Eva e Lucrezia. – disse Fabio – Se il mastino inviato in Questura da Alfano dovesse scoprire che avete speso non meno di 2.000 Euro degli scarsi fondi a disposizione delle forze dell'ordine per il cenone di san Silvestro ed avete invitato due odalische per allietarlo...

– 3.000 Euro, per l'esattezza: noleggio del costume, viaggio, aperitivo, cenone, camera, ricchi premi e *cotillon,* oltre alla mancia per poter cenare allo stesso vostro tavolo; ma non erano soldi pubblici, bensì un mio investimento personale. – rispose l'ispettore, lasciando sconcertati tutti gli altri.

– Ci spieghi bene, ispettore, in cosa consiste il suo interesse? – chiese Fabio.

– È rischioso fornire spiegazioni ad una compagnia di amici che annovera anche tre valenti giornalisti, ma lo farò lo stesso perché ritengo di avere il culo ben parato; ma lo farò a tavola però, non vorrei arrivare tardi e dovermi accontentare degli avanzi, per cui affrettiamoci. Mi sono fatto assegnare un tavolo da 12 coperti, per cui potremo parlare con tranquillità.

Si trasferirono nel salone da pranzo e presero posto al tavolo che gli avevano riservato, l'ispettore ad un capo della tavola, con al fianco Eva e Lucrezia, e poi uomo e donna in alternanza fino a Massimo, che aveva al suo fianco Marianna e Sonia. Monica si sedette per ultima, per essersi recata al guardaroba per prendere un piccolo registratore dalla tasca della giacca a vento, con la scusa di andare in bagno per imbellettarsi il naso.

– Cominciamo dalle carte che ho in mano: il commissario Ventura aveva fatto tenere sotto controllo il telefono di Monica sperando che Eva potesse telefonarle, invece le ha telefonato Lucrezia per organizzare questa rimpatriata di amiche. Esaminando lo spettro della voce di Lucrezia e paragonandolo a quello della presunta Eva Vandone, spettro ottenuto dalla registrazione fornita dal Filiberti quale prova dell'intervista effettuata, è risultato che e voci erano identiche, senza possibilità di dubbio, per cui ho la prova che lei, signor Filiberti, ha fabbricato una prova decisiva per consentire al Buscaglia di accusare la polizia di non aver custodito adeguatamente la somma recuperata dalla R4 di Giovanni Cortese.

Perché l'abbia fatto non mi è dato di sapere, forse per guadagnare la riconoscenza del Buscaglia o forse per rovesciare un pitale di merda addosso alla polizia, ma sa benissimo cosa succederebbe se la cosa si risapesse: espulsione dall'albo ecc. ecc.

Intanto i camerieri avevano iniziato a servire gli antipasti. Renata, sentendosi trascurata, aveva preso a strusciare la gamba contro quella di Xavier, deliziato da quel contatto, e Sonia, fra un affettato e l'altro, si era sporta verso Aldo e gli aveva confessato di non aver capito una mazza di ciò che aveva detto Vincenzo, ma di voler sapere quanto ci avrebbe guadagnato e quale somma sarebbe spettata a lui; Aldo le aveva risposto che non lo sapeva, poi aveva aggiunto di non agitarsi troppo per non far rumore coi sonagli.

– Poi ci sono i 200.000 Euro rubati da Eva... volevo dire... di cui Eva si è appropriata indebitamente. So che sarà una cosa lunga e complicata, ma ora che è stata così brutalmente sputtanata dagli articoli del Filiberti e del Malaguti, la polizia non avrà più alcuna remora a cercarla attivamente e, se dovessi rivelare chi è il suo compagno, in poco tempo la troverà e la farà estradare in Italia... devo forse continuare?

– Non ce n'è alcun bisogno. Venga al dunque: cosa

intende guadagnare dal suo investimento? – sollecitò Fabio riempiendo il piatto di vitello tonnato e di verdure sottolio.

– Voglio una parte del malloppo. 100.000 Euro che dovrò dividere col qui presente Marciano, rimasto disoccupato in seguito ai vostri articoli, ed al tecnico del suono che mi ha fornito l'asso nella manica. Io vado in bagno, parlatene pure con comodo, abbiamo tutta la sera a disposizione, ma gradirei una vostra risposta prima dell'arrivo del nuovo anno – e si allontanò.

– Sul serio è rimasto senza lavoro per colpa nostra? – chiese Fabio al Marciano.

– Mi hanno sospeso per un mese, in pratica ho la carriera rovinata. Lo Stato è implacabile coi poveri cristi.

– Quanto guadagnava? – chiese Xavier.

– Netti 1.300 Euro al mese, 1.600 Euro con straordinari ed indennità varie.

– Xavier ti offre il doppio per fargli da autista e da guardia del corpo, abiterai nella foresteria della nostra villa a Granada, e se vorrai potrai anche portarti dietro Sonia: le danzatrici del ventre sono richiestissime in Andalusia – disse Eva, poi aggiunse sottovoce per non farsi sentire da Renata – Ovvio che dovrai sganciarti dall'ispettore e schierarti con noi. Decidi subito, prima che lui torni.

– L'ispettore non ha delle grandi carte in mano. – disse Oreste – L'unica cosa che può farci male è la denuncia all'Ordine dei giornalisti. Eva, quanto sono solidi i tuoi documenti falsi?

– Sono molto ben fatti, ma se si scavasse a fondo alla fine si rivelerebbero per quello che sono: dei falsi.

– rispose Eva, preoccupata sì, ma non più di tanto,

quindi aggiunse: – Ragazzi, io sono dispostissima a comprare il suo silenzio per 100.000 Euro. Ora che ho Xavier non ne ho più bisogno.

– Ah no! Non dovrai rimetterci solo tu. Io mi sento in colpa per aver telefonato a Monica ed aver permesso il confronto della mia voce con quella del nastro della finta confessione di Eva. – disse Lucrezia – Faremo una colletta e così divideremo l'onere in quattro: 25.000 Euro a coppia, cosa ne dite?

– Come *ultima ratio* ci può stare, ma non mi piace farmi ricattare da un ispettore che ha passato la vita fra compromessi e prove false. Fatemi prima fare un tentativo. – disse Oreste.

– Io ci sto a sganciarmi dall'ispettore. Accetto la vostra proposta. – dichiarò Aldo – Tu che fai Sonia?

– Vengo anch'io a Granada con te, però a condizione che possa venire anche Renata, al massimo ci manterremo facendo qualche marchetta. – rispose Sonia, poi intonò le parole di una vecchia canzone: – Granadaaa, tierra del sol...

– Dov'è che devo andare a fare marchette? – chiese Renata già piuttosto su di giri per lo champagne bevuto.

Aldo si alzò ed andò al guardaroba, ove aveva lasciato la borsa con l'armamentario fotografico, dall'impermeabile lasciato dal Clouseau/Sant'Agata prese i nastri che avrebbero potuto compromettere i giornalisti e se li mise in tasca, poi tornò al tavolo proprio mentre Eva cercava di spiegare alle due odalische come potevano sistemarsi una volta a Granada:

– No! Le marchette nella mia foresteria non potrete farle. Vi affitterete un appartamentino e lì continuerete a fare quello che avete sempre fatto a Palestro, ma con più soddisfazione e più profitto... No! Xavier lo dovete lasciar stare, ha già me; ma se volete posso farvi conoscere alcuni suoi amici piuttosto benestanti... No! Non sarò io a fornirvi i clienti, se vi darete un po' da fare saranno loro a corrervi dietro...

L'ispettore tornò dai servizi e si sedette al suo posto a capotavola, Oreste scambiò il suo posto con quello di Lucrezia per essere più vicino al Sant'Agata, quindi gli disse:

– La sua proposta è irricevibile, ispettore, almeno nell'entità della somma che chiede per garantire il suo silenzio, ma siamo disponibili a permetterle di rifarsi delle spese sostenute, a riconoscerle un "bonus" che girerà al tecnico del suono che le ha fornito i nastri di Lucrezia ed un altro bonus per dimenticare l'esistenza dell'Ordine dei giornalisti e di Eva; per quanto riguarda Aldo, ci siamo già accordati con lui. Avevamo pensato ad una somma onnicomprensiva di 30.000 Euro, non trattabili.

Sant'Agata fulminò con lo sguardo il Marciano, poi sibilò:

– È più che ridicolo, è oltraggioso! Appena tornerò a Milano farò sì che venga spiccato un mandato di cattura internazionale in capo ad Eva Vandone e fornirò all'Interpol ogni informazione che consenta di catturarla più facilmente; poi telefonerò al presidente dell'Ordine dei giornalisti, gli farò sentire i nastri...

– Quali nastri? Quelli intercettati senza alcuna autorizzazione di un magistrato? Quelli che il Vice-prefetto inviato da Alfano aveva ordinato di distruggere? – chiese sarcasticamente il Marciano – I nastri ora li ho io e li terrò a garanzia di quanto mi ha promesso Eva. Bisogna pararsi il culo ispettore, soprattutto quando

si va in bagno, me l'ha insegnato lei.
– Bastardo! I conti con te li regolerò poi. Quanto ad Eva...
– Dovrà dimenticarsi anche di Eva, ispettore. – lo interruppe Monica facendo vedere a tutti il registratore che aveva tenuto nascosto – A meno che non intenda far sapere al mastino inviato da Alfano la proposta che ci ha fatto: può darsi che poi vorrà mandarla in Sardegna a perseguire gli abigeati insieme al commissario Ventura.
– Stando così le cose devo rivedere al ribasso l'offerta che le abbiamo fatto poc'anzi: 20.000 Euro. Fossi in lei mi affretterei ad accettare. – disse Oreste.
Il Sant'Agata, che quando aveva visto il registratore era sbiancato in volto, stava diventando sempre più rosso e pareva sul punto di esplodere, digrignava i denti e lanciava lampi d'odio con gli occhi; dopo una pausa interminabile si alzò rovesciando la sedia e senza rivolgersi a nessuno in particolare disse con voce rotta:
– Avete vinto! Datemi quei maledetti soldi ed andate a farvi fottere. – quindi attese che Oreste gli compilasse un assegno, lo intascò ed ordinò a Renata di muoversi a seguirlo, ché se ne sarebbe andato.
– Ma io voglio rimanere ancora, caro. – rispose Renata con voce impastata – La festa è appena cominciata.
– Allora vai a farti fottere anche tu. – le gridò Vincenzo, quindi se ne andò, inseguito dalla voce di Renata che chiedeva con voce stridula:
– Con chi devo fottere, caro, non ho capito.
Salomé aveva perfettamente ragione: la festa era appena cominciata e con l'uscita dell'ispettore la tavolata si riempì di allegria. Tutti si complimentarono

con Monica per la preveggenza che la aveva indotta a tenere un registratore in tasca del piumino con cui era venuta, con Aldo per aver soffiato all'ispettore una prova tanto compromettente, con Oreste per la trattativa condotta al ribasso, con Eva per il bel gesto di essersi dichiarata disponibile ad accollarsi l'intera somma pretesa dall'ispettore ed anche con Renata per la scelta fatta di voler restare con loro, anche se fatta in avanzato stadio di ebbrezza alcolica.

Il cenone si svolse come da copione, con momenti danzanti fra una portata e l'altra che videro Salomé esibirsi in una danza dei sette veli sfrenata, che per decenza venne interrotta da Eva e da Marianna al cadere del sesto velo, e Sonia cimentarsi in una danza del ventre oltremodo provocante, in uno scampanellio di sonagli ed un agitarsi di catenelle.

A mezzanotte le cinque coppie scandirono ad alta voce ed insieme a tutti gli altri il *count-down* che annunciava il 2016, poi si scambiarono un lungo bacio a suggellare che il nuovo anno iniziava nel migliore dei modi; quindi uscirono in terrazza per assistere allo spettacolo pirotecnico, abbracciati stretti stretti uno all'altra a guardare incantati i fiori di luce che si aprivano all'improvviso e si specchiavano nel lago.

Renata però, rimasta spaiata senza cavaliere, piuttosto ebbra e con un solo velo addosso, si mise a dar la caccia ai camerieri ed agli inservienti dell'albergo e, quando riusciva ad acchiapparne qualcuno, gli si strusciava contro e lo baciava con passione.

Anche per lei, se un buon anno si può vaticinare dal suo inizio, il 2016 prometteva di essere un anno splendido.

Sommario

© Ruggero Pesce — Maggio 2016
© Mnamon — Maggio 2016
ISBN 9788869491191